तेलुगु
की
लोकप्रिय कहानियाँ

तेलुगु की लोकप्रिय कहानियाँ

संपादक

डॉ. बालशौरि रेड्डी

प्रभात पेपरबैक्स
www.prabhatbooks.com

प्रकाशक

प्रभात पेपरबैक्स

4/19 आसफ अली रोड, नई दिल्ली-110002

फोन : 23289777 • हेल्पलाइन नं. : 7827007777

इ-मेल : prabhatbooks@gmail.com ❖ वेब ठिकाना : www.prabhatbooks.com

संस्करण

प्रथम, 2018

मूल्य

एक सौ पचहत्तर रुपए

अ.मा.पु.स. 978-93-5266-388-0

मुद्रक

आर-टेक ऑफसेट प्रिंटर्स, दिल्ली

TELUGU KI LOKPRIYA KAHANIYAN
Ed. Dr. Balshauri Reddy

Published by **PRABHAT PAPERBACKS**
4/19 Asaf Ali Road, New Delhi-110002

ISBN 978-93-5266-388-0

₹ 175.00

तेलुगु-कहानी : एक परिदृश्य

तेलुगु–साहित्य में छोटी कहानियों का आरंभ 16वीं शताब्दी के उत्तरार्द्ध में हुआ। परंतु सबसे पहली मौलिक तेलुगु–कहानी आंध्र के महाकवि स्वर्गीय श्री गुरजाड अप्पाराव ने सन् 1610 में लिखी थी। इसके पूर्व की जो कहानियाँ हमें तेलुगु–साहित्य में मिलती हैं, वे संस्कृत से अनूदित अथवा संस्कृत के आधार पर लिखी गई थीं। पंचतंत्र, कथासरित्सागर, जातक कथाएँ, बेवाली पंच विशंति शुक सप्तति कहानियाँ, सिंदबाद की कहानियाँ, ईसप की कहानियाँ, गुलीवर की साहित्यिक यात्राएँ, अरेबियन नाइट्स, तेनालीराम की कहानियाँ, ताताचार्य की कहानियाँ, मर्यादा पुरुषोत्तम राम की कहानियाँ, नीति–चंद्रिका, विक्रमार्क की कहानियाँ, विनोद–कथा–कल्प–वल्लरी, चित्रकथा–वल्लरी, चमत्कार–कथा–मंजरी आदि इसी श्रेणी की हैं।

तेलुगु–साहित्य में छोटी कहानी का श्रीगणेश अप्पारावजी ने ही किया। उनकी कहानियों में व्यंग्य की प्रधानता है। हास्य का पुट देकर उन्होंने कहानियों को इतना सरस बना दिया हैं कि उनके पात्र चलते–फिरते सजीव चित्रों की भाँति हमारे सामने आ उपस्थित होते हैं। उनकी कहानियों का संग्रह 'आणिमुत्यालु' (सीप के मोती) नाम से प्रकाशित हुआ है। उन कहानियों में 'दिद्दुबपाटु' (सुधार) 'मी पेरेमिटि ?' (आपका नाम क्या है ?) और 'संस्कर्ता हृदय' (संस्कर्ता का हृदय) उल्लेखनीय हैं।

'संस्कर्ता हृदय' नामक कहानी में लेखक ने समाज द्वारा उत्पीड़ित, पशु–तुल्य जीवन बितानेवाली वेश्या का विषादपूर्ण चित्र खींचा है। 'मी पेरेमिटि' कहानी में भगवान् के नाम पर लूटनेवाले धर्माचार्यों की धोखेबाजी की पोल खोली है।

अप्पाराव की देखा-देखी अन्य लेखकों ने भी मौलिक कहानियाँ लिखना आरंभ किया। उस समय आंध्र के प्रसिद्ध समाज-सुधारक स्वर्गीय श्री वीरेशलिंगम् पंतुलु का समाज-सुधार का आंदोलन जोरों पर था। उनके समर्थक श्री रायस वेंकट शिवुडु ने साहित्यिक भाषा में हिंदू-मुसलिम एकता को लेकर दर्जनों कहानियाँ लिखीं।

उनके बाद तेलुगु-कहानी क्षेत्र में श्री वेलूरि शिवराम शास्त्री का नाम उल्लेखनीय है। वे हिंदी, अंग्रेजी, फ्रेंच, बांग्ला और गुजराती भाषाओं के अच्छे ज्ञाता थे। शास्त्रीजी ने भावना-प्रधान पौराणिक तथा सामाजिक कहानियाँ लिखी हैं। 'कृति' उनकी प्रथम कहानी है। 'कृति' सहित 'तन्मयता' और 'क्षमार्पण' कहानियाँ बहुत लोकप्रिय हैं। उनकी लगभग 50 कहानियाँ 'भारती' नामक तेलुगु-साहित्यिक-मासिक पत्रिका में प्रकाशित हो चुकी हैं। इन कहानियों के 'कथाषटकम्' और 'कथासत्तकम्' नाम से दो संग्रह प्रकाशित हो चुके हैं।

अप्पाराव के बाद तेलुगु कथा साहित्य के क्षेत्र में दीक्षितजी प्रमुख हैं। उनकी अधिकांश कहानियाँ 'साहिति' और 'सखी' मासिक पत्रों में प्रकाशित हैं। उन्होंने भावात्मक, वर्णनात्मक और चरित्रप्रधान कहानियाँ लिखी हैं। बच्चों की कहानियाँ लिखने में वे सिद्धहस्त हैं। उनके बाल-साहित्य पर खुश होकर आंध्र की जनता ने उन्हें 'बालवाङ्मय-ब्रह्म' की उपाधि से विभूषित किया है। उनकी रचनाओं में हास्य, शृंगार और करुण रस के चित्रण अद्वितीय हैं। उनके कहानी-संग्रहों में 'एकादशी', 'वटीरावुकथलु', 'गुरुदक्षिणा', 'शिल्पी', 'देवालय-स्तंभ', 'शिला-प्रतिमा' मुख्य हैं। तेलुगु की प्रसिद्ध मासिक पत्रिका 'भारती' में 'बालानंदम्' नामक शीर्षक के अंतर्गत उनकी अनेक कहानियाँ प्रकाशित हुई हैं।

ग्राम्य-जीवन का चित्रण यों तो कई कहानीकारों ने किया है, पर श्रीकविकोंडल वेंकटेश्वरराव की कहानियों में जो चित्रण मिलता है, वह अन्यत्र नहीं। अब तक इनके 'पेट्टिकथ' (छोटी कहानी), 'सुमनोहितबोदिनी' और 'पेनुमंचिलि जैन देवुडु' कहानी-संग्रह प्रकाशित हो चुके हैं। तीसरे संग्रह की प्राय: सभी कहानियाँ देवालयों से संबंधित हैं।

तेलुगु-कहानी-साहित्य में चलम् के प्रवेश ने क्या भाषा, क्या भाव, सब में क्रांति पैदा की है। चलम् ने सभी क्षेत्रों में विद्रोह का झंडा ऊँचा किया है। इनका दावा है कि पुरुष के समान स्त्री को भी जब सभी क्षेत्रों में समान अधिकार प्राप्त होंगे, तभी हमारा समाज उन्नति कर सकता है। चलम् अच्छे लेखक, कहानीकार, सफल नाटककार एवं आलोचक हैं। यौन-संबंधी पुस्तकें लिखने के कारण 'यौन-वाङ्मय-ब्रह्म' कहलाते हैं।

चलम् अपने जीवन के अंतिम दशक में संन्यास लेकर रमणाश्रम में रहे। इनके कहानी-संग्रह हैं—(1) चलमगारि कलम (चलम् की कमलम), (2) पापम् (पाप), (3) अनसूय, (4) चौ-चौ, (5) भानुमति, (6) रामभक्त, (7) कनीटिकालव (आँसू की नहर), (8) चुकम्मा, (9) अदृष्टम (किस्मत), (10) शावलिनि, (11) हंपी कन्याएँ, (12) वाल्लु नलुगुरु (वे चारों), (13) वेंकट्रचलम-कथल। 'अरुण' और 'कल्याणि' इनकी प्रिय कहानियाँ हैं।

श्रीसुखरम् प्रताप रेड्डी ने यद्यपि बहुत कम कहानियाँ लिखी हैं, फिर भी कहानी-साहित्य में उन्हें उच्च स्थान प्राप्त है। उन्हें तेलुगु-कहानी-साहित्य का गुलेरी कहें तो अतिशयोक्ति न होगी। उनकी कहानियाँ 'प्रताप रेड्डी-कथलु' नाम से संग्रहीत हैं। 'निरीक्षण' (प्रतीक्षा) उनकी उत्तम कहानी है। उनका 'आंधुलु सांघिक-चरित्र' (आंध्रों का सामाजिक इतिहास) उन्हें अमर बनाने के लिए पर्याप्त है।

अब तक जितने कहानीकारों का उल्लेख किया है, वे सभी अंग्रेजी-साहित्य के पूर्ण ज्ञाता हैं। सब पर अंग्रेजी, संस्कृत आदि का प्रभाव किसी-न-किसी रूप में परिलक्षित है, पर तेलुगु कहानी-साहित्य में एक ऐसे भी व्यक्ति हुए हैं, जिन्होंने शत-प्रतिशत तेलुगु-भाषा, भाव, संस्कृत में ही कहानियाँ लिखीं, ये हैं—श्रीपाद सुब्रह्मण्य शास्त्री। इनकी कहानियों में शुद्ध आंध्र का वातावरण है। शास्त्रीजी ने करीब 75 कहानियाँ लिखी हैं, जिनमें सामाजिक कहानियाँ अधिक हैं। ये अनेक भाषाओं के प्रचारक एवं पक्षपाती हैं। इनके शीर्षकों का चुनाव बहुत सुंदर होता है। कहानी के आरंभ में ही ऐसा कौतूहल पैदा कर देते हैं कि पाठक कहानी को पढ़े बिना नहीं रहता। कहानी में वाक्य

छोटे होते हैं, भाषा सरल होती है। नाटकीय पद्धति पर कथा चलती है। स्केच एवं छोटी कहानियों से बड़ी कहानियाँ लिखने में ये अधिक प्रवीण हैं।

तेलुगु-कहानियों में हास्यरस का अभाव था। उसकी पूर्ति श्रीमुनिमाणिक्यम् नरसिंहराव ने की। भवसागर को लोग दुःखमय मानते हैं, पर नरसिंहराव ने आनंदमय माना और अपनी रचनाओं से सिद्ध भी किया। इनको कुछ लोग 'हास्य चक्रवर्ती' मानते हैं। इनकी कहानियों में अधिकतर पारिवारिक समस्याएँ ही मिलेंगी।

इनका कथन है—'विनभार्या निष्फला लोकयात्रा'। स्त्री के अभाव में लोकयात्रा निष्फल है। इनका आदर्श है—'नीति और आचरण के लिए हृदय ही मार्गदर्शक है।' इनकी कहानियों में कथानायक वेंकटराव और नायिका कांतम् मुख्य पात्र हैं। कांतम् नाम से इन्होंने अनेक कहानियाँ लिखी हैं। इनकी कई कहानियों का तमिल और कन्नड़ में अनुवाद हो चुका है। इनकी लगभग सौ कहानियाँ हैं। सभी कहानी-संग्रहों के रूप में प्रकाशित हो चुकी हैं। (1) कांतम्, (2) कांतम् की कैफियत, (3) हास्य कथलु, (4) तल्लिप्रेम (मातृप्रेम), (5) कथा-पिकल (छोटी कहानियाँ), (6) मुनिमाणिक्यम्-कथलु, (7) नेनुमा कांतम् (मैं और मेरी कांतम्), (8) राधा बाबू, (9) शरद् रात्रुलु, (10) कांतम् कापुरम् (कांतम् का पारिवारिक जीवन) आदि मुख्य हैं।

तेलुगु-साहित्य में भावना-प्रधान तथा ऐतिहासिक प्रेम कहानियों के लिए श्री अडवि बापिराजु प्रसिद्ध हैं। इनकी कहानियों में संगीत, चित्रकला और अभिनय का वर्णन उल्लेखनीय है। इनकी रचनाएँ देलं-प्रेम से ओत-प्रोत हैं और उनमें अंधे, लूले-लँगड़े सबके लिए स्थान है। इनकी शैली और कथावस्तु हमें जयशंकर प्रसाद का स्मरण दिलाती है। 'शैलबाला', 'सूर्यसुता' और 'सोमसुता' इनकी श्रेष्ठ कहानियाँ हैं। इनकी कुल 40 कहानियाँ हैं। 'संध्या-नृत्यम', 'वीणा', 'हंपी शिथिलालु', 'हिमालय-रश्मि', 'राग मालिक', 'तरंगिणी' और 'अंजलि' आदि कथा-संग्रह उल्लेखनीय हैं।

साहित्य का जीवन के साथ समन्वय करने में करुण कुमार ने अच्छी

ख्याति पाई है। हमें उनकी कहानियों में ग्रामीण जीवन का चित्रण और ग्रामीण समस्याओं का समाधान मिलता है। गांधीजी के असहयोग-आंदोलन के समय आंध्र में अडवि बापिराजु आदि ने ग्रामीण समस्याओं पर कहानियाँ लिखी थीं, पर करुण कुमार ने प्रेमचंद की देखा-देखी कहानियाँ लिखीं। आंध्र की ग्रामीण समस्याओं का साहित्य में चित्रण करनेवालों में श्री करुण कुमार अपना विशिष्ट स्थान रखते हैं। 'आकलिमंटलु' (भूख की ज्वालाएँ) कहानी अधिक करुणापूर्ण है। इसमें धनवानों की निर्दयता और गरीबों की कठिनाइयाँ पढ़कर पाठक रो उठता है। उनकी 'क्रोत्त चेप्पुलु' (नई चप्पलें) कहानी पढ़ते ही बनती है। उनकी कहानियों में 'सन्मानम्', 'कुलो', 'पोलय्या', 'वेंकप्पा' आदि प्रसिद्ध हैं। उनकी कहानियों के अब तक 'करुण कुमार-कथलु' और 'बिल्ललगोलवाडु' नाम से दो संग्रह प्रकाशित हुए हैं।

इन सभी कहानीकारों में श्री गोपीचंद का स्थान बिल्कुल अलग है। इन्होंने अपने लिए राजनीति, सिनेमा और साहित्य को चुना। ये अत्यंत भावुक हैं और मनोविज्ञान का अद्भुत परिचय रखते हैं। कथावस्तु के सफल निर्वाह एवं सरल शैली ने गोपीचंद को उत्तम कहानीकार बनाया है। इनकी कतिपय कहानियाँ समाज सुधार की दृष्टि से लिखी गई हैं। राजनीतिक विषयों पर कहानियाँ लिखकर इन्होंने एक कमी को पूरा किया। 'गोड मीद मूडो वाडु' (दीवार पर तीसरा व्यक्ति), हिंदू-मुसलमानों के बीच अंग्रेजों ने जो फूट डाली थी, उस विषय पर लिखी गई कहानी है—'गीतापारायणम्', 'तंड्रुलू-कोडुकुलु' (बाप-बेटे), 'सिनिमा-भूतम्', 'देवुनि-जीवितम्' (भगवान् का जीवन), 'सरे कानिव्वंडि' (हाँ, होने दीजिए), 'भार्यल्लोने वुंदि' (पत्नियों में ही है) और 'देशम् एमय्येटट्टु' (देश का क्या होगा ?) आदि इनके प्रमुख कहानी-संग्रह हैं।

श्री कोडवटि कुटुंबराव का प्रगतिशील कहानीकारों में प्रमुख स्थान है। इनकी काहानियों में वर्ग-भेद के कारण पीड़ित लोगों के प्रति सहानुभूति की प्रधानता है। ये रूढ़ि-रीतियों के कट्टर विरोधी हैं। इन्होंने अपनी कहानियों के संबंध में स्वयं लिखा है—"मैं मध्यम वर्ग का मनुष्य हूँ। उसी संस्कार

के आधार पर प्रगतिशील रचनाएँ कर रहा हूँ। मैं जितना जल्दी लिखता हूँ, पत्रिकाएँ उतना जल्दी प्रकाशित नहीं हो पातीं।'' यथार्थवादी होने के कारण समाज-चित्रण ही इनका दृष्टिकोण रहा है। विषय पर अधिक ध्यान देते हैं। इनकी भाषा-शैली पात्रोचित है। इन्होंने ऐसी सूक्तियों का प्रयोग किया है, जो महान् संतों की उक्तियाँ प्रतीत होती हैं। इनकी कहानियों से जीवन को नई दिशा में ले जाने की प्रेरणा मिलती है। विषय चाहे जैसा भी क्यों न हो, उसे सरस एवं सरल बनाकर कहानी का रूप देने में सक्षम हैं। इनके निलुवनीरू, मोंडिवाडु, स्वगतम्, इललरिकम्, कारण्यम्, वरप्रसादम्, कवि राहु, कालभैरवुडु, आडजन्म, तल्लिलेनिपिल्ल और पहनवाराम ग्यारह कहानी-संग्रह उल्लेखनीय हैं।

विश्व-कहानी प्रतियोगिता में तेलुगु कहानी 'गालिवान' (तूफान) को द्वितीय पुरस्कार मिला था। इस कहानी के लेखक श्रीपालगुम्मि पश्वराजु हैं। मानवीय गुण-दोषों का चित्रण इनकी कहानियों में देखने योग्य है। इनकी कहानियों का संग्रह 'कूलिजनमु' (मजदूर लोग), 'पदम्राजु और कथलु' नाम से प्रकाशित हुए हैं। भाषा व्यावहारिक तथा भावों के अनुकूल होती है। इनकी 'पडव-प्रयाणम्' (नौका-यात्रा) कहानी चेक तथा अन्य अनेक भाषाओं में अनूदित है। इनकी स्फुट कहानियों में 'प्रतीक्षित मुहूर्त' उल्लेखनीय है।

श्री अनिसेट्टि सुब्बाराव प्रगतिशील कहानीकार हैं। इनकी कहानियाँ दलित, पीड़ित मानव को लेकर लिखी गई हैं। 'अनिसेट्टि कथलु' नाम से इनका एक कहानी-संग्रह प्रकाशित हुआ है। इनमें कुल आठ कहानियाँ हैं। 'मनिषि-खरीदु' (मनुष्य का मूल्य), 'सहगमनम्, उन्नवारू लेनिवारू' (धनी-निर्धन) और 'ज्योतुलु वेलिगिंवंडि' (ज्योतियों को जलाइए) कहानियाँ हृदयस्पर्शी हैं। इनमें आर्थिक स्थिति के खराब होते हुए भी पारिवारिक प्रतिष्ठा के पीछे पागल होनेवालों की कठिनाइयों का चित्रण किया गया है। 'लोक कंडुलु' (दुनिया की आँखें) कहानी सामाजिक अंधविश्वासों पर तीखा प्रहार करती है।

तेलुगु में इतनी संख्या में विशिष्ट कहानीकार हुए हैं, उन सबका संक्षिप्त परिचय भी प्रस्तुत किया जाए तो एक ग्रंथ का रूप ले सकता है।

वस्तु, पात्र, चित्रण, भाषा, शैली और प्रस्तुतीकरण की दृष्टि से तेलुगु कहानी में वैविध्य है, व्यापकता है और गहनता है। प्रत्येक रीति के रचनाकारों की संख्या भी अधिक है। अत: विस्तार के भय से यहाँ पर ऐसे कथा-शिल्पियों का केवल नामोल्लेख मात्र ही उचित है। प्रथम पीढ़ी के अन्य श्रेष्ठ कथाकारों में सर्वश्री विश्वनाथ सत्यनारायण मल्लादि, रामकृष्ण शास्त्री, बुच्चिबाबु माधवपेद्दि गोखले, कोनकल्ल वेंकटरत्नम्, रोंचकोंड, विश्वनाथ शास्त्री, पूसपाटि कृष्णमराजु बुर्रा, वेंकट सुब्रमणि शिवशंकर शास्त्री, नोरि नरसिंहशास्त्री, राचसभ वेंकट शिवुडु भावराजु कृष्णाराव, टेकुमल्ल कामेश्वरराव, बोड्डु बापिराजु, इंद्रगंटि, हनुमच्छास्त्री, श्रीमति कनुपर्ति वरलक्ष्मी माँ, इल्लिंदल सरस्वती देवी, यल्लाप्रगड सूर्यकुमारी, कोम्मूरि पद्मावती देवी इत्यादि के नाम उल्लेखनीय हैं।

दूसरी पीढ़ी के कहानीकारों में सर्वश्री रावूरी भरद्वाज, दशरथी रंगाचार्युलु मधुरांतकम राजाराव, बलिवाड कांताराव, वाकाटि पांडुरंगाराव, वट्टिकोट आलवार स्वामी चागंटि सोमयाजुलु, कालीपट्टनम रानाराव, हितश्री पुराणम सुब्रह्मण्यम शर्मा, सत्यं शंकरमंचि, मुद्दमशेट्टि हनुमतराव आर.के. मोहन के सभा, गोराशास्त्री, श्री गंपा श्यामसुंदर, विरिंच, कोम्मिशेट्टि मोहन, पालगिरि विश्वप्रसाद, निर्मलानंद, तुम्मल रामकृष्ण गिडुतूरि सूर्यम्, गूडूरि सीताराम, राजा राममोहन राय, नन्नपु रेड्डी वेंकट रामिरेड्डी सिंगमनेनि नारायण, मदुरांतकम् नरेंद्र, राचपालेम चंद्रशेखर रेड्डी सादम, जयराम कुप्पिरेड्डी पद्मनाभ रेड्डी, राशिश्री वल्लभपाटि वेंकट सुब्बय्या प्रभृति के नाम उल्लेखनीय हैं।

आचंट जानकीराम, जलसूत्रम, रुक्मिणी नाथ शास्त्री, देवरकोंड बालगंगाधर तिलक, भमिडिपाटि रामगोपालम, राविकोंडलराव, एन.आर. नंदी, अबसराल रामकृष्णा राव, अल्लं शेषगिरिराव, राममोहनराव, बोयि जंगय्या, बी.एस. रामुलु, यंडमूरि वीरेंद्रनाथ, बी.वी. रमणराव, कवन शर्मा, श्रीरमण, चिलुकूरि देवपुत्र, तुम्मेटि रघुरामि रेड्डी, जोन्नवित्तुल रामचंद्रराव, जीडिगुंट रामचंद्रमूर्ति एवं महिला कलाकारों में श्रीमती अब्बूरि छायादेवी, वासि रेड्डी, सीतादेवी, रंगनायकम्मा, के. राजलक्ष्मी, कोडूरि कौसल्या देवी,

यद्दनपूडि सुलोचना, वासिरेड्डी रंगनायकम्मा, कल्याणम सुंदरी, भानुमति रामकृष्ण इत्यादि ने जीवन की घटनाओं को सुंदर ढंग से अंकित किया है। मालती चंदूर की कहानियों का संग्रह 'मालती चंदूर कथलु' नाम से प्रकाशित हुआ है। इनमें कुल बाईस कहानियाँ हैं। 'सुशि', 'षण्मुगम्', 'जीवतापुल्लिुव' (जीवन का मूल्य) आदि उत्तम कहानियाँ हैं।

कोम्मूरि पद्मावती देवी ने भी अनेक कहानियाँ लिखी हैं। 'पोगडदंड' नाम से एक संग्रह प्रकाशित हुआ है। कुनुपर्ति वरलक्ष्मी की 'कसम' कहानी अद्भुत है। इल्लिंदल सरस्वती देवी की कहानियाँ प्रायः तेलुगु की प्रत्येक कहानी-पत्रिका में छपती रहती हैं। नंदगिरि इंदिरा देवी, सीरीप आदि के नाम भी उल्लेखनीय हैं।

तेलुगु में इस समय महिला लेखकों की संख्या इतनी अधिक है कि यहाँ पर उनकी नामावली प्रस्तुत करना संभव नहीं है। तेलुगु कहानी-साहित्य की समृद्धि में इनका योगदान अविस्मरणीय है।

—डॉ. बालशौरि रेड्डी

अनुक्रम

सुधार

–गुरजाड अप्पाराव

"दरवाजा खोलो! दरवाजा··· !"

दरवाजा नहीं खुला। एक मिनट तक वह खड़ा रहा। कमरे की घड़ी ने एक बजा दिया।

'कितनी देर की मैंने। मेरी बुद्धि घास चरने गई थी। कल से सावधान रहूँगा। अपनी पत्नी को छोड़कर मेरा मन वेश्या के गान में मगन हो गया है। एक गीत भी मन को लुभा नहीं सका। औरतों के हाव-भावों पर दिल दौड़ा करता है! नहीं तो गीत के समाप्त होने तक खुटचाली की भाँति वहाँ पर बैठना कैसी आदत है? कोई अवसर प्राप्त कर उससे दिल की कसर निकालने की लालसा क्यों है? देखो, अभी तमाचे लगवा रहा हूँ। कल से उसका गीत सुनने नहीं जाऊँगा। यह निश्चित है। यही मेरा दृढनिश्चय है। ···जोर से पुकारूँ तो संभवत: कमलिनी जाग उठेगी। धीरे से दरवाजा खटकाकर नौकर राम को जगाऊँगा तो बिना किसी आहट के उसकी बगल में पहुँचकर शरीफ बन सकता हूँ।'

मन में ऐसा निश्चय करके गोपाल राव ने दरवाजे पर हाथ रखा ही था कि वह खुल गया। कमरे में कोई नहीं था। दरवाजा खोलकर देखा, दालान में दीप भी नहीं है। दालान पार कर शयन-गृह में प्रवेश कर देखा तो वहाँ पर भी चिराग जलता नजर नहीं आया। बिना आहट के कदम रखते हुए खाट के पास पहुँचकर पता लगाना चाहा कि कमलिनी जाग रही है या सो रही

है ? किंतु उस अंधकार में कुछ भी पता नहीं चल पाया। जेब से दियासलाई निकालकर उसने सलाई जलाई। दियासलाई के प्रकाश में गोपाल राव ने देखा कि खाट पर कमलिनी नहीं है। गोपाल राव का चेहरा फक् हो गया और हाथ से सलाई नीचे गिर पड़ी। कमरे के घने अंधकार के साथ-साथ उसके हृदय में भी घना अंधकार फैल गया। उसके मन में तरह-तरह की शंकाएँ पैदा होने लगीं और वे उसे और भी व्याकुल बनाने लगीं। यह तो नहीं कहा जा सकता कि उसे अपनी बेवकूफी पर क्रोध आ रहा था, अथवा कमलिनी की अनुपस्थिति पर, असह्य क्रोधावेश के कारण उसका मन अधिक विचलित हो गया था। उसने दहलीज पर कदम रखकर देखा। नक्षत्रों की चमक में कोई दास या दासी दिखाई नहीं दी। गोपाल राव ने निश्चय किया कि उन्हें फाँसी की सजा ही उचित होगी।

गोपाल राव ने पुनः कमरे में प्रवेश करके दीपक जलाया और कमरे में चारों ओर ध्यानपूर्वक देखा। किंतु फिर भी कमलिनी नहीं दिखाई दी। सड़क की तरफ के दरवाजे के पास पहुँचकर उसने उसे खोलकर देखा। वहाँ नौकर राम मुँह में चुरुट दबाए सिर उठाकर तारों को एकटक देख रहा है। गुस्से के मारे गोपालराव ने जोर से उसे पुकारा—"हे राम! इधर आओ!" नौकर राम चुरुट फेंककर तेजी से दौड़ता हुआ वहाँ आया।

गोपाल राव ने पूछा, "तुम्हारी माँ कहाँ पर है ?"

राम—"मेरी माँ, घर पर है।"

"बेवकूफ कहीं का! तुम्हारी माँ नहीं, मालकिन कहाँ पर है ?"

"ओह! माताजी और कहाँ रहेंगी। घर में सोती ही होंगी।"

"वे घर में नहीं हैं।"

इस पर राम भी घबरा गया। घर में कदम रखते ही राम की पीठ पर दो घूँसे जम गए—"बाबूजी! मार दिया!" चिल्लाकर राम जमीन पर गिर पड़ा।

गोपालराव वैसे हृदय से कठोर नहीं थे, अतः तुरंत उन्हें अपनी भूल मालूम हो गई। वे अपनी भूल पर पश्चात्ताप करने लगे। उन्होंने राम को हाथ का सहारा देकर उठाया। उसकी पीठ पर हाथ फेरते हुए मन में सोचने लगे

कि मैंने आज पशु जैसा व्यवहार किया है। वे नौकर को घर के भीतर ले गए।

गोपाल राव कुरसी पर बैठे और दीनता के साथ नौकर से पूछने लगे— ''राम! मेरी स्त्री आखिर कहाँ चली गई है?''

''बाबूजी! यह सब किस्सा जादू जैसा मालूम होता है।''

''कहीं मायके तो नहीं गई है?''

''यह भी हो सकता है, बाबूजी! औरतें नाराज हो जाने पर अकसर बिना कहे अपने मायके ही चली जाया करती हैं, और शिक्षिता होने पर क्या हो सकता है, यह तो आप ही जानें।''

''शिक्षा का मूल्य तुम्हें क्या मालूम?'' यह कहते हुए गोपालराव अपनी कुहनियों को मेज पर टिकाकर कुहनियों के बीच सिर रखे कुछ सोच ही रहे थे कि उन्हें मेज पर कमलिनी की लिखावट की एक चिट्ठी दिखाई दी। गोपालराव उद्विग्नता के साथ उसे पढ़ने लगे। उस में लिखा गया था—''महाशय!''

इस शब्द को पढ़कर गोपालराव जरा चौंके और उनके मुँह से निकल पड़ा—हाँ, 'प्राणनाथ!' के स्थान पर 'महाशय' आ गया है।

राम—''हाँ, क्या बाबूजी! प्राण चला गया?''

''मूर्ख! चुप रह।''

पत्र में आगे लिखा था—''महाशय! दस दिन हुए, रात में आप घर ही नहीं आते थे। आप कहा करते थे कि मीटिंगों में जा रहा हूँ या जनता के कल्याणार्थ आंदोलन में निद्राहार छोड़कर सेवा करने जा रहा हूँ। लेकिन मैंने अपनी सहेलियों द्वारा वास्तविक समाचार जान लिया है। मेरे घर पर रहने से आप को बराबर झूठ बोलना पड़ रहा है। मैं यदि अपने मायके जाऊँ तो आपको पूर्ण स्वतंत्रता मिल जाएगी और असत्य भाषण करने की आवश्यकता ही न रह जाएगी। आपसे प्रति दिन असत्य भाषण कराने की अपेक्षा आप के मार्ग में रोड़ा न बनना ही एक सती का पति के प्रति कर्तव्य है। मैं आज रात को मायके जा रही हूँ। खुश रहिएगा। अपने खर्च के अतिरिक्त कुछ भी बचे, भेजने की कृपा कीजिएगा!''

पत्र पढ़ना समाप्त कर गोपालराव ने कहा—

''मैं पशु हूँ, आदमी नहीं हूँ।''

''क्यों बाबूजी! आप ऐसी बात क्यों करते हैं?''

''मैं निरा पशु हूँ!''

गोपाल राव के इस वाक्य को सुनकर नौकर राम प्रयत्नपूर्वक अपनी हँसी को रोक सका।

''मेरी पत्नी गुणवती, विधानिधि, विनयशील है। उसने मेरी दुर्बुद्धि का मुझे उचित दंड दिया है।''

''क्या किया है, बाबूजी?''

''वे मायके गई हैं, लेकिन तुम्हें मालूम हुए बिना कैसे गईं?''

राम दो डग पीछे हटते हुए कहने लगा—''बाबूजी, शायद मैं उस समय सोता हूँगा। आहट होने से मैं जाग पड़ता और आपको बताता। इसलिए माताजी चुपचाप चली गई हैं। बाबूजी, आखिर वह तो औरत ठहरीं। यदि औरत बिना पति से कहे मायके जाने का नाम ले, तो दो-चार चपत लगाकर रास्ते पर उसे लाना चाहिए। नहीं तो पुरुषों की भाँति चिट्ठी-विट्ठी लिखकर नहीं जाना चाहिए?''

''अरे मूर्ख! ईश्वर की सृष्टि में उत्कृष्ट वस्तु शिक्षित स्त्रीरत्न ही है। शिवजी ने पार्वती को आधी देह बाँटकर दे दी थी—अंग्रेज लोग पत्नी को 'बेटर हॉफ' (Better Half) कहते हैं। इन सबका यही अर्थ है कि पत्नी पति से भी उत्तम है। आ गया समझ में?''

''मेरी समझ में ये बातें कैसे आएँगी, बाबूजी!'' राम अपनी हँसी को रोक नहीं सका।

''तुम्हारी लड़की स्कूल जा रही है न? शिक्षा का मूल्य तुम्हें भी मालूम हो जाएगा। रहने भी दो, लेकिन तुम्हें या मुझे अभी चंद्रवरम जाना होगा। मैं चार दिन तक यहाँ से हिल-डुल नहीं सकता। तुम तो बाप-दादों के समय के नौकर हो। तुरंत कमलिनी को लेते आओ। उनसे क्या कहना है, मालूम है?''

''हाँ, कहूँगा कि बाबूजी ने मेरी पीठ की मरम्मत की है, माताजी, अब आ जाइए।''

''पीटने की बात भूल जाओ। उसके लिए पुरस्कारस्वरूप दो रुपए दूँगा। लो, फिर कभी यह बात न निकालना। भूल से भी कमलिनी से न कहना। समझा!''

''कभी नहीं कहूँगा, बाबूजी!''

''तुम्हें जो कुछ कहना है, वह मैं तुमसे कहता हूँ, सुनो। तुम उनसे जाकर कहना कि पंडितजी की अक्ल अब ठिकाने पर आ गई है। वे अब कभी वेश्याओं की बातों में न आएँगे। रात्रि के समय घर छोड़कर कहीं नहीं जाएँगे। उनका यही अंतिम निश्चय है। समझा! तुमसे उन्होंने क्षमा माँगी है। कृपा करके उनकी भूलों को कहीं प्रकट न करके दो-तीन दिन में लौटने के लिए भी कहा है। तुम्हारे बिना उन्हें एक-एक दिन एक युग के समान मालूम हो रहा है। ये सब बातें बड़ी सावधानी के साथ उनसे कहना, समझा?''

''हाँ, बाबूजी! समझ में आ गया!''

''तुम वहाँ पर जाकर क्या कहोगे, जरा अभी मुझसे कहो तो!''

राम सिर खुजलाते हुए··· ''हाँ···क्या···कहूँगा··बाबूजी! वह सब मुझे मालूम नहीं। बाकी इतना अवश्य मैं कहूँगा—मालिकिन! मेरी बात सुनिए। बड़ा अनुभवी हूँ। औरतों को मालिक की आज्ञाओं का पालन करना ही चाहिए, नहीं तो हमारे पंडितजी भी एक रखेली को घर पर ही बुलानेवाले हैं। यह बात मैं आपके कान में डाल देता हूँ। नगर में स्वर्ण प्रतिमा सी एक वेश्या आई है। पंडितजी का मन उससे मिलने को छटपटा रहा है। फिर आगे आपकी मरजी!''

''अरे मूर्ख!'' कहते हुए गोपालराव क्रोधित होकर खड़े हो गए।

नौकर राम चुपचाप चोर की भाँति कमरे से बाहर भाग गया और इतने ही में खाट के नीचे से अमृत वर्षा करने जैसी हँसी तथा कर-कंकणों की मधुर ध्वनि गूँज उठी।

गुरजाड अप्पाराव आधुनिक तेलुगु साहित्य के युग-निर्माता और जनसाधारण की समझ में आनेवाली व्यावहारिक भाषा को साहित्यिक रूप देने के लिए लड़नेवाले महापुरुष हैं। समाज-सुधारक, क्रांतिकारी कवि के रूप में भी इनकी पर्याप्त ख्याति है। भाषा, रीति भावना व शैली में नए प्रयोग कर कवि, नाटककार और कहानीकार के रूप में अपनी भावी पीढ़ी का मार्गदर्शन किया है। उनकी दृष्टि में साहित्य का उद्‌देश्य कोई प्रयोजन अवश्य होना चाहिए; इसी अभिप्राय से उन्होंने समकालीन समाज के दुराचारों को दूर करने के लिए साहित्य को एक प्रबल साधन बना लिया है। अध्यापक, दीवान, शिक्षावेत्ता तथा सुधारक के रूप में उन्होंने अपनी प्रखर प्रतिभा का अच्छा परिचय दिया है।

उनके 'मुव्याल सरालु' (कविता-संग्रह), 'कन्या शुल्कम' (नाटक) विशेष प्रसिद्ध हैं। 'कन्या शुल्कम' एक सामाजिक नाटक है, जिसकी रचना के द्वारा अप्पारावजी की कीर्ति देशव्यापी हो गई। गीत-रचना में भी वे सिद्धहस्त हैं।

□

गुलाब का इत्र

—श्रीपाद सुब्रह्मण्य शास्त्री

एक कदम आगे बढ़ने पर दीवानजी के दर्शन होंगे।

दीवानजी की कृपा के संपादन के लिए राजधानी के प्रतिष्ठित नागरिक, राजपुरुष, राजा के परिचारक और राजवंश से संबंधित बहुत से व्यक्ति वहाँ पहले से उपस्थित थे।

उपस्थित लोगों में से कुछ ने उस नवागंतुक व्यक्ति को देखा। नवागंतुक ने खड़े होकर कमरे में एक दृष्टि डाली और फिर इत्मीनान के साथ दोनों हाथ फैलाए। इसके बाद उसने बड़ी तेजी से शीशी की डाट खोली। अपना सिर पीछे हटाकर उसने शीशी का खुला मुँह हवा की ओर कर दिया। नवागंतुक का नाम शुकूरअलीखाँ था।

शुकूरअलीखाँ ने तत्काल शीशी के मुँह पर डाट लगा दी, शीशी का मुँह पल भर ही खुला रहा होगा, किंतु इसी बीच ऐसी गंध निकली कि पहरेदार झूमने लगे, जैसे खुमारी में हों।

कमरे में बैठे हुए लोग भी इस सुगंध से चौंक पड़े।

थानेदार साहब दीवानजी की बगल में कुछ पीछे खड़े हुए दीवानजी की कलम पर नजर गाड़े हुए थे, सुगंध के आते ही चकित दृष्टि से सिंहद्वार की ओर देखा और फिर अपना सिर झुका लिया। थानेदार मन-ही-मन गुनगुनाया—"आ गया।"

इसी समय दीवान ने इधर-उधर तीक्ष्ण दृष्टि दौड़ाकर खाँसते हुए

गरजकर कहा, "यह दुर्गंध कैसी है?" दीवानजी के इस प्रश्न से लोगों ने अनुभव किया, जैसे शुभ्र चाँदनी में अंधकार की रेखा खिंच गई है।

गंध तीव्र अवश्य थी, किंतु इतनी मनमोहक महक को दीवानजी ने दुर्गंध बताया तो उपस्थित लोग चकित रह गए। वे अपनी आँखों में कुछ हास्य लिये हुए एक-दूसरे को देखने लगे।

"अरे रे!" थानेदार के मुँह से इतना ही निकला था कि उसने मुँह मोड़कर अपने ओठ काट लिये।

चपरासियों को भी कम आश्चर्य नहीं हुआ।

शुकूरअलीखाँ पथराई आँखों से ताकता रह गया। दीवानजी का दुर्गंध शब्द सभी को स्तब्ध कर गया था।

शुकूरअलीखाँ ने अपनी पचास वर्ष की आयु में पहली बार ऐसे व्यक्ति को देखा था, जो इत्र की सुगंध को दुर्गंध बता रहा था।

दो वर्ष पूर्व शुकूरअलीखाँ लाख यत्न करके गोलकुंडा दुर्ग में प्रवेश पा सका था। डेढ़ महीने तक उसने प्रतीक्षा की थी, किंतु वजीर के दर्शन नहीं हुए थे। वह तंग आकर घर लौटने ही वाला था कि एक दिन अकस्मात् उसे वजीर के दरबार में जाने की अनुमति मिल गई। खस के साधारण इत्र से ही वजीर के दरबारी उछल पड़े थे और वजीर साहब कम प्रसन्न नहीं हुए थे।

वहाँ के नवाब ने भी कितनी प्रशंसा की थी!

यहाँ पेद्दापुरम में पहुँचते ही वजीर से मिलने का प्रबंध हो गया। दूसरे दिन ही थानेदार को पटा लिया था। तीसरे दिन वजीर के दरबार में जाने की अनुमति मिल गई, लेकिन परिणाम यह हुआ! शुकूरअलीखाँ जानता है कि मुसलमान सरदारों की भाँति हिंदुओं में लीला-विलास के साधनों का अधिक महत्त्व नहीं है। जो आदमी इत्र की सुगंध को दुर्गंध कहे, वह राज्य में राजा के पश्चात् सबसे अधिक महत्त्वपूर्ण पद-मंत्रिपद पर कैसे रह सकता है। बड़े लोगों के वैभव-विलास से दीवानजी निरपेक्ष तो नहीं हैं? हो सकता है—यहाँ के महाराजा में भी विलास-सामग्रियों के प्रति अरुचि हो।

कुछ भी हो, दीवानजी का आचरण शुकूरअलीखाँ को बहुत असंगत

प्रतीत हुआ। वह मन-ही-मन सोचने लगा कि मेरे इत्र का न जाने क्या फल निकले। इतना सब होते हुए भी वह निराश नहीं हुआ।

इसी बीच थानेदार ने द्वार की ओर देखकर जोर से आवाज दी—''चपरासी!''

''श्रीमान'' चपरासी ने कमरे में पहुँचकर कहा, ''श्रीमान, दिल्ली से एक इत्र बेचनेवाला आया है। आपके दर्शनों का अभिलाषी है।''

थानेदार बोल उठा, ''अन्नदाता, जिसके बारे में मैंने निवेदन किया था, वही आया है।''

दीवानजी ने सिर ऊपर नहीं उठाया! बोले, ''वह इत्रवाला क्या इस दरबार में ही अपनी दुकान लगाना चाहता है?'' दीवानजी के स्वर में कड़ाई थी।

यह उत्तर सुनकर चपरासी और थानेदार दोनों स्तब्ध रह गए। शुकूरअलीखाँ का मुँह तो सफेद पड़ गया था।

''मंत्रिप्रवर, मेरी प्रार्थना सुनिए। नवागंतुक का आशय अच्छा ही दिखाई देता है। थानेदार ने इस व्यक्ति का परिचय दिया था, किंतु उस परिचय से इस व्यक्ति के गुणों की पूरी-पूरी जानकारी नहीं मिल सकती थी। इत्र की सुगंध को शब्दों से व्यक्त नहीं किया जा सकता, इसीलिए उसने एक शब्द भी न कहा। अपने इत्र की विशेषता प्रकट की है। दिल्ली निवासी के लिए यह आचरण बहुत साधारण ही कहा जाएगा। वहाँ बड़े-बड़े अमीर-उमराव रहते हैं। उन अमीर-उमरावों को इत्र बेचनेवाला साधारण व्यक्ति नहीं हो सकता। उससे आपको अवश्य मिलना चाहिए।'' शास्त्रीजी ने थानेदार की ओर देखते हुए दीवानजी से निवेदन किया।

दीवानजी ने न तो सिर उठाया और न इधर-उधर देखने का प्रयत्न किया। केवल लिखना रोककर कलम नीचे रख दी और सुँघनी की डिब्बी हाथ में ले ली।

□

''उपस्थित करो।'' थानेदार ने कहा।

सुनते ही दीवानजी की भौंहें तन गईं। आँखों में झलक दिखाई दी, जैसे उनके मस्तिष्क में कोई गंभीर विचार चल रहा है।

एक ही छलाँग में कमरे के बीचो-बीच पहुँचकर शुकूरअलीखाँ ने झुक-झुककर तीन बार अभिवादन किया। फिर बोला, ''बंदा आपकी खिदमत में लाखों सलाम पेश करता है। आपके कदम ढूँढ़ता-ढूँढ़ता मैं दिल्ली से आया हूँ।''

शुकूरअलीखाँ के अभिवादनों को आँखों से स्वीकार करते हुए दीवानजी दर्प के साथ बोले, ''क्या करते हो?''

''इत्र बनाता हूँ। मैंने सुना था, दक्षिण में गोलकुंडा के बाद पेद्दापुरम ही देखने लायक है। इसीलिए मैं पंख लगाकर हुजूर के दरबार में हाजिर हुआ हूँ। आपकी मेहरबानी चाहिए।'' शुकूरअलीखाँ ने बहुत ही नम्रता के साथ निवेदन किया।

''पंख होते तो कहीं-न-कहीं उड़ जाते, इस तरह सिकुड़कर थोड़े ही बैठते।'' दीवानजी ने डाँट लगाई।

शुकूरअलीखाँ डाँट को पहचान गया, किंतु प्रसंग बदलने के लिए उसने कहा, ''आपने बजा फरमाया, हुजूर, पंख होने का लाभ यह है कि जहाँ रसिक हों वहीं पहुँच सकता हूँ। इसीलिए तो चार पीढ़ी पहले मेरे पूर्वज ईरान छोड़कर दिल्ली उड़ आए थे। सेना में अच्छा पद मिल रहा था, किंतु मेरे पूर्वजों ने अपना हुनर नहीं छोड़ा और इत्र बनाकर दिल्ली के शासकों का आदर पाते रहे।''

''ठीक है।'' दीवानजी ने रूखा सा उत्तर दिया।

''मैं अपने पिता की आज्ञा लेकर दक्षिण के नवाबों, राजाओं और मंत्रियों की सेवा करने आया हूँ। गोलकुंडा के नवाब और वजीर दोनों हमारी मेहनत से बहुत खुश हुए।'' शुकूरअलीखाँ ने कहा।

''मुझसे क्या चाहते हो?''

शुकूरअलीखाँ ने निवेदन किया, ''केवल आपकी कृपा चाहिए।''

उसने एक छोटी सी पेटी खोलकर दीवानजी के सामने रख दी। पेटी का भीतरी भाग लाल रंग के सुंदर मखमल से सजा हुआ था। मखमल से ढकी एक छोटी सी शीशी थी। शीशी पर नक्काशी का काम था। देखने में सुंदर थी।

आधी से अधिक शीशी को हाथ में लेकर शुकूरअलीखाँ बोला, "सरकार, यह चमेली का इत्र है। दो वसंत ऋतुओं में केवल दो तोला तैयार हुआ है।"

"ओह!" दीवानजी ने कहा।

"अपनी चीज की प्रशंसा करना अच्छी बात नहीं है, हुजूर! आप स्वयं अपना मुँह दूर रखकर इसकी डाट हटाइए।" यह सुनकर उपस्थित लोगों ने अपनी चेतना-शक्ति नासिका में केंद्रित कर ली, किंतु दीवानजी वैसे ही बने रहे। उन्होंने रूखे स्वर में कहा, "डाट खोलना ही मेरा काम रह गया है?"

शुकूरअली मन-ही-मन क्रुद्ध हो उठा। वह अच्छी तरह जानता है कि अधिकार का मद मनुष्य को अंधा बना देता है। जिस दिल्ली में अनगिनत अमीर-उमराव रहते हैं, उस दिल्ली में ही उसने पहले-पहल इस तथ्य का साक्षात्कार किया था। इस प्रकार के मदांध लोगों को ठीक-ठोक उत्तर देना उसे आता है।

यदि किसी अन्य कार्य से वह पेद्दापुरम आया होता तो ठोक-ठीक उत्तर देता भी, किंतु जिस काम से वह आया है, उसमें ठीक-ठीक उत्तर देने से बाधा पड़ती। वह किसी पुरस्कार के लिए प्रयत्नशील नहीं था। अपने इत्र का प्रचार करना चाहता था। जब तक राजा के दर्शन न हों, उसके इत्र को आदर नहीं मिल सकता था।

राजसभा में काँटे बिछे रहते हैं, वह हिंस्र-पशु के समान आचरण करनेवाले व्यक्तियों से घिरी रहती है।

ऐसी स्थिति में अपने पित्त को मारकर सहनशीलता का परिचय देना पड़ता है। व्यवहार-कुशलता ही ऐसी सभा में सहायक हो सकती है। यह बात ध्यान में रखकर शुकूरअलीखाँ ने विनय के साथ कहा, "हुजूर की इजाजत हो तो···।"

थानेदार ने बीच में टोका—"दीवानजी तुम्हारी प्रार्थना अवश्य सुनेंगे। पहले तुम अपने आगमन के उद्देश्य से दीवानजी को परिचित कराओ।"

"जी हाँ, आपने ठीक फरमाया।" शुकूरअलीखाँ ने आँखों-ही-आँखों में थानेदार की प्रशंसा करते हुए एक दूसरी पेटी खोलकर दीवानजी के सामने

रख दी। इस पेटी का भीतरी भाग हरे रंग के मखमल से मढ़ा हुआ था।

सुंदर नक्काशी के कारण इत्र की शीशी अगणित रत्नों की कांति से जगमग-जगमग कर रही थी। इस शीशी में लाल रंग का इत्र भरा हुआ था।

सभी सभासद शीशी देखकर मंत्रमुग्ध हो गए; किंतु दीवानजी ने सिर उठाकर उस शीशी की ओर देखा तक नहीं। उनके इस आचरण से सब लोग निराश हो गए। शुकूरअलीखाँ ने चेहरे पर बनावटी भोलापन लाकर कहा, ''हुजूर, सब कुछ जानते हैं। पेद्दापुरम के महाराज को यह इत्र भेंट देना चाहता हूँ। गोलकुंडा के नवाब को जिस तरह खस का इत्र पसंद है, उसी तरह पेद्दापुरम के महाराज गुलाब का इत्र बहुत पसंद करते हैं। इस शीशी में केवल एक तोला इत्र है। इस इत्र के लिए कश्मीर से फूल मँगाए गए थे और इसकी तैयारी में पूरे दो साल लगे। '

दरबारी लोगों ने इस प्रकार के इत्र पर आश्चर्य प्रकट किया। दीवानजी ने धीरे से कहा, ''आश्चर्य की क्या बात है? अच्छी चीज कुछ क्षणों में तैयार नहीं हो सकती।'' फिर कृत्रिम दया दिखाते हुए बोले, ''इस इत्र की तैयारी में जाने बेचारों का कितना खर्च हुआ होगा!''

शुकूरअलीखाँ स्तब्ध रह गया। उसकी इस स्तब्धता और दीवानजी की उपेक्षा पर सब लोगों को बहुत आश्चर्य हुआ।

शुकूरअलीखाँ को अनेक राजसभाओं में जाने का अवसर मिल चुका है। बड़े-बड़े नवाबों, वजीरों और सरदारों की प्रशंसा पाकर वह फूला नहीं समाया। उसने कई लोगों से सुना था कि पेद्दापुरम के महाराज बड़े रसिक और सहृदय हैं, इसीलिए वह बड़ी-बड़ी आशाएँ लिये यहाँ आया था और महाराज से मिलने के लिए दीवानजी की सहायता माँग रहा था। उसका विचार था कि किसी तरह राजा के दर्शन हो गए तो निहाल हो जाएगा, इसीलिए उसने अपनी स्तब्धता तथा क्रोध पर काबू पाकर विनीत स्वर में कहा, ''मैं यह इत्र दक्षिण देश के शासकों के शिरोमणि पेद्दापुरम के महाराज को भेंट देने के लिए लाया हूँ, उन्हीं के लिए तैयार किया गया है। मैं इसकी कीमत नहीं लेना चाहता।''

शुकूरअलीखाँ की आँखों में व्यथा झलक रही थी।

दीवानजी ने अपने भोलेपन का परिचय देते हुए कहा, "हमें इस बात का पता कैसे चले कि तुम हमारे महाराज का कितना आदर करते हो?"

"हुजूर, मैं यह नहीं मान सकता कि पेद्दापुरम की राजसभा में कोई व्यक्ति नहीं है, जो महाराज के लिए भेंट में लाई गई ऐसी वस्तु का मूल्य न आँक सके।"

"जो वस्तु हमारे स्वामी के लिए लाई गई है, उसे हम स्वामी की आज्ञा के बिना खोलकर नहीं देख सकते।"

"तब फिर हुजूर की सेवा में... !"

"तुम्हारा कहना उचित है, किंतु हम लोग अपने महाराज के सेवक मात्र हैं। हमें अपना कर्तव्य निभाना है।"

"हुजूर, मैं भी तो आप से अर्ज करता हूँ।"

"अर्ज करना और किसी वस्तु की भलाई-बुराई परखना, दो भिन्न बातें हैं। दिल्ली का वजीर गुण-दोष का विचार किए बिना ही किसी भी व्यक्ति को बादशाह की सेवा में भेंट देने की अनुमति प्रदान करता है।"

दीवानजी की बात सुनकर शुकूरअलीखाँ पानी-पानी हो गया।

थानेदार ने परिस्थिति को गंभीर होता देखकर प्रसंग बदलना चाहा।

उसने शुकूरअलीखाँ को संबोधित किया—"दीवानजी इस समय आवश्यक कार्य में व्यस्त हैं, फिर कभी दर्शन के लिए आना।"

सभी दरबारियों ने गहरी साँस ली। अपने प्रति सब दरबारियों की सहानुभूति देखकर शुकूरअलीखाँ बहुत प्रसन्न हुआ। सबको झुक-झुककर अभिवादन किया और पीछे हटता गया। जब वह द्वार पर पहुँचा तो परिचारक ने उसकी दोनों पेटियाँ लाकर सँभला दीं।

□

शुकूरअलीखाँ को रात भर नींद नहीं आई। उसका दिमाग परेशान था। आँखें खुली हों, चाहे बंद, दीवानजी की क्रुद्ध दृष्टि दिखाई देती रही। उसे अनुभव हुआ, जैसे किसी ने उसके हृदय में छुरी घोंपी है।

यह सत्य है कि स्वभाव सब का समान नहीं है और यह भी सत्य है कि मनुष्य अपने मन की बात साफ-साफ नहीं कह पाता।

जीवन की सफलता इस बात में है कि मनुष्य विरोधी शक्तियों पर विजय प्राप्त करे। किसी व्यक्ति में हृदय की प्रधानता होती है तो किसी में मस्तिष्क की। जिस व्यक्ति में मस्तिष्क की प्रधानता होती है, उसे अनुभूति नहीं होती। जब अनुभूति न हो तो सहानुभूति कहाँ?

जिस व्यक्ति में हृदय की प्रधानता होती है, वह कला से प्रेम करता है। वही व्यक्ति कला से आनंद प्राप्त कर सकता है। सहृदय को कला द्वारा आनंद प्रदान करने के लिए कलाकार को तपस्वी बनना पड़ता है। कला की साधना में वह अपना जीवन बिता देता है।

शुकूरअलीखाँ ऐसा ही कलाकार है, जिसने कला की साधना में जीवन बिताया है। उसका इत्र सुंदर कला का परिचायक है। यदि कोई उससे कह दे कि हमें तुम्हारा इत्र नहीं चाहिए तो वह बात को समझ सकता है। बिना किसी चिंता और दुःख के अपने घर लौट सकता है, किंतु···।

उसके इत्र का मूल्य केवल धन है तो उसे इतनी दूर आने की क्या आवश्यकता थी। दिल्ली नगर स्वयं एक देश है। वहाँ धनी लोगों, राजा-महाराजाओं तथा सरदारों की क्या कमी थी, उनमें अनेक लोग रसिक भी हैं। उसके इत्र के प्रशंसकों की संख्या कम नहीं है दिल्ली में। किंतु पेद्दापुरम के अधिपति श्री श्री श्रीवत्सवायि चतुर्भुज तिम्म जगपति महाराज की रसिकता दिल्ली में भी प्रसिद्धि पा चुकी है।

दिल्लीश्वर की रसिकता भी शुकूरअलीखाँ के हृदय को तृप्त नहीं कर सकी। इसीलिए वह दिल्ली से चल दिया। पेद्दापुरम के महाराजा के दर्शन के लिए उसका हृदय उद्विग्न हो उठा था।

वह दिल्ली से जैसे उड़कर आया हो। उसके जीवन का अधिकांश भाग कुसुमों के साथ बीता था, किंतु पेद्दापुरम में महाराजा उसके लिए आकाश-कुसुम बन गए। उसने अनुभव किया, एक अमूल्य हीरा कंकड़ों में दबा हुआ है। शुकूर ने सोचा, मैं यहाँ आकर कँटीली झाँड़ियों से आवृत्त गड्ढे में गिर गया हूँ।

पेद्दापुरम के नाम ने दिल्ली में अनेक आशाओं का संचार किया था, किंतु यहाँ पहुँचकर उसने अपनी सभी आशाओं को निराशा में परिणत होते पाया। उसने अनुभव किया, दक्षिण हिंस्र पशुओं से भरा हुआ है। वह पश्चात्ताप करने लगा कि अपरिचितों में पहुँचकर उसने भारी मूर्खता की है।

किंतु महाराजा को इस बात का ज्ञान कहाँ है कि एक अच्छा कलाकार उनके सेवकों के कारण किस प्रकार क्षुब्ध हो उठा है। इस संसार में इस प्रकार की घटनाएँ घटित होती ही रहती हैं।

उदार और धर्मनिष्ठ शासकों के राज्य में भी विप्लव होता है, प्रजा में असंतोष फैलता है। अधिकारियों की असावधानी ही इस विप्लव और असंतोष का मूल कारण बनती है।

शुकूरअली खाँ रात भर सोचता रहा कि सम्मान पाना तो दूर, वह बिना अपमानित हुए यहाँ से जा पाएगा या नहीं। रात भर वह इसी तरह की उधेड़-बुन में लगा रहा।

मुरगे ने बाँग दी।

कौओं ने मुरगे की बाँग में अपना स्वर मिलाया।

□

दिन निकलते ही शुकूरअलीखाँ थानेदार के यहाँ पहुँचा। वह थानेदार के पाँवों में लेट गया। थानेदार अच्छी तरह जानता है कि इतना उत्तम इत्र अब तक पेद्दापुरम के महलों में नहीं पहुँचा है। थानेदार यह भी जानता है कि दीवानजी शुकूर को सम्मानित नहीं देखना चाहते। शुकूर अपना सिर दे सकता है, किंतु अपने इत्र का मूल्य नहीं बता सकता। महाराज यदि इस इत्र को देख पाए तो खरीदे बिना नहीं रहेंगे। दीवानजी के पास जो लोग बैठे थे, उन सब का यही विचार था।

थानेदार चिंता में डूब गया। कुछ देर बाद बोला, ''साहस कर सकते हो?''

''जब आदर ही नहीं मिला तो प्राण किस काम के? आज्ञा दीजिए।'' शुकूर गिड़गिड़ाया।

''तुम किले में नहीं पहुँच सकते। किसी तरह पहुँच भी गए तो तुम्हारी इच्छा पूरी नहीं होगी।''

''तब कोई उपाय बताइए।''

''महाराजा प्रतिदिन संध्याकाल पंचकल्याणी घोड़े पर चढ़कर पहाड़ियों की ओर सैर के लिए जाते हैं।''

''जी!''

''महाराज दुर्ग की चारदीवारी पार करें, उससे पहले ही उनके दर्शन करने होंगे। ऐसा उपाय करो कि खस का इत्र उनका ध्यान आकर्षित करे।''

''जी, आज्ञा दीजिए।''

''दीवानजी ने इस बात का भी कोई-न-कोई उपाय किया होगा, किंतु उन्होंने अब तक इस विषय में आदेश नहीं दिया है। यदि तुम भाग्यशाली हो तो दीवानजी तुम्हारी बात अवश्य भूल गए होंगे। उन्हें इत्रवाली बात याद है, तब तो दुर्ग में प्रवेश पाना तुम्हारे लिए संभव नहीं है। मैं तुम्हारी इससे अधिक सहायता नहीं कर सकता।''

शुकूरअलीखाँ ने ठंडी साँस ली।

''कल मैंने चंदन के इत्र की शीशी खोली थी। दीवानजी मुझ पर प्रसन्न नहीं हुए। अब खस के इत्र पर क्या विश्वास होगा। फिर भी आपके बताए हुए अंतिम उपाय को अवश्य काम में लाऊँगा। जीवित रहा तो आपके उपकार को भूलूँगा नहीं।''

अली ने अपनी कृतज्ञता प्रकट करने के लिए तीन बार झुक-झुककर अभिवादन किया।

□

शुकूरअलीखाँ किले में घुसा ही था कि चार सिपाही ओठ काटते, चिल्लाते उसके पास आ धमके, उसे रोककर बोले, ''कहाँ जाते हो?''

शुकूर का खून खौलने लगा। आँखों के आगे अँधेरा सा छा गया, फिर भी उसने अपने आपको सँभालते हुए कहा, ''दीवानजी के दर्शन करने जा रहा हूँ। मुझे आप लोग क्यों रोकते हैं?''

"इस समय तुम अंदर नहीं जा सकते।" सिपाहियों ने कहा।

"मैं नया आदमी नहीं हूँ, कल शाम आवश्यक कार्य से मिल चुका हूँ। आज वही काम पूरा करना है।"

"तब उनकी ड्योढ़ी पर तुम्हें प्रतीक्षा करनी चाहिए।"

"अच्छा भाई, तब मुझे थानेदार की कचहरी में ले चलो।"

"वे इस समय दीवानजी के पास हैं। तुमसे नहीं मिल सकते।"

"वे जब तक लौटते हैं, मैं यहीं उनकी प्रतीक्षा करूँगा।"

सिपाहियों ने कहा, "यदि आपको दीवानजी या थानेदारजी से काम है, तो आप उनके घर जाइए। किले में कोई काम नहीं होता।"

इसी प्रकार जवाब-सवाल होते रहे। समय बीतता गया। थानेदार ने शुकूरअलीखाँ को परामर्श दिया था कि तुम किसी तरह किले में रुके रहे तो काम बन जाएगा। शुकूर मन-ही-मन थानेदार को धन्यवाद देता रहा।

दीवानजी ने सिपाहियों को आदेश दे रखा था कि शुकूरअलीखाँ किले में कदम न रखने पाए।

सिपाहियों और शुकूरअलीखाँ में वाद-विवाद चल रहा था कि आसपास काम करनेवाले बहुत से लोग इकट्ठे हो गए। आने-जानेवाले लोग भी रुक गए। लोगों ने शुकूर से पूछा, "क्या बात है?"

शुकूरअलीखाँ ने स्थिति समझाकर किले में अंदर जाना चाहा, किंतु सिपाहियों ने अपनी विवशता प्रकट की। इस तरह आधा घंटा बीत गया। शुकूर को कहीं से सुनाई पड़ा—"बस पंद्रह मिनट और।"

सिपाही मन-ही-मन खुश थे कि उन लोगों ने शुकूर को अंदर जाने से रोक दिया। इसी बीच एक आदमी ने आकर सिपाहियों के कान में न जाने क्या कहा कि वे शुकूर को किले से बाहर जाने के लिए वित्रश करने लगे। शुकूरअलीखाँ समझ गया कि अब महाराजा महलों से निकलने ही वाले हैं। इसीलिए सिपाही मुझे बाहर खदेड़ना चाहते हैं। यदि मैंने इनकी बात न मानी तो मेरी गरदन नापेंगे।

शुकूर को इस बात का दुःख था कि उसकी इतनी मेहनत व्यर्थ जा रही

थी। उसने हिम्मत करके वहाँ एकत्र प्रतिष्ठित लोगों से पूछा, "क्या पेद्दापुरम में कलाकारों का स्वागत इसी प्रकार होता है?"

उत्तर मिला—"हाँ।"

शुकूरअलीखाँ का पूरा शरीर काँप गया। उसकी आँखें लाल हो गईं। इस स्थिति में उसने तत्काल गुलाब का इत्र निकाला। उपस्थित लोगों की दृष्टि इत्र की शीशी पर केंद्रित हो गई।

"यह इत्र मैंने पेद्दापुरम के महाराजा के लिए खींचा है।" इतना कहकर शुकूरअलीखाँ ने पेटी तो नीचे पटक दी और शीशी अपने हाथ में उठा ली।

"मैंने रात-दिन बिना खाए-पिए पूरी शक्ति लगाकर बूँद-बूँद करके यह इत्र इकट्ठा किया है, इस आशा से कि इस इत्र को लेकर एक बार दक्षिण जाऊँगा। मैं जितनी प्रतिष्ठा दिल्ली के बादशाह की करता हूँ, उतनी ही पेद्दापुरम के महाराज की भी। खून-पसीना एक करके इसीलिए मैंने यह इत्र तैयार किया, किंतु यहाँ आकर मुझे ज्ञात हुआ कि महाराज जितने रसिक हैं, उनके अधिकारी उतने ही नीरस और शुष्क हैं। गुलाब के फूल की सुगंध दूर-दूर तक फैलती है, किंतु वह खिलता है काँटों में। आज मेरा या मेरे इत्र का अपमान नहीं हुआ है। इस इत्र को महाराज तक पहुँचाने का मेरे पास कोई उपाय नहीं है और इसे मैं दिल्ली वापस ले जाऊँ, यह मेरे लिए ही नहीं, मेरे वंश के लिए लज्जाजनक है। अब मुझे यही बात अच्छी लगती है कि अपने आसपास के लोगों को न पहचाननेवाले पेद्दापुरम के महाराज की शुभ्रकीर्ति दिल्ली निवासी शुकूरअलीखाँ के गुलाब के इत्र की सुगंध में सदा के लिए महकती रहे।" इतना कहकर शुकूरअलीखाँ ने लंबी साँस ली और इत्र की शीशी किले की दीवार पर जोर से दे मारी।

शीशी फूट गई।

जो लोग वहाँ जमा थे, उनके हृदय विकल हो उठे।

आसपास का भू-प्रदेश इत्र की सुगंध से महक उठा। महक से लोग खुमारी में आ गए।

कुछ क्षण पश्चात् लोग होश में आए। शुकूरअलीखाँ ने घूमकर देखा तो उसका चेहरा सफेद पड़ गया।

शुकूरअलीखाँ के साथ सभी लोगों ने देखा पंचकल्याणी अश्व पर श्री श्री श्रीवत्सवायि चतुर्भुज तिम्म जगपति महाराज बैठे हैं। नेत्र अर्द्धनिमीलित, सुध–बुध भूले हुए। और पंचकल्याणी अश्व सिर उठाए प्रयत्नपूर्वक साँस ले रहा है।

पेद्दापुरम को देखकर लौटनेवाले लोग आज भी कहते हैं कि किले का वह क्षेत्र गुलाब के इत्र की महक से महकता रहता है।

श्रीपाद सुब्रह्मण्य शास्त्री का जन्म जिला पूर्व गोदावरी में रामचंद्रपुरम तहसील के अंतर्गत स्थित पालभूरु गाँव में 25 अप्रैल, 1891 को हुआ। उन्होंने वर्तमान समाज की विकृतियों, विद्रूपताओं तथा विशेषताओं को इतिवृत्त बनाकर व्यक्ति तथा सामाजिक व्यवस्था के बीच के द्वंद्व के साथ कतिपय प्रमुख समस्याओं को कथ्य बनाकर रोचक कहानियाँ लिखी हैं। ये कहानियाँ पाठकों के हृदयों को टटोलकर उनमें जागृति पैदा करने में सफल सिद्ध हुई हैं।

उनकी कहानियाँ निरर्थक आचारों पर कठोर प्रहार करके पाठकों को सोचने व समझने की प्रेरणा प्रदान करती हैं। साथ ही व्यर्थ आडंबरों का तिरस्कार कर समकालीन समाज के साथ कदम-से-कदम मिलाकर आगे चलने की प्रेरणा देती हैं और अंधविश्वासों तथा कुरीतियों में ग्रस्त जनसमुदाय में चेतना जाग्रत् कर उनको सही मार्ग पर ले जाने के लिए उत्साहित करती हैं उनकी आँखें खोलने के लिए ये कहानियाँ प्रेरणादायक बन पड़ी हैं।

उनकी रचनाएँ सर्वसाधारण मानव के निकट ले जाकर उन्हें सचेत करने में सक्षम हैं।

शास्त्रीजी न केवल तेलुगु के सुप्रसिद्ध कथाकार हैं, अपितु वे एक लोकप्रिय उपन्यासकार तथा उच्च कोटि के नाटककार भी हैं। उन्होंने 'अनुभवालु-ज्ञापकालु' (अनुभव एवं स्मृतियाँ) नाम से अपनी आत्मकथा भी रची है।

शास्त्रीजी तेलुगुभाषी कथाकारों में विशेष प्रतिष्ठा प्राप्त कथाकार हैं। आंध्र जनता ने उनकी रचनाओं पर मुग्ध हो, उनका स्वर्णाभिषेक भी किया था। उन्होंने सामाजिक एवं ऐतिहासिक कहानियों की रचना प्रचुर संख्या में की है।

उनके द्वारा रचित लघु कथाएँ—'वड़ल गिंजलु', 'गुलाबी अत्तर', 'अरि काल्क किंद मंदलु', 'इलांटि तीर्पुलु वस्ते', 'मार्गदर्शी', 'कलुपु मोक्कलु' पाठक वर्ग में विशेष लोकप्रिय हुई हैं।

अंग्रेजी भाषा की गंध से दूर विशुद्ध एवं लोक समुदाय की तेलुगु भाषा में उन्होंने अपनी कहानियाँ रची हैं। लोक-भाषा के शब्दों के उच्चारण के साथ उनके पात्र भारतीय ग्रामीण समाज की आशा-आकांक्षाओं का परिचय देते हैं।

श्री शास्त्रीजी ने नाटक और उपन्यास भी लिखे, जिनमें 'राराजु', 'कलमपोट्ट', 'मिगक बंधनम्' आदि नाटक तथा 'आत्मबलि' और 'नीला सुंदरी' उपन्यास स्मरणीय हैं।

वे एक कुशल संपादक भी रहे। 'प्रबुद्धांध्र' नामक एक पाक्षिक पत्रिका का भी उन्होंने कुशल संपादन किया है। अपनी बहुमुखी प्रतिभा के कारण श्री शास्त्रीजी तेलुगु साहित्य के इतिहास-प्रसिद्ध रचनाकार बनकर रहे।

□

हिमालय-किरण

—अडिवि बापिराजु

एक दिन सबेरे-ही-सबेरे आनंदस्वामी ने हरिद्वार के स्नान-घाट पर उस युवती को देखा। देखते ही उनके हृदय में एक भोषण टीस की ज्वाला जाग्रत हुई। उनका शरीर काँप गया।

मुखमंडल लाल हो गया। उनकी तपस्या अंतर्धान हुई। स्वामीजी की दृष्टि उनके नियंत्रण से हटकर स्नान करनेवाली उस सौंदर्य को राशिवाली नारी पर जा अटकी। उस युवती के भीगे हुए कपड़ों में से उसका सौंदर्य झलक रहा था। शिशुता और जीवन की दीप्ति, धूप-छाँव रेशमी वस्त्र की तरह चमक रही थी। स्वामीजी की दृष्टि शिशुत्व एवं मुग्धत्व के साथ झूलनेवाली उस युवती के मुखमंडल पर केंद्रित हुई और कभी-कभी उस युवती के कंठ, बाहु-मूल, उरोज तथा आँखमिचौनी खेलनेवाली के कटि-विलास पर दौड़ने लगी।

सहज भाव से प्रशांत हो, दिव्य ज्योति की भाँति प्रकाशित होनेवाले उस बाल-योगी का मुखमंडल विवर्ण हो गया।

इसी समय बाल-शंकर के स्वरूप का स्मरण दिलानेवाले उन आनंदस्वामी को, जो स्नान कर रहे थे, कश्मीरी सुंदरी ने देखा।

वह सुंदरी श्रीनगर की एक कश्मीरी ब्राह्मणबाला है। उसका शिरोमुंडन कराने के अभिप्राय से उस बाला के पिता उसे हरिद्वार ले आए हैं।

छह वर्ष की छोटी अवस्था में उस बाला का विवाह एक अभागे के

साथ हुआ था, लेकिन वह उस दुधमुँही लड़की को निरीह छोड़ सदा के लिए इस संसार से चल बसा।

वह बाला संसार से सदा अनभिज्ञ ही रही। उसे इस बात का दुःख नहीं, वह पतिविहीना है। जब कभी उसकी माता उसे अपने आलिंगन में लेकर कहती—'मेरी बेटी, तेरे भाग्य का सितारा डूब गया है, तेरे जीवन का आधार इतनी छोटी उम्र में ही टूट गया है' तो उसका भाव इसकी समझ में बिल्कुल न आता।

सोलह साल की अवस्था में वह युवती कमल जैसी विकसित हुई। उसके मुखमंडल पर वैधव्य नहीं दीखता था, बल्कि वह सौभाग्य-देवी मालूम होती थी।

वह अपरिचित सौंदर्य-राशि, शिल्पकला के सुंदर नमूने की मूर्ति, उस कश्मीरी ब्राह्मण के गृह को ज्योतिर्मय बना रही थी। 18 साल की उम्र में तो ऐसे दिखाई देती थी, मानो उसकी ओर देखने मात्र से उसे नजर लग जाएगी।

उस युवती की फूफी ने कहा, "हमारे घर में इस सौंदर्य के रहने से वह अष्टविध पापकृत्यों का आश्रय बन जाएगा। इस बाल-विधवा का सिर मुँड़वा देना चाहिए।" उसकी माता कुढ़कर रह गई।

आनंदस्वामीजी? राजमहेंद्री में बी.ए. पास करके, कृष्णा जिले के कलेक्टरेट में 40 रुपया मासिक वेतन पर नियुक्त हुए। 25 वर्ष की उम्र तक रेवेन्यू इंस्पेक्टरी करते भीमवरम में निवास कर रहे थे। उस समय का उनका नाम रामचंद्रराव था। वे एक कुलीन घराने में पैदा हुए थे। उनका विवाह भी एक सुसंपन्न घर की युवती से हुआ था। उनका पारिवारिक जीवन शांतिपूर्वक बीतता जा रहा था। स्वर्णमूर्ति जैसी पत्नी और दो लड़के तथा दो लड़कियों का परिवार उनके घर को सुख का आगार बना रहा था।

एक दिन रात को न मालूम रामचंद्रराव के मन में कौन सी भावना जाग्रत हुई कि वह किसी से बिना कहे उस अमावस्या की अँधियारी में एकाएक भीमवरम से अंतर्धान हो गए।

सबेरे रामचंद्रराव का एक पत्र देखने को मिला। उसे देखकर पत्नी को

असीम दुःख होना स्वाभाविक था। सिर पीटते हुए बच्चों का खयाल न कर वह भी कुएँ में गिर पड़ी। लोगों ने उसे बाहर निकाला। सबने रामचंद्रराव के लौटने की आशा की; लेकिन वह आशा व्यर्थ सिद्ध हुई। मित्रों ने रामचंद्रराव को मूर्ख, कायर कहकर संतोष किया।

इस समाचार से अवगत एक व्यक्ति ने, जो काशी की यात्रा को गया था, वहाँ पर रामचंद्रराव को देखा और उसके ससुर को इस आशय का एक तार दिया। "रामचंद्रराव यहाँ पर है। शायद संन्यास ले रखा है। उनको पत्नी व बच्चों को लेकर जल्दी आ जाइए।" सब लोग वहाँ पहुँचे। देखा, रावजी संन्यासियों के साथ योगाभ्यास कर रहे हैं। उन्हें देखकर उनकी पत्नी मूर्च्छित हो गई। बच्चे आँखें फाड़–फाड़कर पिताजी को विस्मयपूर्ण दृष्टि से देखते रह गए।

सबने घर लौटने की प्रार्थना की। लेकिन रामचंद्रराव शांकर भाष्य का एक उपदेश देने लगे कि "संसार से तर जाने के लिए वैराग्य ही एकमात्र साधन है।"

रामचंद्रराव के गुरु यतीश्वरानंदजी ने सबको समझाया–बुझाया। हिमालय के बुलाने पर कौन लौट सकता है ? यही रामचंद्रराव वहाँ के आश्रम में अब आनंदस्वामी के नाम से पुकारे जाते हैं।

□

उस युवती को देखते हुए आनंदस्वामीजी का शरीर अपने नियंत्रण से मुक्त होता जा रहा था। उनका दिल रेल के इंजन की भाँति धड़कने लगा। उनका मन जैसा आज काबू से बाहर हो गया, वैसा कभी नहीं हुआ था।

सहमते हुए आनंद ने स्नान किया और हरिद्वार के समीप स्थित आश्रम में चले गए।

यह कहाँ का घोर पाप है ? सारा विश्व क्या रसातल में धँसता जा रहा है ? हिमालय तो नहीं टूट रहे हैं ? अपना सर जमीन पर पटकने लगे।

आज तक की तपस्या भग्न हो गई। गंगोत्तरी के समीप आनंदस्वामी ने तीन वर्ष तक परम तप किया था। उन्होंने प्राकृतिक सत्य को कभी मिथ्या नहीं माना था।

पिछले दिनों उनका मन चंचल रहता। 'शिवोऽहं' का ध्यान और दीक्षा से पूर्ण महायोग द्वारा मन स्थिर हो गया। कुंडली को जगाया। पदचक्रों को पार कर ऊपर उठा। प्राण-शक्ति विकल्प समाधि—आगे की सीढ़ियाँ हैं।

उस नीरव अंधकार में एकाकी बैठे हैं। देह शिथिल है, हृदय जम गया है, कुछ सप्ताह तक चेतना-रहित हो पड़े रहे। बाह्य ज्ञान नहीं रहा। अंतरज्ञान का तो कभी का अंत हो चुका था। हुआ क्या था?

एक दिन अचानक वह जाग्रत हुआ। गुरुभाइयों का 'शिवोऽहं', 'शिवोऽहं'...का जप सुनाई दिया। धीरे-धीरे फलाहार प्रारंभ किया; दूध, रोटी लेने लगे।

गुरु यतीश्वरानंदजी ने आनंद को आदेश दिया—"प्रथम सीढ़ी तुमने पार की है, दूसरी के लिए तैयार हो जाओ।" उनकी आत्मा महाशक्ति में स्थित रही। उनके भाल पर तेज दमकने लगा। गुरुजी के समक्ष अनेक ग्रंथों का अध्ययन किया, वेदांत की विविध वैराग्य भावनाओं को अवगत किया। सब ऐसा मालूम होता था, मानो उन सबसे वह पहले ही परिचित हैं।

कैलाश पर्वत पर निकट की गुफा में आनंदस्वामी ने दूसरी बार तपस्या करने हेतु पद्मासन लगाया। इस बार वह जल्दी ही विकल्प समाधि में पहुँचे। उनके शरीर में मानो हजारों विद्युल्लताएँ दौड़ गईं।

छह मास तक अखंड समाधि। अपार आनंद। 'ॐ', 'ॐ', 'ॐ'... का प्रणव मंत्र।

आनंदजी ने अपने नेत्रद्वय खोले। उनका मुख संपूर्ण चंद्रमंडल ही था, उनकी देह से प्रकाश फूट रहा था। उनके ओठों से मंद हास छूट रहा था। उनके नेत्रों से दिव्य ज्ञान-ज्योति निकल रही थी।

आनंदजी को अपने गुरुदेव से आज्ञा मिली थी—"हरिद्वार के समीप अपना आश्रम बनाओ। प्रतिदिन भगवान् के मंदिर के सामने स्थित घाट पर स्नान कर उनके दर्शन करो। तदनंतर आश्रम जाकर तप करो।"

उस सुंदरी का झलकता हुआ मुखमंडल हर मिनट सामने दिखाई दे रहा था। आनंदजी सिर घुमाकर पद्मासन लगा ध्यान करने लगे। वह कश्मीरी

बाला थाली में फल और फूल लेकर पास में आई और नमस्कार कर पार्श्व में बैठ गई। उस बाला के अंग आनंदजी के शरीर का स्पर्श करने लगे। युवती ने आनंदजी के भाल को चूमा।

"ओह!" कहते आनंदजी तुरंत उठ बैठे। वहाँ पर कोई नहीं है। थाली नहीं, युवती भी नहीं है। अकेले वही हैं और चारों तरफ शून्य कुटीर।

तपोभंग हुआ, उनके अनेक जन्म व्यर्थ हुए। वे अब अपने गुरुदेव को अपना मुँह कैसे दिखा सकेंगे। अपना सर जमीन पर पीटने लगे; रोए, उन्होंने लाठी लेकर शरीर पर प्रहार किया। इससे शरीर फूलकर कष्ट देने लगा।

वह बाला अपनी ओर हाथ फैलाकर अत्यंत प्रेम के साथ आगे बढ़ती आ रही है।

आनंदजी जोरों से हरि का नाम स्मरण करते उन्मत्त हो, गंगा के किनारे दौड़ रहे हैं। गंगा की धारा प्रतिध्वनित होने लगी।

"मेरी प्यारी बेटी। तेरा भाग्य ही कहाँ रहा? अब तेरा शिरोमुंडन कराना ही होगा। क्या मैंने नहीं कराया? माना, तूने केश रखे भी, उन्हें देखकर संतोष करनेवाला कौन है?" यह कहते-कहते निरुपमा की फूफी उसे मजबूरन खींच रही है। उसकी माता मुँह पर घूँघट डाले फूट-फूटकर रो रही है। पिता पंडित दीनानाथ अपनी पुत्री का हाथ पकड़कर उसे नाई की ओर खींच रहे हैं।

नाई हँसते हुए उस्तरे को सान पर चढ़ाता हुआ अस्पष्ट स्वर में कह रहा है—"कितनी ही सुंदरियों की सुंदर वेणियों को निगलकर इस उस्तरे ने गंगा माई को अर्पण किया है।"

"अरे, मैं अपना सिर नहीं मुँड़ाऊँगी।" कहती हुई निरुपमा बाघ के सामने पड़ी हुई हरिणी की भाँति छटपटाती हुई पीछे हटती जा रही थी। उसे अपने पति की मृत्यु का दुःख नहीं है। उसे लोग घृणा की दृष्टि से क्यों देखते हैं, यह भी उसे मालूम न था। वह सदा अपने घर—श्रीनगर में खेला करती थी। पिता धनवान थे। बस, वही उनकी एकमात्र संतान थी। पंडित दीनानाथ कट्टर सनातनी हैं। अपने आँसुओं को रोकते, कोप का अभिनय करते अपनी पुत्री निरुपमा की दोनों भुजाओं को पकड़े जबर्दस्ती उसे नाई के

पास बैठाना ही चाहते थे कि वह युवती ''स्वामीजी! मेरी रक्षा कीजिए!'' कहकर नीचे गिर पड़ी।

गंगा के तट पर उन्मत्त की तरह दौड़नेवाले आनंदस्वामी उस समय वहाँ पहुँचे। ''कौन है?'' नाई ने कहा, ''प्रभु! इस बदनसीब बाल-विधवा की वेणी को गंगा माई को अर्पण करने जा रहे हैं।''

स्वामीजी ने पास में कश्मीर युवती को बेहोश पड़ी देखा। तुरंत उसे उठाकर उसके मस्तक को अपनी गोद में रखा और 'शिवोऽहं', 'शिवोऽहं' जपने लगे। युवती ने आँखें खोलीं। लज्जा से युवती उठ खड़ी हुई और घूँघट सँवारने लगी।

पंडित दीनानाथ स्तब्ध हो, देखते रह गए। स्वामीजी प्रलयकाल के रुद्र की तरह गर्जन करते हुए शास्त्र और शास्त्रातीत विषयों का उपदेश देने लगे—''इस अबोध बाला को कुरूपा करने को तुम कैसे तैयार हो गए हो? किसी को क्या जबर्दस्ती वैराग्य दिलाया जा सकता है? जो वैराग्य मन में नहीं है, वह क्या सिर के केश मुँड़ा देने से पैदा हो सकता है?''

पंडित दीनानाथ का मन वास्तव में अपनी पुत्री का मुंडन कराने को नहीं मानता था, लेकिन समाज के डर से ही वे तैयार हो गए थे। इसीलिए वे स्वामीजी से क्षमा माँगने लगे—''स्वामीजी, क्षमा कर दीजिए। जब तक मेरी पुत्री स्वयं योगिन का वेष धारण करने की इच्छा प्रकट नहीं करेगी, तब तक मैं उसके केशों को नहीं निकलवाऊँगा। लेकिन आप जैसे ऋषियों के उपदेशामृत पाकर हमारा परिवार धन्य हो जाएगा।''

□

आनंदजी का हृदय तूफान के समय के सा महासमुद्र-सा हो गया। क्या विश्वामित्र का तपोभंग नहीं हुआ था? वह तात्कालिक राव था। उसका अंत उस सुंदर कांता-परिष्वंग से ही हुआ था। वह क्या महापाप नहीं है? तो क्या अपने कर्तव्य की च्युति हुई? पल भर के लिए उस युवती का सुंदर बदन उनके हृदय-पटल पर से विलग नहीं होगा। दिव्य सुंदरी ने जब उनका स्पर्श किया तो उनकी देह में जो पुलक प्रकट हुई, जो आनंद हुआ, वह क्या समाधि से प्राप्त आनंद से उत्कृष्ट आनंद है अथवा तत्समान?

अपने पाप का कोई निराकरण नहीं है ? अपने इस अध:पतन का अंत कहाँ होगा ?

आनंदजी ने कितने ही देशों का इस अवस्था में भ्रमण किया था। जहाँ कहीं गए—सबने सम्मान के साथ उनका बड़ा आतिथ्य-सत्कार किया। स्वामीजी के मुँह पर जो मोह की हिलोरें उठ रही थीं, उन्हें विधवा स्त्रियों ने दिव्य पारलौकिक कांति समझा।

इस बीच उन्होंने कितने ही तीर्थ व पुण्य-स्थानों का भ्रमण किया, कहाँ-कहाँ गए, उन्हें स्वयं नहीं मालूम। यह परिव्राजकता थी अथवा उस भामिनी में आसक्तिपूर्ण परवशता थी, बताया नहीं जा सकता। घूम-घूमकर नेत्र खोलकर देखा तो वह कश्मीर देश ही है। श्रीनगर के एक भवन के सामने उन्होंने अपने को खड़ा पाया।

स्वामीजी को घर के अंदर ले जाया गया। उनका आतिथ्य एवं उनकी सेवा की गई। अब आनंदजी कश्मीरी पंडित दीनानाथ के गृहगुरु हैं। स्वामीजी के हृदय की जड़ को हिलानेवाली वह बाला उनकी परिचर्या कर रही है।

जिस दिन संन्यासी आनंदस्वामीजी ने उस युवती की रक्षा की थी, तब से वह उस बाला के साक्षात् ईश्वरावतार बन गए। हिमालय के धवल श्रृंगों पर नृत्य करनेवाले नटेश्वर ही मानो उस बाला के लिए वे बाल-संन्यासी बने।

सदा स्वामीजी की सेवा करने से उस बाला का जन्म धन्य हो गया।

जब उनकी गोद में वह पड़ी थी, उस समय उसका शरीर आनंद से परवश हो गया था, उनके मुखमंडल पर मंद हास ऐसा प्रतीत होता था, मानो हिम-शिखर पर ज्योत्स्ना छिटकी हुई हो। क्या मनुष्य रूप धरे वह भगवान् तो नहीं हैं ! प्रति दिन उनकी सेवा करने से ही तृप्ति होगी। उनके पैर दबाने होंगे। वे भी उसे मुक्ति-मार्ग का ज्ञान कराते, सिर पर हाथ रख आशीर्वाद देंगे।

इस तरह के विचारों में डूबी हुई उस कश्मीरी बाला को ''स्वामीजी पधारे हैं'', अपने पिता के ये शब्द सुनाई दिए। वह काँप गई। नेत्रों में आनंदाश्रु भर आए। सारा शरीर अतिशय आनंद के मारे हल्का हो गया। स्वामीजी ने

उनकी कामना सुनी है। उनका तप व्यर्थ नहीं गया है। उनके गुरु स्वयं उन्हें खोजते हुए नहीं आए हैं ?

स्वामीजी घर में आए। कश्मीरी बाला स्वामीजी के पैरों पर गिर पड़ी और उनकी पद-धूलि उसने सिर पर चढ़ा ली।

उस नगर में आबाल-वृद्ध स्वामीजी की परिचर्या कर रहे हैं। फल, दूध, मिठाई आदि पहुँचा रहे हैं। स्वामीजी को पल भर के लिए भी अवकाश नहीं है। लोग सदा उन्हें घेरे रहते हैं।

स्वामीजी ने संसार की असारता, मन की दुर्बलता, कर्म, ज्ञान आदि की उत्कृष्टता का निरूपण किया। सैकड़ों की संख्या में उनके भक्त बैठे थे। स्वामीजी उन्हें उपदेश दे रहे थे।

रात में स्वामीजी की परिचर्या ि.रुपमा ही करती रही। बिस्तर पर दुपट्टे और शॉल बिछे थे; जप के लिए कृष्ण-मृग की छाल वगैरह। स्वामीजी के कपड़े धोना, फलों के छिलके निकालना, दूध गरम करना, पैर दबाना, इत्यादि निरुपमा के काम थे। इससे दोनों को आनंद प्राप्त होता था। भक्ति के साथ परिचर्या में लीन पुत्री को देख माता-पिता को संतोष होता। वैराग्य-पथ में चलती हुई वह समस्त दुःखों को भूल जाएगी न ?

इतने वर्षों की तपश्चर्या का बल संभवतः और भी हो। वह बाला उनके पास रहकर परिचर्या करती रहती तो मोह को रोक नहीं पाती। उसके साथ काम की कल्पना मात्र से स्वामीजी डरते थे। तो भी उनका मन विवश हो पतवार-च्युत नाव की तरह समुद्र में कूदने को तैयार था।

स्वामीजी किसी-न-किसी बहाने उस युवती का स्पर्श करते थे। उसके केश सँवारते और आध्यात्मिक रहस्यों का बोध कराते समय उसे बीच-बीच में हृदय से लगाते।

स्वामीजी पर उसका मोह नहीं, स्वामीजी ही उसके देवता हैं, सर्वस्व हैं। स्वामीजी की आज्ञा हो तो वह उन्हें अपनी देह तक अर्पण कर सकती है, अपने पिता के हृदय में कटार भोंक सकती है और झेलम नदी में भी कूदकर प्राण त्याग सकती है। वह अपने सर्वस्व का त्याग कर सकती है। परंतु स्वामीजी को छोड़कर क्षण भर भी वह नहीं रह सकती।

एक दिन स्वामीजी ने पूछा, "बेटी! मेरी परिचर्या क्यों करती हो?"

"अपने देवता की परिचर्या करना क्या आश्चर्य की बात है?"

"सब अपने लिए आप ही देवता हैं। मेरा महत्त्व ही क्या?"

"इस रहस्य को समझने के उपरांत सब अपने लिए आप ही देवता हो सकते हैं। तब तक गुरु ही देवता हैं।"

"लेकिन सब प्रकार की उत्कृष्टताओं से पूर्ण व्यक्ति ही गुरु कहलाने योग्य है, न कि मेरे जैसे।"

"पाप का शमन हो। ऐसा न कहिए। आप स्वयं भगवान् के ही अवतार हैं।"

आनंदस्वामी की सारी तपस्या नष्ट हो गई।

किसी एक मुहूर्त में आनंदजी अपनी इच्छाओं को रोक नहीं सके। परिणामतः निरुपमा उनके आलिंगन की बलि चढ़ गई।

वह संधान-मुहूर्त पवित्र था या पापपूर्ण था? उसी रात्रि को उन्होंने लज्जा से सिर झुकाकर, भयकंपित हो, हृदय में पश्चात्ताप ने दावानल रूप धारण किया और वे घर छोड़कर भाग खड़े हुए।

निरुपमा ने अपने जन्म को धन्य माना। वह ऐसी तेजस्विनी बनी, मानो उसे भगवान् के दर्शन हुए हों। उसके तेज को कोई नहीं पा सकता था।

प्रातःकाल होते ही पिता ने पूछा, "बेटी, स्वामीजी कहाँ हैं?"

निरुपमा—"तपस्या करने गए हैं।"

माता—"कब गए हैं?"

निरुपमा—"बहुत ही सबेरे।"

पिता—"बेटी! तेरा मुखमंडल प्रज्वलित हो रहा है। क्या स्वामीजी ने तुझे उपदेश दिया है? बड़े-बड़े ऋषि-मुनियों की तपश्चर्या से भी प्राप्त न होनेवाला महाभाग्य तुझे अपने पूर्वजन्म के सुकृत के कारण प्राप्त हुआ है।"

तेजी के साथ पीछा करनेवाले भयंकर शेर की पकड़ में से छूटकर भागनेवाले हिरण की तरह आनंदजी हिमालय-पहाड़ों में भाग गए। सारा संसार उन्हें अंधकारमय प्रतीत हुआ और ऐसा मालूम होता था, मानो हिमालय का शिखर टूटकर उनके ऊपर आ गिरा हो।

शुभ्र हिमालय पर्वत-पंक्ति को देखकर उन्हें मलिन एवं सड़े-गले अपने जीवन का स्मरण हो आया। उन्होंने संन्यास ही क्यों धारण किया? तीव्रता के साथ चलनेवाली हृदय की धड़कन के आवेग को वे रोक न सके। तेजी से उस महान् पर्वत की घाटी में वे कितनी दूरी पर जा गिरे हैं, इसका उन्हें पता तक नहीं। वहाँ बहनेवाले झरनों की ध्वनि सुनाई दे रही थी। वृक्ष और पत्थर भी उनके साथ बहते आ रहे थे। ऐसा लगता था, मानो एक ही मिनट में सिर फूटकर टुकड़े-टुकड़े हो जाएगा और फिर उनका स्वरूप ही कहीं दिखाई नहीं देगा।

'शिवोऽहं! शिवोऽहं!!'...कहते-कहते आनंदस्वामी बेहोश हो गए।

निरुपमा दिन-प्रतिदिन महातेजस्विनी होती जा रही है। उसके मुखमंडल की कांति को कोई भी देख नहीं पा रहा है।

वह शीघ्र ही विश्व को एक शिशु प्रदान करने जा रही है। इस बात का पता जब घर के लोगों को लगा तो उसकी माता सिर पीटने लगी और बोली, "मेरी बेटी, तुमने घर को ही डुबोया। कई पीढ़ियों तक हमारे परिवारों को मुक्ति से दूर कर दिया। मुसकराती क्यों हो? क्या वह दुष्ट संन्यासी ही है न?"

माता का दुःख उसकी समझ में नहीं आया। उसने अपराध ही क्या किया है? केवल स्वामी द्वारा उपदेशित मंत्र का पठन मात्र किया है। उस दिन वह अपनी बेटी को देख नहीं सकी।

एक सप्ताह में यह समाचार पंडित दीनानाथ को भी मालूम हो गया। उनके भी क्रोध की सीमा न रही। संन्यासी की दुष्टता का स्मरण करके उनके मन में बार-बार ये विचार उठते थे कि संन्यासी के सिर के हजारों टुकड़े कर दिए जाएँ। अश्रुधारा बहाते हुए पंडित दीनानाथ रोने लगे और बोले, "हे भगवान्, आपने कैसी भयानक विपत्ति मेरे सामने खड़ी कर दी? पवित्र परिवार पर ऐसा कलंक!"

वे पुनः क्रोध से पागल हो उठे और कहने लगे—"दुष्ट, भ्रष्टा लड़की! तू उस संन्यासी के जाल में फँस गई। स्त्री यदि सच्चरित्रा हो तो पुरुष कर ही क्या सकता है? उसी दिन इसके सिर का मुंडन करा दिया होता तो अच्छा

था। उस दुष्ट संन्यासी ने वेदांत का व्याख्यान देकर रोक दिया। इस विश्व में कैसा पाप भरा है!''

''अब हमें क्या करना चाहिए? इस दुष्टा को झेलम में क्यों न डाल दिया जाए? अथवा फिर इसे विष ही क्यों न दे दिया जाए?…'' किंतु फिर एक दूसरा विचार उनके मन में आया कि अकेली संतान है। बड़ी प्रतीक्षा के बाद पैदा हुई है। हे भगवान्, अपने हाथों से उसका गला कैसे घोंटा जाए?

बेटी के पास पहुँचे। उसके प्रफुल्ल बदन को देख काँप गए। इस बाला के मुखमंडल में उन्हें काशी की अन्नपूर्णा के दर्शन हुए। बेटी, तुमने यह कर्म किया? उनकी पत्नी ने शायद गलत समझा हो?

''बेटी क्या कर रही हो?''

''स्वामी द्वारा उपदेशित मंत्र दिया होगा।''

''स्वामीजी तो स्वयं भगवान् के अवतार हैं।''

''नहीं, तुम समझती नहीं।'' हमारे परिवार को ही उसने नरक-कूप में ढकेल दिया है।

''आपने इसके पूर्व जो कहानियाँ सुनाईं, उनमें व्यास महर्षि ने धृतराष्ट्र और पांडु को कैसे वरदान प्रदान किया था, पिताजी?''

''म। म म…प।''

''परम तेज सर्वत्र व्याप्त रहता है। पाप और पुण्य का आरोपण मन ही करता है।''

''…'' सिर झुकाकर खड़े रहते हैं।

दूसरे दिन सारा कश्मीरी ब्राह्मण परिवार काशी-यात्रा के लिए निकल पड़ा। वहाँ से रामेश्वरम् जाते हुए रास्ते में मदुरा, श्रीरंगम, काँचीपुरम, तिरुपति, कालहस्ती इत्यादि तीर्थों का पर्यटन कर यह परिवार कालीघाट (कलकत्ता) पहुँचा।

एक दिन शुभ मुहूर्त में निरुपमा ने एक पुत्र-रत्न को जन्म दिया। वंश प्रतिष्ठा को दूषित करने के लिए पैदा हुए उस मलिन रक्त-पिंड को हुगली नदी में फेंक देने का पंडितजी ने निश्चय किया। दूसरे दिन पंडितजी ने कमरे

में प्रवेश कर देखा—बालक को बगल में लिये निरुपमा सो रही है। वह बालक महान् तेज से प्रकाशमान है।

किसी अज्ञात वाणी ने गंभीर स्वर से उनके कानों में शब्द गुँजा दिए—''पागल ब्राह्मण! तुम्हारे कोई संतान नहीं है। भगवान् ने इस बालक को तुम्हें प्रदान किया है।'' इस वाणी को सुनकर पंडितजी चौंक पड़े और सोचने लगे—'लोग क्या कहेंगे? समाज में बदनामी होगी सो अलग। ऐसी हालत में अपना मुँह कैसे दिखाया जाए? तब फिर क्या कोमल फल जैसे इस शिशु का अंत कर दिया जाए? यह तो उससे न होगा। वह कसाई नहीं।'

पंडितजी ने विचार किया कि यदि किसी को पालने के लिए दे दिया जाए तो?

पर इस कलंक को लेगा कौन? उन्हें ही पालना होगा? यदि यह कहा जाए कि किसी के बच्चे को पालने को लाए हैं, तो लोग क्या कहेंगे? लोगों को यह कहकर समझाया जा सकता है—यह तो अनाथ बालक है।

□

स्वामीजी को जब होश आया तो उन्होंने अपने को उस घाटी की झाड़ियों में लटकते पाया। उस झाड़ी ने उनके प्राण बचाए। सारा शरीर दर्द कर रहा है। सिर फटा जा रहा है। वह हिल-डुल नहीं सकते हैं। झाड़ियों की शाखाओं ने उन्हें झुलाया। नीचे गहराई में बहनेवाली नदी अपनी कलकल ध्वनि संगीत से उनकी पीड़ा दूर कर रही है।

बड़े प्रयत्न के उपरांत स्वामीजी झाड़ी से बाहर आए। परंतु ऊपर भी चढ़ नहीं सकते और नीचे भी नहीं जा सकते। ऐसा क्यों? क्या भगवान् ने उनको कैद में तो नहीं डाल दिया? कुछ भी हो, उन्हें डर ही क्या है? अंत हो जाए तो और भी उत्तम है। पद्मासन लगाकर घोर तपस्या की।

श्रीनगर में कश्मीरी पंडित दीनानाथ का पालित शिशु उनके महल में बालकृष्ण की भाँति बढ़ रहा है। निरुपमा देवी योगिनी हो गई हैं और उन्होंने अपना सिर मुँड़ा लिया है। बंधु-बांधव सभी दीनानाथजी को कलकत्ते में प्राप्त ब्राह्मण बालक को देख आश्चर्यचकित हो रहे हैं। कुछ लोगों को बालक के

रूप को देखकर संदेह हुआ, परंतु दिव्यस्वरूप तपस्विनी की भाँति दिखाई देनेवाली निरुपमा देवी को देखकर उन्हें डर हुआ और दीनानाथ पंडित के कथन पर सबने विश्वास कर लिया।

निरुपमा देवी तपस्या में लीन हो गई हैं। स्वामीजी का उपदेशित वह मंत्र ही उनका परम मार्ग है। उसे अपने पुत्र पर ममता नहीं है। दोपहर के समय पास-पड़ोस की औरतें पालकी से, नाव से और कुछ पैदल आतीं और निरुपमा देवी द्वारा भगवद्गीता के रहस्यों को सुनकर फूल उठतीं।

कुछ समय के उपरांत आनंदस्वामीजी हिमालय से उतर आए और काशी में रहने लगे। सिर में जटाजूट, लंबी भव्य दाढ़ी और मूँछें बढ़ी हुई हैं। वस्त्र फटे हुए हैं। सीधे जाकर आनंदजी अपने गुरु यतीश्वरानंदजी के पैरों पर पड़े। वे महानुभाव मुसकराए और आशीर्वाद देते हुए बोले, "वत्स! तुम्हें जो अनुभव प्राप्त हुआ, वह पराशक्ति का चिद्‌विलास है। गिरकर उठे हो। पापी जगत् को आँखें भरकर देख लिया। प्रारब्ध विच्छिन्न हो गया है। हिमालय का गौरीशंकर शिखर तुम्हारा साधना-पीठ होगा।"

दो मास के उपरांत एक दिन प्रातःकाल पंडित दीनानाथ जप कर रहे थे। उस समय आनंदजी आए और उनके सामने खड़े हो गए। पंडितजी ने आँखें खोलकर देखा। पहले पहचान नहीं पाए। कैलाश पर्वत पर विहार करनेवाले देवताओं में से कोई एक देवता समझा। आँखें मलकर देखा और कंपित कंठ से मंत्रोच्चार प्रारंभ किया।

आनंदस्वामीजी ने पूछा, "पंडितजी, कुशल है?"

दीनानाथजी ने उस स्वर को पलभर में ही पहचान लिया—"स्वा... स्वा...मी...जी!"

"हाँ, हिमालय से चलकर काशी में गुरुजी के दर्शन किए और पुनः हिमालय में जाने के पूर्व आपके दर्शन करने यहाँ चला आया हूँ।"

पहले तो पंडितजी को आश्चर्य हुआ, पर अब क्रोध ने उस स्थान को ले लिया। उन्होंने गरजकर पूछा, "मेरी पुत्री के लिए तो नहीं आए?"

"पंडितजी! ईश्वर हम सबकी रक्षा करें। मैंने महान् पाप किया और उसका फल भी भोगा।"

''महा पाप किया और उसका फल भोगा! तुमने उसका फल ही कहाँ भोगा? तुम संन्यासी हो? छिह दुष्ट, क्या तुम आदमी भी हो? मेरे सामने से हट जाओ, वरना तुम्हारा सिर फोड़ दूँगा।''

स्वामीजी मुसकराते रहे और थोड़ी देर बाद बोले, ''पंडितजी, मैंने तुम्हारे प्रति जो घोर अपराध किया है, उसके लिए किसी भी प्रकार की सजा तुम दे सकते हो। तुम अपना वांछित दंड देकर मुझे पाप से मुक्त करो।''

''छिह दुष्ट, मेरे घर से चले जाओ। तुम्हारे सिर के टुकड़े-टुकड़े कर दूँगा।'' महा रौद्ररूप धारण कर बगल में पड़ी लाठी को लेकर दीनानाथजी स्वामीजी पर टूट पड़े।

स्वामीजी ने सिर झुकाया।

पंडित दीनानाथ को ऐसा लगा, मानो उनके पैरों को किसी ने पकड़ लिया हो। सिर झुकाकर देखा कि उनके दौहित्र, पालित पुत्र ने 'ठुमक-ठुमक' चाल से आकर और 'दादा', 'दादा' कहते हुए हाथ फैला दिए हैं।

पति के क्रोधपूर्ण वचनों को सुनकर रसोई से उनकी पत्नी वहाँ आई और निरुपमा देवी अपनी तपस्या समाप्त कर पिताजी के पास उपस्थित हुई।

स्वामीजी आँख बंद कर सिर झुकाए वहीं पर खड़े रहे। वे वहीं समाधि में तन्मय हो गए। उनके मुखमंडल से सहस्र ज्योतियाँ फूट रही थीं। वहाँ पर खड़े समस्त लोगों को कोई दिव्य संगीत की श्रुति सुनाई दी।

अपने गुरुदेव, अपने स्वामी को देख निरुपमा का शरीर पुलकित हो उठा और अपने को भूलकर वह सीधे जाकर स्वामीजी के पैरों पर गिर पड़ी। निरुपमा की माता ने अपना घूँघट सँवारा और सिर झुकाकर स्वामीजी को नमस्कार किया।

स्वामीजी के शरीर से कोई ज्योति निकलकर चतुर्दिक् फैल गई।

पंडित दीनानाथ के हाथों से लाठी छूटकर नीचे गिर पड़ी। उनके पैर लड़खड़ाने लगे। ''प्रभु, क्षमा कीजिए।'' कहते-कहते वे जमीन पर गिर पड़े और मूर्च्छित हो गए। आनंदस्वामीजी उस महान् आनंद-समाधि में खड़े ही रह गए।

हिमाच्छादित शृंग, उन्नत पर्वत-पंक्तियाँ, नंदन वन की समता करनेवाली घाटियाँ, सुगंधि को फैलानेवाली चित्र-विचित्र पुष्प-लताएँ, वृक्ष-समूह, निर्मल नीलाकाश, विभिन्न प्रकार के रंग, उन सबने मिलकर वातावरण में एक प्रकार का वैचित्र्य पैदा कर दिया था।

आनंदस्वामी उस देव-पर्वत में घुसते जा रहे हैं। हेमंत का वह पवित्र दिन परम निर्मल होकर प्रज्वलित हो रहा है।

परमेश्वर-स्वरूप को प्राप्त यह महा पर्वत-पंक्ति जगत् की तपोभूमि है। समस्त धर्मावलंबियों को यहाँ पर मुमुक्षु (मुक्ति पाने के इच्छुक) होना पड़ेगा। हे पर्वतेश्वर! तेरी किरण विश्व के हृदय को अपनी अनुपम कांति से पूर्ण कर पुलकित कर रही है। 'शिवोऽहं', 'शिवोऽहं' कहते आनंदस्वामीजी उन अगम्य पर्वत-पंक्तियों में घुसते जा रहे हैं।

'शिवोऽहं! शिवोऽहं! शिवोऽहं!!' की ध्वनि उन पर्वतमालाओं को प्रतिध्वनित करने लगी।

अडिवि बापिराजु का जन्म 8 अक्तूबर, 1895 में आंध्र के पश्चिम गोदावरी जिले के भीमवरम् नामक एक छोटे से नगर में हुआ था। उन्होंने राजमहेंद्री के गवर्नमेंट कॉलेज से बी.ए. किया। सन् 1921-22 के स्वराज्य-संग्राम आंदोलन में भाग लेने के कारण उन्हें कारावास भुगतना पड़ा। मछलीपत्तनम् की प्रसिद्ध आंध्र जातीय कला-शाला (राष्ट्रीय महाविद्यालय) में प्रख्यात चित्रकार श्री प्रमोदकुमार चट्टोपाध्याय के समीप चित्रकला का अभ्यास किया, साथ ही मद्रास के कॉलेज से बी.ए. की परीक्षा पास की। कुछ समय तक अपने जन्म-स्थान में वकालत की। 'त्रिवेणी' नामक साहित्य, संस्कृति, कला, पुरातत्त्व की अंग्रेजी मासिक पत्रिका के संयुक्त संपादक पद पर रहकर संपादन के क्षेत्र में भी काफी कार्य किया। सन् 1935 से 39 तक मछलीपत्तनम् के उक्त राष्ट्रीय महाविद्यालय में प्रिंसिपल के पद पर योग्यतापूर्वक कार्य किया। कुछ समय तक सिनेमा क्षेत्र में

आर्ट डायरेक्टर रहे; फिर हैदराबाद से निकलनेवाले दैनिक 'मीजान' के प्रधान संपादक रहे। आंध्र विश्वविद्यालय से उनको सर्वश्रेष्ठ दो चित्रों—'नारायण राव पेशवा' और 'तिक्कन सोमयाजी' पर पुरस्कार मिल चुका है।

'हिमबिंदु', 'नारायणराव', 'गानेगन्नरेड्डी', 'कोनगि', 'जाजियल्लि' (उपन्यास), 'अंजलि', 'हंपी के खँड़हर' आदि (कहानी-संग्रह); 'तोलकरि', 'हारती', (गीत-संग्रह) और 'दुक्टिटेदु', 'उषासुंदरी', 'भोगीरलोय' (रेडियो-रूपक) हैं।

आंध्र के अनेक युवकों को उन्होंने चित्रकला की उच्च शिक्षा दी।

22 सितंबर, 1952 को उनका स्वर्गवास हो गया।

□

महल और झोंपड़ी

—चिंता दीक्षितुलु

उस गली में एक बहुत बड़ा महल है! उस रास्ते से जानेवाले लोग सिर उठाकर महल की ओर देखने लगते हैं तो फिर झुकाने का नाम नहीं लेते। चकित होकर ही रह जाते हैं।

वे सब उस महल के सौंदर्य को देखते हैं या इसमें बसनेवाले धन-देवता को देखते हैं अथवा इसमें रहनेवालों की कल्पना में लीन हो जाते हैं—यह कहना कठिन है।

उस महल के चारों ओर इसी का आसरा लेकर और कई मकान बने हुए हैं। उनमें दुतल्ले मकान भी हैं, झोंपड़ियाँ और पर्णशालायी भी हैं! उस भवन की बगल में रामचंद्रजी का एक मंदिर है। वह ऊँची अट्टालिका गगन-मंडल से मंदिर की ओर गुस्ताखी से देखती हुई दिखाई देती है। ऐसा मालूम होता है कि उस अट्टालिका दृश्य को देख संकोचवश रामचंद्रजी एक कोने में दुबककर बैठे हुए हैं।

उस महल का निर्माण धन-संपत्ति ने किया। पर झोंपड़ियों और पर्णशालाओं आदि का निर्माण आन और इज्जत से हुआ। मंदिर का निर्माण भक्ति के परिणामस्वरूप हुआ।

उस महल के आश्रय में अनेक लोग हैं, जो सदा रुपयों की झनझनाहट में मग्न दिखाई देते हैं। उन रुपयों की झनझनाहट में उन्हें बगल के रानचंद्रजी के मंदिर में होनेवाला घंटा-घड़ियालों, शंख तथा तुरियों का नाद सुनाई नहीं

देता। बगल के कुटीरों में रहनेवाले शुभ्र हृदयों के परिमल की तो वे सुगंध भी सूँघ नहीं पाते हैं।

इस अट्टालिका में घोंसला बनाने के लिए एक भी गौरैया नहीं आती। उस महल की छत पर आराम करने के लिए एक कबूतर तक नहीं फटकता। गाय भी उस भवन के सामने नहीं ठहरती।

किंतु इधर उन झोंपड़ियों में कुछ मानव निवास कर रहे हैं। उन झोंपड़ियों के छज्जों में कुछ गौरैया अपने नीड़ बनाए हुए हैं। उन झोंपड़ियों के पार्श्व में उगे हुए पेड़ों पर तोते वार्त्तालाप करते हैं। नीचे मेमने शौक से खेलते हैं।

वहाँ पर मनुष्य, पशु-पक्षी सभी बिना भेदभाव के निवास कर रहे हैं।

मंदिर में जब से श्री रामचंद्र की मूर्ति प्रतिष्ठित हुई है, तब से प्रतिदिन रामचंद्र की चरण-सेवा करने उन झोंपड़ियों के मनुष्य उस मंदिर में इकट्ठे होते हैं।

रामचंद्रजी के दर्शन के माध्यम से धनदेवी लक्ष्मी की उपासना करने और वरदान-स्वरूप लक्ष्मीजी की प्रसन्नता प्राप्त करने के हेतु महल के लोग फूल-फल, वस्त्र इत्यादि रिश्वतें भगवान् को भेंट करने प्रतिदिन प्रातःकाल वहाँ पर पहुँच जाते हैं।

मंदिर के आलों में कबूतरों ने अपने नीड़ बनाए। मंदिर के सामने स्थित धान के बालों का गौरैये स्वेच्छापूर्वक उपभोग कर रहे हैं। मंदिर के गोपुरों पर तोते विश्राम करने बैठ जाते हैं और आत्मबोध पाते हैं। उस रास्ते से जानेवाली गाएँ मंदिर के सामने रुककर पलकों से नमस्कार कर आगे बढ़ती हैं। मंदिर की छत्रच्छाया में गौरैया सुख-शांति का असीम अनुभव करती हैं।

रामचंद्रजी के स्वर का अनुकरण करने में असफल तोतों को देख वे मुसकरा उठते हैं। उनके वसंतोत्सव के अवसर पर तूर्यनादों के साथ अपने स्वर मिलाकर कोयल उस उत्सव में अपूर्व शोभा का वातावरण पैदा करती है।

भवन के निवासी बाजार से देवता की अर्चना के लिए जो फूल खरीदकर लाते हैं, उन्हें अपनी चोटियों में धारण करते हैं, झोंपड़ियों के आगे खिले

हुए फूल रामचंद्रजी की देह का संपर्क प्राप्त कर पवित्र हो जाते हैं और फिर झोंपड़ियों के लोगों की चोटियों में गूँथे जाते हैं।

इसी भाँति समय बीतता जा रहा है। कुछ दिनों के बाद संक्रांति-पर्व आया। लोग प्रतिदिन रामचंद्रजी के उत्सव मनाने लगे। उन उत्सवों को देख पशु-पक्षी, मनुष्य—सभी वर्गों के लोग संतोष पा रहे थे। संक्रांति-पर्व के दिन सभी झोंपड़ियाँ सजाई गईं। झोंपड़ियों के सामने तरह-तरह के चौक पूरे गए, जो उस स्थान की शोभा बढ़ाने में सहायक सिद्ध हुए। महल भी अलंकृत हुआ। लेकिन मंदिर की तुलना में महल का अलंकार अस्वाभाविक व नकली जँचता था।

मंदिर दिव्य प्रकाश से दमक उठा। रामचंद्रजी का हृदय भक्तों की प्रार्थनाओं के परिणामस्वरूप महा समुद्र की उत्ताल तरंगों की तरह आनंद से भर उठा। उनके फैलाए हुए हाथों में असंख्य लोग जाकर दिव्य सुख का अनुभव कर सकते हैं। उस भगवान् के आलिंगन में समस्त लोक सिमट सकते हैं। उस आलिंगन की परिधि अनंत है। कल्पनातीत आनंद उस आलिंगन में समाया हुआ है और वह आनंद नया जीवन प्रदान कर सकता है। वैसा भव्य आलिंगन उस दिन रामचंद्रजी की अपार कृपा के कारण ही प्राप्त हुआ है।

झोंपड़ियों के लोग उस आलिंगन में फँस गए तोते, गाय इत्यादि सभी भक्त आलिंगन का भोज पाकर सुख का अनुभव कर रहे हैं लेकिन महल के लोग रामचंद्र के आलिंगन के सुख का तनिक भी अनुभव नहीं कर पाए। रामचंद्र के अलंकार मात्र को देख वे मुग्ध हुए।

मंदिर के सामने भी संक्रांति के निमित्त चौक पूरा गया था। इस पूरे हुए चौक में मंदिर के सामने विशाल रथ, घंटियों से सजे रथ तथा झंडियों से सजाए हुए रथ, सभी कलाओं से प्रकाशमान हैं। रथ फूलों से सजाए जाने के कारण अमित शोभा को प्राप्त हो रहा है। हल्दी और कुंकुम उन रथों की पावनता का परिचय दे रहे हैं। ऐसा लगता है, मानो उस पर रामचंद्रजी आसन लगाकर बैठे हुए हों। उस ऊँची अट्टालिका के सामने भी चौकापूरन है। रथ, सरोवर, कछुए, साँप, कुम्हड़े इत्यादि तरह-तरह के रंगीले चौके पूरे हुए हैं।

उन पूरे हुए चौकों पर फूल हैं। वे सब ऐसे दिखाई दे रहे हैं, मानो ऊँघ रहे हो।

अत्यंत वैभव के साथ अलंकृत हुए अपने अलंकार को देख बगल की झोंपड़ियों की सजावट को भी उन्हीं आँखों से देखकर महल हँस पड़ा। झोंपड़ियाँ भी अपनी सजावट को देख ऊँचे महल के अलंकार को न देख सकने की हालत में मंदिर की तरफ झुककर प्रतिकार-स्वरूप हँस पड़ीं। इस पर क्रोधित हो महल ने पूछा, ''मुझे देख तुम क्यों हँस रही हो?''

झोंपड़ियों ने जवाब दिया, ''तुम्हारी हँसी के प्रतिकार में हम भी हँस रही हैं।''

महल ने छाती फैलाकर गर्व से कहा, ''मेरी मंजिलें विशाल हैं। उनमें सुंदर कला से पूर्ण स्तंभ हैं। महल की दीवारों पर के चित्र-विभिन्न रंगों से पुलकित होते दिखाई पड़ते हैं। महल के शिखर पर के गोपुर, लता इत्यादि अलंकारों से किरीट जैसी शोभा पा रहे हैं। समस्त सौंदर्य मुझमें समाया हुआ है। इन सबसे अधिक मेरी ऊँचाई है, जिसे तुम लोग आँख उठाकर भी देख नहीं पाओगी। अब मेरी हँसी का कारण तुम लोगों की समझ में आ गया न?''

झोंपड़ियों ने जवाब दिया, ''ओह, तुम अपनी उस उन्नति को देखकर शायद हँस रहे हो। किंतु उन मंजिलों का मिलान हमारे साहस के कारण ही हो सका है। कला से शोभित वे स्तंभ हमारे कौशल को ही प्रकट कर रहे हैं। प्राचीरों पर के वे चित्र हमारी सहनशीलता के उदाहरण हैं। तुम्हारे मुकुट को हमने ही प्रदान किया। तुम्हारी उन्नति हमारे द्वारा ही हुई है।''

''तुम्हारे साहस, कौशल व सहनशीलता को मैंने उचित मूल्य देकर खरीदा है। इसलिए अब उसकी बड़ाई तुम्हें नहीं करनी चाहिए।''

''हमारे कौशल तुच्छ धन से नहीं तुल सकते!''

इस वार्त्तालाप को सुन मंदिर हँस पड़ा। उस हँसी को सुन झोंपड़ियों ने शर्म के मारे सिर झुकाए।

उस हँसी को सुन महल अपार आनंदित हुआ।

बहुत समय बीत गया।

झोंपड़ियों के स्थान पर एक जंगल उगा। उस वन में फल, फूल,

घास और पौधे फैल गए। सदाबहार फूलों के पेड़ों पर अब तितलियाँ, भ्रमर मँडराते और खेलते रहते हैं। फलों के वृक्षों पर अपने नीड़ बनाकर तरह-तरह के उनके फल खाकर गान करते रहते हैं। घास-फूस में छोटे-छोटे कीड़े, पक्षी निवास कर रहे हैं। वह समस्त जंगल सदा कलरव व कोलाहल द्वारा शोभायमान रहता है।

मंदिर की जगह एक पीपल का पेड़ उग आया है। वह वृक्ष आस-पास के समस्त प्राणियों को ठंडी छाया प्रदान करता रहता है। उस पेड़ के तने पर, शाखाओं और पत्तों पर पक्षी तथा अन्य प्राणी रहते हैं। उस वृक्ष के पत्तों की ध्वनि समस्त प्राणियों को थपकियाँ-सी देती रहती है।

बड़े महल के स्थान पर अब पत्थर के टीले हैं। उन टीलों के चारों तरफ कँटीली झाड़ियाँ उगी है, उनमें साँपों की बाँबियाँ हैं। रात्रि के समय उन टीलों पर उल्लू बोलते दिखाई देते हैं।

पीपल का पेड़ उन टीलों पर भी अपने फल गिराकर पेड़ उगाना चाहता है, लेकिन वे जानवर उन अंकुरों को उगने नहीं देते।

दीक्षितुलुजी का हृदय अत्यंत मृदु, मनोहर और भावनाएँ कोमल हैं; इसीलिए बच्चों से अधिक स्नेह रखते थे। बाल-मनोविज्ञान के ज्ञाता होने के कारण शिशु-साहित्य की रचना में एक परंपरा की सृष्टि की है। उत्तम कथा-शिल्प के साथ उदात्त भावनाओं का प्रतिपादन करने में उनकी बुद्धि बड़ी तीव्र है। वे साधारण प्रजा के कल्याण के लिए संतप्त होनेवाले उद्विग्न हृदय के साथ करुणा एवं सहानुभूतिपूर्वक जीवन के लक्ष्य एवं उद्देश्यों को भली-भाँति समझकर उसकी गहराइयों तथा कठिनाइयों का रसपूर्ण शैली में विवेचन करनेवाले एक कुशल कलाकार हैं। जीवन का अधिकांश समय अध्यापन-कार्य में व्यतीत करते हुए भी उन्होंने अनेक बालोपयोगी रचनाएँ प्रस्तुत की हैं। उनके शिशु-पात्रों में 'सूरी-सीती वेंकी' को आंध्रवासी कभी भूल नहीं सकते। वर्तमान समाज की शिक्षिता नारी पर उनकी लिखी हास्यरसपूर्ण

'वटीरावु कथलु' आधुनिक नारी-जीवन की अद्भुत व्याख्याएँ हैं। 'एकादशी' उनका प्रथम कहानी-संग्रह है, यह 'साहित्य-समिति' की तरफ से प्रकाशित है। 'गोदावरी नव्विंदि' (गोदावरी हँस पड़ी) उनकी प्रसिद्ध कहानी है। पंडित नेहरू की 'विश्वइतिहास की झलक' का उन्होंने तेलुगु-रूपांतर किया है। दीक्षितुलुजी अपने भावोद्रेक को भगवान् के चरणों में अर्पित कर भगवद्भक्त के रूप में परिवर्तित होनेवाले संवेदनशील व्यक्ति हैं। उनका कहानी-साहित्य में महत्त्वपूर्ण स्थान है। वे पाठशाला-निरीक्षक के पद से अवकाश लेकर विश्राम करते दिवंगत हो गए।

□

गाँव की पाठशाला

—वेलूरि शिवराम शास्त्री

प्रभात

प्रातः दही मथते समय ज्यों ही नृत्य, गीत और वाद्य का संयोग हुआ, तिरुमलाचारी 'श्री' *प्राप्त करने के लिए पाटशाला की ओर वेग से दौड़ पड़ा। रेड्डी साहब के चबूतरे पर पाठशाला लगती है।

बालक तिरुमलाचारी ने चबूतरे पर चढ़कर देखा तो इधर-उधर कुछ दिखाई नहीं दिया। तब तक उजाला नहीं हुआ था। उसने दीवर भी टटोल डाली, कोई लड़का उस समय तक नहीं आया था। उसे यह जानकर बहुत संतोष हुआ कि आज की 'श्री' उसे ही मिलेगी। उसने रेड्डी साहब के बेटे को बुलाया, किंतु उत्तर नहीं मिला। वह बैठ गया। शाबाशी पाने का नशा और चढ़ गया। थोड़ी सी देर में निद्रा देवी ने उसे अपनी गोद में ले लिया।

गाँव के कोने में एक घर है। इस घर का बालक जानार्दन चौंककर उठा। उसने देखा, दुनिया को छोड़ते समय अंधकार इधर-उधर घूम-घूमकर देख रहा है। जनार्दन 'श्री' पाने के लिए उतावला हो गया। उसने जल्दी-जल्दी बस्ता उठाया, दवात में पानी डाला और पाठशाला की ओर भाग खड़ा हुआ। उसने पाठशाला में देखा, उसकी 'श्री' लूटकर कोई पहले से ही वहाँ लेटा हुआ है।

---

* आंध्र प्रदेश की चटसालों में सब से पहले पहुँचनेवाले छात्र के हाथ में गुरु उँगली से 'श्री' लिखता है। दूसरे के हाथ में 'तारा' लिखा जाता है और देर से आनेवाले छात्रों के हाथ पर छड़ी पड़ती है। 'श्री' पानेवाला छात्र छड़ी मारता है। देर से आनेवाले छात्र को क्रमशः अधिक छड़ियाँ लगती हैं

जनार्दन ईर्ष्या से जलने लगा। तिरुमलाचारी को मारने के लिए जनार्दन का पाँव गज भर ऊपर उठा, किंतु वह मार न सका। लात ऊपर ही रुक गई। उसने मन-ही-मन धर्मयुद्ध करने का निश्चय किया। चुपचाप बैठकर वह दतौन करने लगा।

दतौन करते समय मन में कई प्रकार के विचार उठते हैं। जनार्दन भी एक के बाद एक उठनेवाले विचारों में डूब गया। वह सोचने लगा कि तिरुमलाचारी को मिलनेवाली 'श्री' कैसे लूटी जा सकती है।

जनार्दन की आयु थोड़ी ही थी, किंतु गुणों के कारण वह प्रशंसा का पात्र था। इसीलिए तो उसने सरकार की पाशविक शक्ति से काम न लेकर वकीलों की तर्कशक्ति से काम लेने का निश्चय किया।

तभी रंगम्मा हाँफती-काँपती पाठशाला पहुँची। उसने देखा—दो भूत वहाँ पहले ही उपस्थित हो चुके हैं। नानी के सिखाए हुए दो-चार मंत्र पढ़कर वह बैठ गई। जनार्दन ने मुँह धोकर रंगम्मा से कहा, "रंगी, कल तुमने चुड़वा नहीं दिया था। आज छड़ी से हथेली की चमड़ी उधेड़ दूँगा। आज की 'श्री' मुझे मिलेगी। वह जो सो रहा है, उसे 'तारा' मिलेगा और तुम्हें मिलेगी छड़ी।"

जनार्दन की बात सुनते ही रंगम्मा का कलेजा काँप गया। रोनी सूरत बनाकर उसने कहा, "मैं अब पाठशाला आऊँगी ही नहीं।" वह उठकर घर की ओर चल दी।

जनार्दन ने समझौते के स्वर में कहा, "अच्छा, तुमको नहीं पीटूँगा; किंतु तुम्हें गुरुजी से कहना पड़ेगा कि जनार्दन सब से पहले पाठशाला पहुँचा है।"

रंगम्मा तेजी से घूमी। बोली, "तो क्या आज तुम्हें 'श्री' नहीं मिल रही है?"

जनार्दन ने रंगम्मा को अपनी मित्र-मंडली में सम्मिलित करते हुए कहा, "यदि तुमने मेरा साथ दिया तो, आज ही नहीं, सदा के लिए छड़ी तो जोर से उठाऊँगा, किंतु हथेली को धीरे से छुआकर छड़ी हटा लूँगा—समझी?"

"अच्छा, तब तो मैं तुम्हारे पहले आने की ही बात कहूँगी।"

एक-एक करके बालक आने लगे। रंगम्मा प्रत्येक विद्यार्थी से कहने

लगी—''जनार्दन के हाथ में 'श्री', तिरुमलाचारी की हथेली में 'तारा' और मेरी हथेली पर एक छड़ी।''

सभी छात्र कलियुग को कोसते हुए जात-पाँत की उपेक्षा करके सिलसिले से बैठने लगे। जनार्दन पट्टी पर लिखने लगा—जनार्दन-श्री, तिरुमलाचारी-तारा, रंगम्मा-एक छड़ी, उलक्कि-दो छड़ी।

सूर्योदय

सूरज निकल आया। पंडित रावुलपाटि राजय्या तालाब पर एक फुट लंबी दतौन करने लगे। दतौन करने के पश्चात् बालिश्त भर ऊँचे लोटे से पानी लेकर अपने मुख-मंडल का अभिषेक करने लगे। सूर्य नमस्कार समाप्त करके हाथी की चाल से चटसाल की ओर चले।

इधर चटसाल में तिरुमलाचारी ने जनार्दन के हाथ से पट्टी छीनकर सारे नाम मिटा दिए। इस आचरण से उत्तेजित होकर जनार्दन ने हाथों के साथ-साथ दाँतों का प्रयोग भी किया, तो तिरुमलाचारी हस्त-दंत के साथ तख्ती-कलम से भी प्रहार कर बैठा। रंगम्मा जनार्दन को बढ़ावा दे रही थी। शेष विद्यार्थी दो दलों में विभक्त होकर अपने-अपने नेता का जय-नाद करने लगे। चटसाल ने साप्ताहिक हाट का रूप धारण कर लिया।

गुरुजी चटसाल में आकर खजूर की चटाई पर बैठ गए। उन्होंने अपनी लाल-लाल आँखें एक बार चारों ओर घुमाईं, तो हाट मसान में बदल गई। गुरुजी की आँखें चटसाल के बालकों के लिए ही नहीं, गाँव के बड़े-बड़े लोगों के लिए भी धूमकेतु के समान थीं।

'ला ऐंड ऑर्डर' के स्थापित होते ही विद्यार्थियों के नेता एल्लमंद ने प्रार्थना प्रारंभ की—

सरस्वती, नमस्तुभ्यं वरदे कामरूपिणी,
विद्यारम्भं करिष्यामि सिद्धिर्भवतु मे सदा।

सभी विद्यार्थियों ने यह श्लोक दुहराया।

उस समय तक राजभक्ति अथवा राष्ट्रभक्ति से संबंधित गीतों का

प्रचलन नहीं हुआ था। गुरुभक्ति से संबंधित स्तोत्र भी प्रचलित थे, किंतु उनका उल्लेख किसी पुस्तक में न होकर गुरुजी की छड़ी में रहता था।

पंडितजी ने अपने दुपट्टे की गाँठ खोली, उससे ताड़पत्रों की एक थैली बाहर निकाली, इस थैली से ऐनक लेकर उन्होंने आँखों पर जमाई।

पाठशाला में जब कोलाहल शांत हो गया तो पड़ोस में रहनेवाले पोन्नाड नागैया को पता चला कि गुरुजी ने अपना कार्य प्रारंभ कर दिया है। वह भी अपना बस्ता लेकर पहुँच गया।

पाठशाला में पहुँचते ही गुरुजी सबसे पहले 'रामकोटि' लिखते हैं, जिस तरह महर्षि व्यास को लिखने में गणेशजी से सहायता मिलती थी, उसी तरह गुरुजी लेखन-कार्य में नागैया से सहायता लेते थे।

बंड सुब्बैया रामकोटि का बस्ता लाता था। आज वह अनुपस्थित था, अत: यह कार्य जनार्दन ने संपन्न किया।

नागैया ने रामकोटि के कागज निकाले और वह लिखने में व्यस्त हो गया।

जनार्दन खजूर की छड़ी लाया तो तिरुमलाचारी ने छड़ी छीन ली। जनार्दन चिल्ला उठा।

जनार्दन के चिल्लाने से 'रामकोटि' पर अनायास ही हनुमानजी की पूँछ की भाँति एक लंबी लकीर खिंच गई। गुरुजी का मुँह मारे क्रोध के लाल हो गया। छात्रों ने गुरुजी का मुँह देखा तो भविष्य की कल्पना से स्तब्ध रह गए।

गुरुजी अपनी मूँछों में उलझी हुई ऐनक अच्छी तरह निकाल भी नहीं पाए थे कि जनार्दन अपनी जगह से चिल्लाया—"गुरुजी, आज 'श्री' मुझे मिलनी चाहिए। तिरुमलाचारी व्यर्थ ही मेरे हाथ से छड़ी छीन रहा है।"

रंगम्मा तुरंत अपनी जगह से उठ खड़ी हुई। उसने जनार्दन का समर्थन किया। पंडितजी ने चश्मा नीचे रखकर रंगम्मा को अपनी ओर बुलाया। वे गरजकर बोले, "तुमसे किसने पूछा था ? इधर आओ।"

रंगम्मा का कलेजा धक-धक करने लगा। वह जहाँ खड़ी थी, वहीं खड़ी रही। इंच भर भी न हिली। पंडितजी फिर गरज पड़े—"तुम्हीं को बुला रहा हूँ। तुम आती क्यों नहीं ?"

रंगम्मा जोर से रोने लगी और धम से अपनी जगह बैठ गई।

कुछ बालिकाओं ने सहारा देकर रंगम्मा को पंडितजी के सामने ला खड़ा किया। पंडितजी का क्रोध से लाल चेहरा देखकर रंगम्मा स्तब्ध रह गई। उसने अन्य बालिकाओं के बंधन से छूटने का प्रयत्न किया तो वे बालिकाएँ नागैया पर गिर गईं और 'रामकोटि' पर स्याही फैल गई। नागैया ने लड़कियों को ऐसी-ऐसी गालियाँ दीं, जो उसके मुँह से पहले कभी सुनाई नहीं दी थीं। रामकोटि की अपवित्रता के भय से नागैया उसे उठाए तालाब की ओर दौड़ा।

पंडितजी ने छड़ी चलाई। मार लगने से पहले ही रंगम्मा चीखती हुई पीठ के बल गिर पड़ी। दूसरी लड़कियाँ उसे खींचकर गुरुजी के सम्मुख ले जाने का प्रयत्न करने लगीं तो रंगम्मा पुकारी—''जनार्दन ने कहा था।''

जनार्दन तब दूर खड़ा रंगम्मा को घूर रहा था।

''क्यों रे जनार्दन, तूने कहा था!'' पंडितजी ने तमककर पूछा।

''झूठ है गुरुजी, बिल्कुल झूठ है।''

''तब 'श्री' किसे मिलेगी?''

''मैं सब से पहले आया। जिस समय मैं मुँह धो रहा था, तिरुमलाचारी पाठशाला में आकर सो गया।''

''पाठशाला में आते ही मैंने क्या किया, यह तो बताओ।'' तिरुमलाचारी पूछ बैठा। जनार्दन अपनी बुद्धि को तेज करने लगा। तिरुमलाचारी के प्रश्न से सभी छात्र प्रसन्न थे।

'श्री' तुम्हें मिलेगी। पंडितजी ने इतना कहकर सबको कलेवा करने की छुट्टी दे दी। और स्वयं 'रामकोटि' लिखने बैठे। पंडितजी ने गली में दो-तीन बार झाँककर देखा, नागैया का कहीं पता-ठिकाना नहीं था।

मध्याह्न

बालक-बालिकाएँ दल बाँधकर पाठशाला की ओर चले। कोई-कोई अकेला भी आ रहा था। आज की 'श्री' और 'तारे' का रहस्य जानने के लिए सभी उत्सुक थे।

बालक-बालिकाओं के हाथों में कम सामान नहीं था। बाएँ हाथ में तख्ती के साथ 'बाल-शिक्षक' नाम पुस्तक। दाएँ हाथ में दाल-सेव, चुड़वा तथा अन्य खाद्य-सामग्री। इस सामग्री में कुछ पाने की आशा बाँधे साथ-साथ चलनेवाले चार-पाँच कुत्ते और दस-पंद्रह कौए।

भिखारिन नागम्मा भीख माँगकर लाठी टेकती घर लौट रही थी। वह अस्सी की रही होगी। कुछ समय पूर्व ही नागम्मा ने अपना सिर मुँडवा लिया था, इसीलिए बालक नारियल कह-कहकर मजाक करते थे। विद्या तथा विनय प्राप्त करने के लिए जो बालक-बालिकाएँ पाठशाला जा रहे थे, उन्हें देखकर नागम्मा ने अपना सिर ढक लिया। वह तेजी से आगे बढ़ने लगी।

नागुलु और पानकालु ने भिखारिन को टोका—"हमें नारियल का टुकड़ा न दोगी?"

नागम्मा ने गालियों की बौछार शुरू की। ये गालियाँ किसी शब्दकोष में नहीं पाई जा सकतीं। बच्चे चिल्लाकर अपने काव्य-प्रेम का परिचय देने लगे।

नागम्मा, नागम्मा, नागम्मा, नागम्मा,

नागम का सिर-नारियल का फल!

नागम्मा भी चुप नहीं रही। उसने टोला, पत्थर जो हाथ आया, लड़कों पर फेंकना शुरू किया। लड़के पाठशाला की ओर भाग खड़े हुए। पंडितजी ने रामकोटि लिखना बंद करके पूछा, "बंड सुब्बैया कहाँ है?"

बंड सुब्बैया अनुपस्थित था। अतः उसका काम पानकालु को सौंपा गया। पानकालु का गुरु-भक्ति का अवसर मिला तो वह मारे खुशी के फूला न समाया। गुरुजी के लिए तमाखू लाने के लिए दौड़ा।

बालक एक-एक करके गुरुजी के सामने खड़े होने लगे। पंडितजी ने लड़कों को गृह-कार्य देखा। जब गृह-कार्य देख चुके तो जनार्दन और तिरुमलाचारी को अपने पास बुलाकर प्रश्न किया—"सच-सच बताओ, आज की 'श्री' किसे मिलनी चाहिए?"

डरते-डरते जनार्दन ने कहा, "मुझे।"

तिरुमलाचारी ने कहा, "मुझे।"

''अबे, तुझे 'श्री' किस तरह मिल सकती है? तुझे सोता देख तेरी 'श्री' तो जनार्दन हड़प कर गया।''

पंडितजी ने इतना कहकर जनार्दन की हथेली में कभी न मिटनेवाली 'श्री' अंकित कर दी। तिरुमलाचारी से पूछा, 'क्यों बे! तुझे भी 'श्री' चाहिए?' तिरुमलाचारी ने गरदन हिलाकर अस्वीकार किया तो रंगम्मा के हाथ ने भी 'श्री' का आधा आनंद उठाया। अन्य लड़कों को छड़ी मारने का अधिकार तिरुमलाचारी को मिला।

पानकालु को मार से छुटकारा मिला। वह तमाखू लाकर पंडितजी का चुट्टा (चुरुट) बनाने लगा। जब चुट्टा बन चुका तो उसने वह पंडितजी के कर-कमलों में सौंप दिया। पंडितजी बहुत प्रसन्न हुए। उन्होंने पूछा, ''तमाखू कहाँ से लाया?'' पानकालु ने अपने हस्त-कौशल का परिचय देने के लिए कहा—

''हमारी दुकान से चुराकर लाया हूँ गुरुजी!''

''माल कहाँ का है?''

''किष्टैया के बगीचे का।''

''अच्छा, लेकिन बंड सुब्बैया तो कुम्हड़ेवाले खेत की तमाखू लाता है। थोड़ी तुमने अपने लिए तो तमाखू नहीं चबा ली है?''

''नहीं गुरुजी!'' पानकालु उठ खड़ा हुआ और अपने कपड़े झाड़ने लगा। पंडितजी ने चुट्टा अपने मुँह में पकड़ा। रेड्डीजी का लड़का घर से आग ले आया।

पानकालु पीतल का लोटा ले आया तो पंडितजी भोजन करने चले गए।

सायंकाल

पाठशाला के सबसे छोटे लड़के बापुलु ने अंदर झाँककर हाथ से इशारा किया। इस इशारे का मतलब सभी विद्यार्थी तत्काल समझ गए। इशारे का मतलब था—पंडितजी पाठशाला में आ रहे हैं। पाठशाला में शांति छा गई।

गुरुजी लोटे के पानी से कुल्ला करके अंदर आए। पानकालु ने चटाई

साफ करके बिछा दी और सिरहाने की ओर चटाई के नीचे घास जमा करके तकिया लगा दिया। पंडितजी ने चटाई पर जैसे ही अपना दुपट्टा बिछाया, सब लड़के घरों को चले गए और पंडितजी शीघ्र ही खर्राटे भरने लगे।

गाढ़-निद्रा में पंडितजी के पेट से ऐसी ध्वनि निकल रही थी, जैसे कोई चरखा चल रहा हो। कुछ लोगों ने इस ध्वनि से अनुमान लगाया कि रेड्डीजी के घर धुनिया आया है, चलो अपनी रुई भी पिनवा लें, किंतु रेड्डीजी के यहाँ रुई ले गए तो बहुत निराशा हुई।

थोड़ी देर बाद पंडितजी ने करवट बदली। इस बार एक विचित्र प्रकार की ध्वनि होने लगी।

रेड्डीजी के घर में दूध के बरतन पर डाका डालने के लिए जो बिलाव आया था, वह पंडितजी पर हमला कर बैठा। पंडितजी की नाक से निकलनेवाली विचित्र प्रकार की ध्वनि से अनुमान लगाया था कि उसका कोई प्रतिद्वंद्वी आ गया है। संयोग से रेड्डीजी के घर पहरा देनेवाला विश्वासी कुत्ता घटना-स्थल पर पहुँच गया। कुत्ते को देखकर बिलाव ने छलाँग लगाई और दीवार पर जा बैठा। इधर कुत्ता पंडितजी के स्वर में स्वर मिलाकर जोर-जोर से भोंकने लगा।

एक-एक करके विद्यार्थी पाठशाला में आने लगे। उन्होंने कुत्ता भगा दिया। जागते ही पंडितजी ने पूछा, "सब लड़के आ गए?"

पाठशाला का सरदार एल्लमंदा उठा। बोला, "बंड सुब्बैया, नत्ति नागुलु, उलक्कि पातालंगाडु, पर्वतालु, जनार्दनजी, रंगम्माजी, चुकम्मा सुब्बि, ये सब अनुपस्थित हैं।"

पंडितजी ने इन बच्चों को पकड़ लाने का आदेश दिया। अबद्धालु, सत्यम, गन्नैया आदि योद्धाओं को लेकर एल्लमंदा हमला करने चला।

इन लड़कों से जनार्दन के पिता ने कहा, "जनार्दन ही नहीं, मैं भी पाठशाला चलता हूँ। मुझे तुम्हारे गुरुजी की खबर लेनी है।"

बाल योद्धाओं को यह घोषणा बहुत अच्छी लगी, किंतु अबद्धालु बोला, "ये बड़े लोग इसी तरह कहते हैं। पंडितजी के पास क्या कोई जाता है?"

वहाँ से लोग बंड सुब्बैया की खोज लगाते उसकी दुकान पर पहुँचे।

दुकान पर बंड सुब्बैया के पिता गुरिबि सेट्टी बैठे थे। बालकों ने अपनी तथा बंड सुब्बैया की प्रतिष्ठा का ध्यान रखते हुए पूछा, "सुब्बि सेठ कहाँ हैं, जी?"

"अरे, मैं तो सोच रहा था—गुरुजी ने दंड देने के लिए उसे पाठशाला में ही रोक लिया है। वह तो घर आया ही नहीं। अब तक उसने भोजन भी नहीं किया। तुम लोग उसका पता तो लगाओ जरा।"

सब लड़कों को इस कथन से आश्चर्य हुआ। सबने विचार-विमर्श के बाद निश्चय किया कि हो-न-हो, सुब्बैया रेड्डीजी के बगीचे में मिलेगा। वे इस बगीचे में पहुँचे। बगीचे में माली नहीं था। कैरियाँ कुछ बड़ी हो रही थीं। सब लड़के आम के पेड़ पर चढ़ बैठे।

एल्लमंदा बोला, "देखो, बंड सुब्बैया वहाँ है?" एक साथ कई लड़कों के मुँह से निकला—"कहाँ?"

एल्लमंदा ने उत्तर दिया—"कुम्हड़े के खेत में देखो।"

सब लड़के बंदरों की तरह पेड़ से नीचे उतर आए। झुक-झुककर, बैठ-बैठकर कुछ दूर चले! नाम तो कुम्हड़े का खेत है, लेकिन उगाई जाती है तमाखू। गुरुभक्त बंड सुब्बैया चुन-चुनकर तमाखू के पत्ते तोड़ रहा था। एक साथ पाँच-छह लड़कों का बोझ ऊपर पड़ा तो वह घबरा गया। उसने सोचा, माली ने हमला किया है। बंड सुब्बैया ने दूसरे क्षण ही ऐसा झटका दिया कि सब लड़के जमीन पर चारों खाने चित्त! लड़कों ने उसे धमकी दी—"हम लोग पंडितजी से कहेंगे।"

पंडितजी का नाम सुनते ही वह लड़कों के अधीन हो गया।

बंड सुब्बैया ने तमाखू के पत्ते ताड़ के पत्ते में बाँध लिये और वह भी उस दल में सम्मिलित हो गया। इन लोगों ने उलक्कि आदि अनुपस्थित रहनेवाले विद्यार्थियों को अपने साथ लिया और फिर सब-के-सब पाठशाला पहुँचे।

इन बच्चों के पहुँचते ही पंडितजी ने पढ़ाना बंद किया। बंड सुब्बैया से तमाखू लेकर अनुपस्थित रहनेवाले लड़कों को यथोचित दंड दिया।

सारे बालक महारानी के लिए उठ खड़े हुए। पहाड़े बोलने लगे। उसी समय गाँव के कई प्रतिष्ठित लोग चिट्ठी तथा दस्तावेज लिखाने के लिए आ

पहुँचे। जब पंडितजी इन लोगों का काम कर चुके तो खड़े होकर बोले—

दीपं ज्योतिः परब्रह्म दीपं ज्योतिः परायणम्
दीपं हारतु मे पापं संध्यादीप, नमोस्तु ते।

सभी छात्रों ने यह श्लोक दुहराया। रेड्डी साहब के यहाँ बहीखाता लिखने का समय हो चुका था। सब बच्चे घर को चल दिए। कुछ लड़के बार-बार मुड़-मुड़कर देख रहे थे कि जनार्दन को लिये उसके पिता अब तक आए या नहीं।

वेलूरी शिवराम शास्त्री का जन्म सन् 1892 में आंध्र के कृष्णा जिले के चिरिवाड़ा गाँव में हुआ। वे एक सुप्रसिद्ध विद्वान् होने के साथ बहुभाषाविद् भी थे। साथ ही एक विशिष्ट शतावधानी भी थे।

श्री शास्त्री ने अत्यंत महत्त्वपूर्ण कहानियों की रचना की, जिनमें विशेष रूप से 'माल दासरी', 'सुलतानी', 'कामकवि', 'कृति', 'ऊरिबडि', 'दत्तु', 'पद्माक्षि', 'अतिथि देवुडु', 'तन्मयता', 'ह्यटसयमु', 'प्रोधा परिव्राजक', 'विवाहमु', 'मूढ़ तमाशालु', 'दरजा', 'पीतल का दरवाजा' इत्यादि विशेष रूप से लोकप्रिय हुईं।

उनके कहानी-संग्रहों में 'कथा सट्कममु', 'कथा सप्तकमु' पाठकों द्वारा विशेष रूप से प्रशंसित हैं। 'एकावली' इनके खंड काव्यों का संग्रह है। उन्होंने बच्चों के लिए अनेक वैज्ञानिक कहानियों की रचना की। वे एक सफल अनुवादक भी रहे। बँगला के विख्यात कवि एवं रचनाकार श्री रवींद्रनाथ टैगोर तथा श्री शरतचंद्र के उपन्यासों का तेलुगु में सफल अनुवाद किया।

भूगोल संबंधी अनेक लेख भी उन्होंने प्रकाशित किए।

□

गोदावरी हँस पड़ी

—चिंता दीक्षितुलु

संध्या का समय, सूर्य सुहागिन स्त्री की भाँति हल्दी–कुंकुम लगाए गोदावरी में डुबकी लगाने जा रहा है। पक्षी घोंसलों में आश्रय लेने जा रहे हैं। चौपाए घर लौट रहे हैं। आधुनिक सभ्यता से अछूते ग्रामीण भी अपने–अपने घरों को आ रहे हैं। ऐसे समय सभ्य शहरी लोग क्लबों के लिए चल पड़े। मैं सभ्य हूँ और शहरी भी, किंतु क्लब को न जाकर सैर के लिए जा रहा हूँ।

गोदावरी के किनारे–किनारे मैं पैदल चलने लगा। वायु का प्रवाह नगर की ओर से गोदावरी की तरफ था। इसीलिए मैंने देखा, कोई वयोवृद्ध पुरुष किसी स्त्री को समझा रहा है—'स्वास्थ्य के लिए कॉफी के स्थान पर दूसरा पेय ठीक रहेगा।' एक जगह दो व्यापारी तेजी–मंदी को लेकर अपने नफे–नुकसान पर गंभीरता से विचार कर रहे थे। एक स्थान पर कोई दरिद्र विद्यार्थी जापानी रेशमी पेंट और पोलो कॉलरवाले कमीज का स्मरण करते हुए आत्मविभोर हो रहा है।

मैं किनारे–किनारे आगे बढ़ रहा हूँ। नगर से आनेवाली दुर्गंध कम हो गई है। अब नए ढंग की गंध आने लगी है। यह गंध समीप के गाँव से आ रही है।

वृक्ष हिलने लगे। उन वृक्षों की हवा गोदावरी के जल को छूकर बहुत सुखद लगती है। पेड़ों के हरे, चिकने, सुंदर पत्ते सांध्य प्रकाश में खेल रहे हैं। उन पत्तों पर मोटरों के कारण उड़नेवाली धूल दिखाई नहीं देती। गोदावरी के किनारे हरी दूब स्वच्छंदता से फैली हुई है। इस दूब पर बालिकाएँ चल

रही हैं। आस-पास के पेड़ों पर पक्षी गा रहे हैं। गोदावरी में उठनेवाली लहरें भी धीरे-धीरे ताल देकर गा रही हैं। चलनेवाली बालिकाएँ फटे-पुराने कपड़े पहने हुई हैं। उनके शरीर पर कोई जापानी कपड़ा नहीं था। आजकल की शिक्षा-प्राप्त युवतियों के भड़कीले कपड़ों को देखनेवाले मेरे नेत्र इन फटे-पुराने कपड़ों से परेशान नहीं हुए। दरिद्रता प्रदर्शित करनेवाले ये कपड़े मेरी आँखों को अच्छे लगे। अपने और माँगकर लिये हुए कपड़ों में अंतर होता है। विदेशी कपड़ा माँगा हुआ लगता है।

उन किशोरियों की सुंदर आकृतियाँ पाउडर से ढंकी हुई नहीं हैं। उनके केश जापान अथवा इग्लैंड की युवतियों की तरह सजाए नहीं गए हैं।

गोदावरी के तट पर विकसित होनेवाले हरे-भरे पलाश पर खिलनेवाले लाल फूल की भाँति वे बालिकाएँ अपने अकृत्रिम सहज सौंदर्य से शोभायमान हैं।

आधा सूर्यमंडल गोदावरी में डूब गया।

लकड़ियों से भरी टोकरियाँ लादे वे लड़कियाँ किनारे पर आईं और घर का रास्ता पकड़ा। मैं उस समय उन तीनों लड़कियों से छिपा नहीं रह सका।

गाँव के चौपाए नगर-निवासियों को देखकर कितने भयभीत होते हैं! वे तीनों लड़कियाँ मुझे देखकर उसी भाँति डर गई थीं। घबराई हुई वे अपने घरों को चली गईं।

यदि मुझ पर नगर की सभ्यता का नशा चढ़ा होता तो मैं उन्हें अंग्रेजी में पशु अवश्य कहता। कुछ समय पश्चात् मैंने सोचा तो मुझे प्रतीत हुआ कि वे किशोरियाँ पौधों पर खिलनेवाले पुष्प के समान हैं और मेरी श्रेणी के लोग तो सब-के-सब कागज के फूल हैं।

थोड़ी दूर तक मैं भी उन किशोरियों के पीछे-पीछे चलता रहा। उस दिन मकर-संक्रांति थी। इसीलिए तीनों लड़कियाँ गीत गाती जा रही थीं। गीत सुनने के लिए मैं भी उनके निकट पहुँचा। मेरे निकट पहुँचने से पहले ही गीत बंद हो गया। उनकी आँखों में आश्चर्य का भाव दिखाई दिया। मैं पीछे की ओर हट गया।

तभी गाय-भैंस चरानेवाले ग्वाले घर लौट रहे थे। मैंने उनसे पूछा, "ये चौपाए तुम्हारे हैं?"

ग्वालों ने बहुत ही विचित्र ढंग से एक बार मेरी ओर देखा और सिर हिलाते हुए अपने जानवरों को हाँकने लगे।

शहर में किसी-न-किसी कार्य से आए हुए नर-नारी गाँव लौट रहे हैं। कुछ स्त्रियों के कंधों पर खाली टोकरियाँ हैं। कुछ लोग नगर से सौदा खरीदकर ला रहे हैं, इंग्लैंड में छपनेवाले अखबारों से बँधे पुड़ों में।

केवल मैं ही ऐसा व्यक्ति था, जो गोदावरी के तट पर यों ही निरुद्देश्य घूम रहा था। बाकी सब लोग काम से आ-जा रहे थे।

सूर्यमंडल अभी पूरी तरह गोदावरी में डूबा नहीं है। अस्ताचलगामी सूर्य की किरणों से बादल अपने आपको सजाने लगे। गोदावरी की लहरें उत्तरोत्तर बढ़ती गईं।

तीनों लड़कियाँ बातचीत करती जा रही थीं। लकड़ियों के बोझ के कारण उनकी सुंदर गरदन झुकी जा रही थी।

तीनों लड़कियाँ अपने-अपने घर पहुँच गईं। उनकी माताएँ अभी-अभी घर लौटी थीं, बाजार में चावल खरीदने गई थीं। उन तीनों लड़कियों के पिता, भाई तथा अन्य संबंधी भी इसी समय मजदूरी लेकर घर आए हैं।

लड़कियों ने अपनी-अपनी माताओं को वे लकड़ियाँ सौंप दीं, जो वे जंगल से चुनकर लाई थीं। माताएँ उन लकड़ियों से पानी गरम करके उन लड़कियों के पिता तथा भाइयों को नहलाने लगीं। फिर उन्हीं लकड़ियों से घर भर के लिए भोजन बनने लगा। भाई तथा पिता की लाई मजदूरी और माँ के लाए चावल पर्याप्त रहे, दूसरे दिन पूर्ववत् लड़कियाँ लकड़ी बीनने, माँ चावल लेने और पिता तथा भाई मजदूरी करने के लिए तैयार हो जाते हैं।

उन लड़कियों और लड़कियों के माता-पिता तथा चिड़ियों में मुझे कोई अंतर दिखाई नहीं दिया। देहाती लोग और चिड़ियाँ, दोनों समान रूप से अपने जन्मदाता ईश्वर पर पूरा-पूरा विश्वास रखते हैं।

किसी चिड़िया के पास जाकर यदि हम उससे प्रश्न करें—"चिड़िया, चिड़िया! तू नित्य प्रति अपने खाने-दाने के लिए इतनी परेशान क्यों होती है? जिस दिन अधिक मिले, उसी दिन अन्न इकट्ठा क्यों नहीं कर लेती,

जिससे कई दिन आराम करती रहे?" आप जानते हैं, चिड़िया इस प्रश्न का उत्तर क्या देगी? वह कहेगी—भगवान् ने सभी प्राणियों के लिए संसार में अभीष्ट पदार्थों की व्यवस्था की है। तब मैं पृथक् रूप से और क्या व्यवस्था करूँ? चिड़िया के इस प्रकार के उत्तर में मुझ जैसे सभ्य नागरिक के लिए कोई सचाई दिखाई नहीं देगी।

मैंने गोदावरी की ओर मुड़कर देखा, सूर्यदेव पूरी तरह अस्त हो चुके थे। गाँव के लोग अपना-अपना भोजन करके सोने की तैयारी में लग गए।

□

मैं गोदावरी के किनारे पर चला आया हूँ। पक्षी घोंसलों में सो चुके हैं। पेड़ भी सो रहे हैं। किसी तरह डग भरता मैं नदी के किनारे-किनारे नगर में लौट आया। इस नगर के निवासी अब तक घरों में बंद नहीं हुए थे। शहरी-जीवन से मुझे घृणा हो आई। मेरे मन में आया कि मैं भी गाँव में रहने लगूँ तो कितना अच्छा हो! कितना आनंद रहेगा यदि मैं भी सवेरे ग्वालों के साथ चौपायों को हाँकता-हाँकता दूर जंगल में पहुँच जाऊँ और छाया में बैठ प्रकृति से बातचीत करूँ! किसी पेड़ की छाया में कलेवा करके अपने चौपायों के साथ गोदावरी का पानी पीऊँ और फिर किनारे पर ही पेड़ों की छाया में खेलता रहूँ। वहीं प्रकृति की गोद में सो जाऊँ!

अथवा उन लड़कियों के साथ मैं भी टोकरा उठाए, चप्पल पहने लकड़ी-कंडे बीनता फिरूँ तो कितना अच्छा हो! उन लड़कियों के साथ मैं भी गीत गाऊँ, हम लोगों के साथ वे चिड़ियाँ भी अपना गान छेड़ें और उस गान को गोदावरी सुने तो कितना अच्छा हो; किंतु कठिनाई यह है कि मैं नगर-निवासी हूँ। क्या वे लड़कियाँ मुझे अपने पास आने देंगी? कहा जाता है, यदि किसी पक्षी को मनुष्य छू ले तो दूसरे पक्षी उस पक्षी को अपने दल में सम्मिलित नहीं करते। वे लड़कियाँ क्या मुझे अपने साथ लकड़ियाँ बीनने देंगी?

उन ग्रामीणों के साथ मैं भी उस गाँव में निश्चिंतता का जीवन व्यतीत कर सकूँ तो कैसा रहेगा! इस प्रश्न पर विचार करते समय मुझे ज्ञात हुआ कि मैं इसके योग्य नहीं हूँ। मजदूरी करते हुए हाथों में छाले पड़ जाएँ, इसका

अभ्यास मुझे कहाँ है? मेरे पाँव कँटीले झाड़-झंखाड़ों और खेत की मेंड़ों पर नहीं चल सकते। मेरी देह सर्दी-गरमी को एक भात्र से कहाँ सहन कर सकती है! मुझ में इतनी समबुद्धि कहाँ है कि जैसी स्थिति आए, उसी में संतुष्ट रहूँ। अपने आपको विश्व की एक साधारण इकाई मानने के लिए मैं कहाँ प्रस्तुत हूँ? मेरा शरीर शीत और उष्ण दोनों का प्रभाव तुरंत ग्रहण करता है और मेरे पाँव धरती के कृमियों को आकर्षित करते हैं। मैं अपने हाथों से चट्टान तो नहीं उठा सकता।

मैंने अपने मन को समझाया, मैं पढ़ा-लिखा आदमी हूँ। ग्रामीणों को पढ़ाकर जीविका उपार्जित कर सकता हूँ। कुछ काल गाँव में रहकर ग्रामीणों की कृतज्ञता क्यों न प्राप्त करूँ? मेरे शिक्षित हृदय की भावना तो देखिए! मैं पढ़ाऊँगा तो ग्रामीणों को मेरे प्रति कृतज्ञता व्यक्त करनी चाहिए! लकड़ी बीननेवाली वे लड़कियाँ क्या अपनी माताओं से कृतज्ञता की अपेक्षा रखती हैं? मैं हूँ कि अध्यापन के बदले ग्रामीणों की कृतज्ञता का आकांक्षी हूँ!

कुछ समय पश्चात् गाँव में छोटा सा घर बनाकर अपनी गृहस्थी बसा लूँ, लकड़ी बीननेवाली एक लड़की के साथ विवाह करके···

□

प्रतिदिन गोदावरी के तट पर टहलने की आदत मैं डाल चुका हूँ। मैंने निश्चय किया है कि उस ग्राम के निवासियों के साथ घनिष्ठता बढ़ाऊँ और फिर उनकी सहमति लेकर वहाँ बसूँ। मैंने उस गाँव के प्रतिष्ठित व्यक्तियों से परिचय पाकर एक पाठशाला खोलने का संकल्प किया। इस पाठशाला में तेलुगु, अंग्रेजी, गणित, नागरिक शास्त्र आदि विषयों की शिक्षा देने का निर्णय भी मन-ही-मन कर लिया।

उन तीन किशोरियों में से एक के साथ मित्रता स्थापित करके उस मित्रता को प्रणय में परिवर्तित करने का निश्चय भी कर चुका।

एक संध्या को मैं गोदावरी के किनारे खड़ा था। हर रोज पत्ते देखते थे, अतः मुझे पेड़ों के पत्ते ऐसे प्रतीत हुए, जैसे वे मुझे अच्छी तरह जानते हों।

चिड़ियाँ चहचहा रही थीं। उन झाड़ियों में मेरे नेत्र किसी को खोजने

में लगे थे। पाठक समझ गए होंगे कि मैं किसे ढूँढ़ रहा था? दूर्वादलों और पेड़ों ने खाली हाथ घुमा-घुमाकर मुझे उत्तर दिया—

सामने गोदावरी है। गोदावरी के परली पार आकाश छोटे-छोटे मेघ-खंडों से भरा है। उस किनारे का एक गीत लहरों पर लहराता हुआ मेरे कानों से आ टकराया। मैंने चौंककर उस ओर देखा तो एक काली सी छाया दिखाई दी, लकड़ी बीनने वाली लड़की ही संभवतः गीत गा रही है।

मुझसे थोड़ी ही दूर खेत की क्यारी है, क्यारी में एक किशोर काम कर रहा है। गीत सुनकर किशोर ने कमर सीधी की और गोदावरी के दूसरे किनारे पर दृष्टि डाली। उसने भी उस ग्रामीण लड़की को एक ग्राम-गीत भेजा। किशोरी और किशोर के बीच का अंतराल दोनों के गीतों का मार्ग बन गया। उस मार्ग से दोनों के हृदय यात्रा करने लगे। गीतों के मार्ग से यात्रा करनेवाले किशोरी के हृदय को किशोर ने अपने में छिपा लिया है और इसी मार्ग से किशोरी ने भी किशोर का हृदय पाया है। इस लुकाछिपी को देख गोदावरी हँस पड़ी और मेरा मन उदास हो गया।

दोनों निकट आने लगे। किशोरी गोदावरी पार कर सिर पर लकड़ी का टोकरा लादे युवक की ओर बढ़ने लगी। दोनों मिले। एक-दूसरे का हाथ पकड़ खेत के किनारे आए और तब अपने घर की ओर चल दिए। लड़की ने फटे-पुराने कपड़े पहन रखे हैं। किशोरी की आँखों से किशोर का हृदय झाँक रहा है। किशोर के हाथ में लाठी, सिर पर पगड़ी, कमर में कोपीन। उसका गहरा श्याम रंग चमक-चमक जाता है, किशोर की आँखों में भी किशोरी का हृदय झाँक रहा है।

किशोर तथा किशोरी ने मुझे देखा, देखते ही दोनों ने हाथ छुड़ाया और अलग होकर दूर-दूर चलने लगे। धीरे-धीरे दोनों मेरे निकट आ गए। मुझे देखकर लड़की हँस पड़ी; और दिन में लकड़ी बीनकर लड़की को देता था तो वह ले लेती थी, किंतु आज उसने मेरी दी हुई लकड़ियाँ टोकरी में नहीं डालीं। मैं उस लड़के को जानता हूँ, फिर भी वह मुझसे कहे-सुने बिना चला गया। मैं कुछ देर तक वहाँ खड़ा रहा।

□

मैंने गाँव के मुखिया लोगों से बात की। सबने यही कहा कि बच्चों को पढ़ने-लिखने के लिए समय ही नहीं मिलता। उन बालकों के लिए भगवान् ने जीविका का साधन जुटा रखा है, फिर पढ़कर नौकरी करने की उन्हें क्या जरूरत? मैंने उन्हें समझाया कि पढ़ने का उद्देश्य केवल जीविकोपार्जन नहीं है, ज्ञानार्जन...आदि भी है। जिस समय मैं ग्रामीणों को समझा रहा था, मेरी अंतरात्मा ने मुझे स्मरण कराया—मैंने स्वयं रोजी पाने के लिए पढ़ा है, सारा संसार कमा-खाने के लिए पढ़ता है। इस गाँव में पाठशाला खोलने का विचार भी मेरी जीविका से जुड़ा हुआ है।

ग्रामीणों ने पूछा कि मैं बालकों को क्या पढ़ाऊँगा? मैंने उत्तर दिया—"अंग्रेजी, तेलुगु, गणित, इतिहास इत्यादि।" गाँव के मुखिया लोगों ने मुझे बताया कि गाँव की एक लड़की पढ़ने के लिए शहर गई थी। कोई उसे ले गया था, माँ-बाप नहीं थे, इसीलिए वह जा सकी। उसने शहर में जाकर खूब पढ़ा-लिखा, किंतु इस पढ़ाई से उसे क्या मिला? बन-ठनकर घूमती है, ईश्वर के प्रति उसे विश्वास नहीं रहा, ग्रामवासियों को देखकर घृणा करती है। और अनोखी बात यह कि उसने विवाह नहीं किया। विवाह न करने में उसका अपना दोष नहीं है, कहीं से बात ही नहीं चली। भगवान् को भुला देनेवाली शिक्षा व्यर्थ है, ऐसी शिक्षा का क्या महत्त्व, जो शरीर को सजाने में ही जीवन बिताने की प्रेरणा दे और विवाह से दूर रखे!

जब मैंने इस पर भी अपना आग्रह बनाए रखा तो उन लोगों ने पूछा, "क्या तुम रात के समय रामायण, महाभारत और भागवत पढ़ा सकते हो?"

अंग्रेजी पढ़े-लिखे व्यक्ति से यह प्रश्न किया गया था। मैं मौन रहा। बहुत परिश्रम से मैं तेलुगु में साढ़े तैंतीस अंक प्राप्त कर सका था। क्या तो महाभारत पढ़ाता और क्या रामायण? उन लोगों से बिदा माँगकर लौट पड़ा।

साँझ का समय, गोदावरी के किनारे-किनारे आ रहा था। गाँव लौटनेवाले नर-नारी मेरे सामने से गुजरे, अभ्यास के कारण मैंने धरती पर गिरी सूखी लकड़ियों की ओर देखा। लकड़ी के टुकड़े मुझे देखकर हँस रहे थे। उस लड़की को देखने की उत्कट अभिलाषा थी मेरे मन में, इसीलिए नदी के तट

पर जहाँ तक दृष्टि जा सकती थी, मैंने नजर दौड़ाई, मुझे दिखाई दिया, वह लड़की एक डाल पर बैठी सूखी लकड़ी तोड़ रही है और जमीन पर फेंक रही है, फिर मैंने युवक को ढूँढ़ा। वह कुछ दूर अपने चौपायों को हाँककर घर के रास्ते पर लगा रहा है। मैं खड़ा हो गया। वह युवक उस पेड़ के नीचे आया, जिसकी डाल पर लड़की बैठी थी। उसने वे लकड़ियाँ टोकरे में भरीं, लड़की पेड़ से नीचे उतरने लगी। युवा उसकी ओर देखने लगा—पीछे की ओर कसकर बँधा आँचल, गाँठवाला बड़ा जूड़ा, पाँवों में कड़े, अधरों पर हँसी, आँखों में चमक।

आपने डाल पर फुदकनेवाला पक्षी देखा है ? पेड़ से सटकर छिपे-छिपे बढ़नेवाली बेल देखी है ? वह किशोरी एक छोटी सी डाल से नीचे कूदी। युवक हँसा, उसने टोकरा उठाकर किशोरी के सिर पर रख दिया।

दोनों गीत गाते चल दिए। उन पर पेड़ों से झर-झरकर फूल गिर रहे थे। किशोर ने टेसू के दो फूल तोड़े, उनसे किशोरी के कान सुसज्जित हो उठे। पक्षी संगीत छेड़े हुए थे। सूर्य की अरुण-अरुण किरणों ने सारी धरती को रंग दिया था, किंतु उन दोनों पर अरुण किरणों की आभा बहुत गहरी थी। गोदावरी ने वायु से मिस उन्हें आशीर्वाद भेजा। जब वे ऊपर आ गए तो उन्होंने मुझे देखा।

मैंने कहा, "मैं जा रहा हूँ।"

"अच्छा भैया, फिर कब आओगे ?" किशोरी इतना कहकर हँस पड़ी थी।

"जा रहा हूँ।" मैंने युवक से कहा।

"अच्छा बाबूजी !" युवक ने उत्तर दिया, वे मुझे वहीं छोड़ आगे निकल गए। मैंने गोदावरी पर दृष्टि डाली। मुझे आभास हुआ, जैसे गोदावरी मेरी ओर ताक रही थी।

चिंता दीक्षितुलु सन् 1891 में पूर्व गोदावरी जिला कंवनदी तट पर स्थित रंगेरू गाँव में पैदा हुए। वे तेलुगु कहानी के लिए सही रूपरेखाएँ निर्मित करनेवाले महान् लेखक हैं। कहानी प्रक्रिया के

लिए विशेष लोकप्रियता पहुँचानेवाले श्री दीक्षितुलु ने एक सौ से अधिक कहानियाँ लिखी हैं। एकांकी तथा बाल-साहित्य के सृजन के वे पुरोधा हैं। तेलुगु में इन दोनों प्रक्रियाओं का सूत्रपात करने का श्रेय उन्हीं को जाता है।

दीक्षितजी की प्रमुख कहानियाँ 'गालिपाट', 'ऊरिपेरु', 'सुगालीकुटंबं', 'चेंचु दंपतुलु', 'अग्रासमाधिपत्यं', 'ताटिवनं लो', 'चेंचु', 'राणी', 'अभिप्रायभदमु', 'मनिदिकोति', 'देशभक्ति', 'पाकशास्त्र परीक्षा', 'सूपरेंटुकूतुरु' इत्यादि विशेष प्रसिद्ध हैं।

उन्होंने तेलुगु में स्केच भी लिखे हैं। उनमें 'एक मंचिवाडु', 'एन्नोचेस्तानु', 'जातकमु', 'जन्म परंपरा' इत्यादि उल्लेखनीय हैं। श्री दीक्षित ने 'वरूधिनी', 'शबरी', 'शर्मिष्ठा' जैसे एकांकी भी रचे हैं।

बाल-साहित्य के सृजन में भी उनकी अच्छी पकड़ है। बाल कहानियों में 'वटीकराव कथलु' विशेष लोकप्रिय हैं। बच्चों के लिए गीत भी लिखे हैं, उनमें 'लक्कपिडतलु', 'गोपी मोहिनी बालानंदं' बच्चों के कंठहार बने हैं।

उनका बाल कहानी-संग्रह 'सूरि, सीति, वेंकि' तेलुगु बाल-साहित्य के क्षेत्र में अविस्मरणीय बन गया है।

□

फायदे का सौदा

—मोक्कपाटि नरसिंह शास्त्री

हम चारों आदमी रोज की भाँति होटल में बिल चुकाकर पान चबाते और सिगरेट सुलगाते हुए क्लब में पहुँचे। वहाँ की दक्षिण दिशा के दालान में चार बढ़िया कुरसियाँ मँगवाकर हमने आपस में चर्चा करनी शुरू की। यह हमारा प्रति दिन का कार्यक्रम है। हम सब बेकार और देशोद्धारक हैं। इसलिए सबसे पहले हम लोग प्रति दिन क्लब में हाजिरी देते थे। सबसे पहले वहाँ पहुँच जाते थे। सबसे पहले पहुँच जाने का लाभ यह होता था कि बढ़िया कुरसियाँ मँगवाकर हवादार स्थान में बैठकर वार्त्तालाप करने की सुविधा मिल जाती थी। बाद में आनेवाले भद्रपुरुष वकील, मुंसिफ इत्यादि लोगों को हमारी यह सुविधा बहुत खटकती थी। लेकिन वे हमारा क्या कर सकते थे? हम भी तो क्लब के मेंबर थे। चंदा तो समय पर वे भी नहीं देते और हम भी नहीं देते। ऐसी हालत में वे किस बात में हमसे बड़े हैं। इन कुरसियों के लिए बेचारे समय से पहले अदालत छोड़कर आ नहीं सकते थे। इसलिए उन लोगों ने देरी से क्लब खुलवाने का प्रयत्न किया। लेकिन कुछ बुद्धिमान लोगों ने उनके प्रयत्न को विफल बना दिया। क्योंकि ताश खेलने तथा बिलियड्‌र्स खेलने के हेतु कुछ उत्साही युवकों ने क्लब में ही रहना शुरू कर दिया। उनके वास्ते देर तक क्लब खोले न रखें तो आमदनी कम हो जाएगी। जो भी हो, पैसे का मामला जो ठहरा।

हमारे क्लब में संन्यासी राजू एक मेंबर हैं। वह एक बहुत बड़े

पॉलिटीसियन यानी देवांतक* हैं। वह किसलिए देवांतक हैं, किस में देवांतक हैं, इसका निर्णय नहीं हुआ, पर देवांतक नामक ख्याति उन्हें प्राप्त हो गई है। वे सदा साफ-सुथरी पोशाक पहनकर क्लब में उपस्थित होते थे। इनसे संबंधित कहने व सुनने योग्य अनेक कथाएँ हैं। उन सब कथाओं को नहीं, बल्कि यहाँ तो एक ही विशेषता कहूँगा। उनकी मूँछें एक विशेष प्रकार की हैं। मूँछवाले तो कभी मिलेंगे। लेकिन उनकी मूँछें कुछ विचित्र प्रकार की हैं। इनकी शैली ही अलग है और घनी भी अधिक हैं। उसे एक किस्म की कलात्मक कारीगरी कहूँ तो विश्वास कीजिए, मैं समझता हूँ कि उन मूँछों के कारण ही उन्हें देवांतक नामक यश या अपयश प्राप्त हुआ है। जो भी हो, राजमहेंद्री के आचारीजी की जुल्फें और संन्यासी राजू की मूँछों से अपरिचित लोग आसपास के तीन-चार जिलों में नहीं हैं।

संन्यासी राजू की मूँछें देखने में कुछ गंभीरता-द्योतक और आदर-सूचक होने पर भी स्वभाव से वे कुछ खुलासा प्रकृति के ही हैं। वार्त्तालाप के समय हम में मिल जाते थे। हम सब के मन में उनके और उनकी मूँछों के विषय में आदर-भाव है। लेकिन कभी-कभी कुछ संदर्भों में उनकी मूँछों को देख हम जलते थे। उसका कारण हम स्वयं नहीं जानते। हम सबने कभी यह नहीं सोचा कि किसी बहाने उन मूँछों को निकलवा लेंगे तो कितना अच्छा होगा, पर कभी-कभी ऐसा लगता कि उन्हें निकलवाने पर उस व्यक्ति की हालत क्या होगी ? न जाने क्यों कभी-कभी हमारे मन में ऐसी अकारण की कामनाएँ क्यों पैदा होती रहती थीं। आप लोगों की बात मैं नहीं कह सकता, किंतु हम लोगों की आपस की बात समझें। मुझमें कभी-कभी ऐसी कल्पनाएँ उठती रहती हैं कि टैगोरजी की दाढ़ी और जुल्फें न होतीं तो कैसा होता ? उस्मान साहब के तोंद न होती तो क्या इतना बड़ा आदमी हुआ होता ? इस प्रकार के कई विचार मेरे मस्तिक में पैदा होते रहते हैं। खैर !

उस दिन भी हमेशा की ही तरह हम क्लब में पहुँचे—गपशप चलने लगी। इधर-उधर की बातें चल रही थीं। हमारे चारों तरफ कई लोग इकट्ठे हो गए। हम अपनी बातों में इतने तन्मय थे कि हमें पता ही न चल पाया।

कुछ देर राजनीतिक स्थिति पर वाद-विवाद होता रहा। इसके बाद वाणिज्य और व्यापार पर चर्चा चलने लगी।

चर्चा क्रमशः गंभीर होती गई। विदेशी विनिमय मुद्रा के संबंध में, Stock Market पर हमारे विशेषज्ञों (Specialists) ने बहस की। इसके उपरांत सोने और अनाज की दरों पर चर्चा होती रही। उस समय तक संन्यासी राजू भी आ गए थे। एक बार अपने दोनों हाथों से क्रॉफ सँभाला और दूसरे ही क्षण दोनों हथेलियों से मूँछों पर ताव दिया तथा एक कुरसी पर आराम से बैठ गए। इतने में सुब्ब्या बोल उठे—''आजकल भाव में उतार-चढ़ाव भले ही हो, पर व्यापार में जो फायदा है, वह किसी में नहीं है।'' उनके कहने के ढंग से ऐसा लग रहा था, मानो इस सत्य की उसने ही पहले-पहल खोज की हो। यह व्यक्ति देखने में मूर्ख की तरह लगता है और बीच-बीच में इस प्रकार के महत्त्वपूर्ण विषय सूत्र रूप में प्रकट कर कुछ समय तक मौन मुद्रा धारण कर लेता है।

रामराव ने जोर से चिल्लाकर कहना शुरू किया—''सुनिए, सुनिए!'' उसकी समझ में सभा में शोर, यह बहुत बड़ी मजाक थी। वेंकटराव ने गंभीर होकर कहा, ''आपका कहना ठीक है, लेकिन यह एक बड़ा कठिन कार्य है। कितनी पूँजी चाहिए। कितनी मेहनत करनी पड़ेगी। व्यापार के माने हँसी-मज़ाक थोड़े ही है!'' इस आदमी का स्वभाव ही कुछ ऐसा है। ''दाल में कुछ नमक ज्यादा है'', यह कहना हो तो चेंबरलेन जैसी गंभीर धारणा कैसे कहता है। एक सेवानिवृत्त अफसर ने कहा, ''जो भी हो, प्रत्येक व्यक्ति को नौकरी की खोज करना छोड़कर अब व्यापार में ही लग जाना चाहिए।''

एक व्यक्ति ने कहा, ''सब कोई पालकी पर चढ़े तो ढोनेवाला कौन हो? यदि सभी बेचनेवाले बन जाएँगे तो खरीदनेवाला कौन बचा रहेगा?''

एक उत्साही युवक ने कहा, ''सभी थोड़े ही चावल और कपड़े बेचनेवाले बनेंगे; व्यापार तो अनेक प्रकार के होते हैं। हर आदमी एक ही प्रकार का व्यापार थोड़े ही करेगा।''

इस पर एक समाजवादी ने कहा, ''ये सब कहने की बातें हैं। गरीब व्यक्ति व्यापार कर ही कैसे सकेगा? यह सब धनिकों के लिए ही संभव है।''

कांग्रेसी वक्ता महोदय बोल उठे—"क्या कहा? व्यापार करने की इच्छा रखनेवाला क्या-क्या नहीं बेच सकता है? जिस व्यापार में लाभ दिखाई दे, वही व्यापार किया जा सकता है। फिर चाहे वह भला हो या बुरा। मिट्टी बेचकर लाभ कमाया जा सकता है। यहाँ तक कि बालों को बेचकर भी व्यापारी फायदा उठा सकते हैं।"

संन्यासी राजू ने हँसते और मूँछों पर ताव देते हुए कहा, "बालों का व्यापार बालाजी (वेंकटेश्वरस्वामी) के लिए ही संभव है। वह सबके लिए कहाँ संभव है?" कभी वादोपवादों में भाग न लेनेवाले संन्यासी राजू को बोलते देख सभी गंभीर मुखमुद्रा में चुप हो गए। अकस्मात् हवा ठंडी-सी जान पड़ी।

शास्त्रीजी ने कहा, "बाल बेचने के लिए भगवान् बालाजी की ही जरूरत नहीं है। यह काम तो कोई मूर्ख भी कर सकता है।" शास्त्रीजी की बातों के फलस्वरूप वातावरण एकदम ही बदल गया। संन्यासी राजू ने शास्त्रीजी के कथन का खंडन करते हुए कहा, "आप कैसी विचित्र बात बता रहे हैं? तब तो हर एक नाई यह व्यापार कर सकता है।"

शास्त्रीजी ने कहा, "मेरा विश्वास है कि उसके लिए नाई की भी जरूरत नहीं। यह व्यापार तो हर व्यक्ति कर सकता है।"

मूँछों पर वैसे ही हाथ रखे हुए संन्यासी राजू ने कहा, "बाल तो प्रत्येक व्यक्ति के पास हैं। हर कोई उन्हें बेचना चाहे तो खरीदनेवाला कौन होगा?"

शास्त्रीजी ने शांतचित्त होकर कहा, "हाँ, आपने जो कहा, वह ठीक है! मैं भी जल्दबाजी में अधिक व्यापक कह गया। लेकिन इस बात को आपको अवश्य मानना पड़ेगा कि प्रत्येक वस्तु की समय पर आवश्यकता और उसका अप्रत्याशित मूल्य भी होता है। प्रत्येक वस्तु को अवसर देखकर बेचना होता है; तब लाभ अवश्य होता है और यही व्यापार का लक्षण है।"

तो…

वार्त्तालाप का रंग बदलते देख हम सब सिगरेट का धुआँ छोड़ते हुए चुपचाप बैठे रहे।

"कभी-कभी अनेक अनावश्यक वस्तुओं की आवश्यकता हो सकती

है और उनका मूल्य भी बढ़ सकता है। लेकिन मेरा विश्वास है कि बालों का मूल्य कभी नहीं बढ़ता है।''

शास्त्रीजी ने हँसते हुए कहा, ''जल्दबाजी में ऐसी बात न कहिए। संदर्भ को देखकर ही मैं कह रहा हूँ। आप अन्यथा न समझिएगा। कल आपकी मूँछों का भाव बढ़ सकता है।''

हमने सोचा कि शास्त्रीजी की योजना यही है। संन्यासी राजू का मुँह विवर्ण हो गया। ऐसा प्रतीत हो रहा था कि सारे गगन-मंडल में अंधकार छा गया है और मेघों का गर्जन व बिजली की कड़कड़ाहट होनेवाली है।

''आपने प्रसंगवश कहा है! पर मेरी मूँछों को चाहनेवाला ही कौन है?''

''कोई चाहे भी तो आप बेचनेवाले थोड़े ही हैं?''

शास्त्रीजी की कल्पना संन्यासी राजू की समझ में नहीं आई। उन्होंने मूँछों को मरोड़ते कुछ आवेश के साथ कहा, ''यदि कोई ऐसा भोला आदमी मिल जाए, जो मेरी मूँछों को खरीदना चाहता हो, तो मैं क्यों न बेचूँगा?''

''आप कहते तो हैं, पर समय आने पर कहीं पीछे तो न हट जाएँगे?''

एक बार फिर मूँछों पर ताव देते हुए राजूजी ने उत्तर दिया, ''आप क्या कहते हैं! जन्म भर में भी हमने कभी पीछे हटना नहीं सीखा।''

''तो क्या सचमुच आप अपनी मूँछों को बेचनेवाले हैं?''

''कहता तो हूँ, यह सोलह आने सत्य है।''

''लो, कितना मूल्य दूँ?''

''खरीदनेवाले को आने दीजिए।''

''मुझे ही चाहिए। भाव तो बताइए!''

हम सभी को इस सौदे में बड़ा मजा आ रहा था। लेकिन अब संन्यासी राजू के चेहरे पर हवाइयाँ उड़ने लगीं। बनावटी मुसकराहट को प्रयत्नपूर्वक प्रकट करते हुए संन्यासी राजू ने कहा, ''सौ रुपए दीजिए, सौ!''

''निश्चय ही! बात के पक्के हैं न?''

''हाँ; राजू कभी अपने वादे को तोड़ता नहीं। यकीन रखें।''

शास्त्रीजी ने तुरंत चेक लिखकर दे दिया। हमने सोचा था कि राजू

बेहोश हो जाएँगे, पर साहस बटोरकर उन्होंने कहा, "नाई को बुला लीजिए।"

शास्त्रीजी ने धीरता के साथ कहा, "अभी कोई जल्दी नहीं। मूँछें मैं बाद में ले लूँगा। पहले इस रसीद पर दस्तखत कीजिए।" रसीद में लिखा था—"सन् 18.4.1940 में···निवासी···श्री शास्त्रीजी को मैंने अपनी मूँछें सौ रुपए में बेच दीं हैं। इन मूँछों को जब शास्त्रीजी चाहेंगे, तब बिना किसी अग्र के ले सकेंगे। इनके मूल्य स्वरूप 100 रु. प्राप्त हो गए हैं।"

इस रसीद पर संन्यासी राजू ने हस्ताक्षर कर दिए। संन्यासी राजू ने बिना कुछ कहे चेक को जेब के हवाले किया, मानो किसी निकट के रिश्तेदार की मृत्यु का समाचार मिला हो। इस तरह कुछ किसी से बिना कहे, वे वहाँ से चल दिए।

क्षण भर सब निःशब्द रहे। इसके उपरांत सबने आश्चर्य प्रकट किया और हँस पड़े। शास्त्रीजी अकेले अपनी दृष्टि कहीं केंद्रित कर सिगरेट का कश खींचने में मगन रहे।

हमने शास्त्रीजी से पूछा, "क्यों जी, तुम पागल तो नहीं हो गए?"

शास्त्रीजी ने कहा, "चुप भी रहो! अच्छा सौदा हाथ लगा है।"

मैंने कहा, "तुम्हारा सिर! इसमें लाभ ही क्या है?"

शर्माजी ने कहा, "बेचारे राजू की मूँछें मुँड़वाने के लिए सौ रुपए व्यर्थ ही क्यों बरबाद करते हो?"

एक दूसरे व्यक्ति ने कहा, "इसमें न पुण्य है और न पुरुषार्थ! ये सब बेकार की बातें हैं।"

शास्त्रीजी ने गंभीर होकर जवाब दिया, "व्यापार में पुण्य की बात ही कहाँ उठती है। इसमें तो लाभ उठाने की आशा से सौदा खरीदा जाता है। यदि तुम्हें विश्वास न हो तो बाजी लगाकर देख लो।"

शर्माजी ने कहा, "बाजी लगाने की बात कहते हो? लोग सुनेंगे तो हँसेंगे।"

"पागल लोग यों ही हँसा करते हैं! हँसने दो। मुझे शरमाने की जरूरत ही क्या? किसी महाकवि ने ठीक ही कहा है।"

शर्माजी ने हँसते हुए कहा, ''बेचारे संन्यासी राजू रूपांतरित होकर संन्यासी राव न बन जाएँ!''

किसी ने कहा, ''देखेंगे न, उस फायदे के सौदे को।''

दूसरे ने कहा, ''बड़ा अच्छा सौदा हाथ लगा है।''

तीसरे व्यक्ति ने कहा, ''शास्त्रीजी बेवकूफ थोड़े ही हैं?''

चौथे ने कहा, ''राजू की मूँछें निकालने के लिए बैठे-बैठे इन लोगों की बनाई हुई योजना है यह!''

पाँचवें ने कहा, ''राजू की मूँछों ने इन लोगों का आखिर क्या बिगाड़ा? बैठे-बैठे इन्हें हजम नहीं होता है, इसीलिए कुछ-न-कुछ खुराफात सोचते रहते हैं।''

इस प्रकार तरह-तरह की बातें करते रहने के पश्चात् सभी अपने-अपने घर चले गए।

लगभग एक महीना हुआ है कि क्लब का वातावरण इधर बिल्कुल बदल गया है। सभी लोग इसे अपनी व्यक्तिगत हानि की भाँति अनुभव करने लगे हैं। संन्यासी राजू दिन-प्रति-दिन इसी चिंता से घुलने लगे। उन सबमें शास्त्री ही अकेले निश्चिंत रहे।

संन्यासी राजू प्रतिदिन क्लब में आते और पूछते, ''क्यों शास्त्रीजी, मूँछें कब मुँड़वाएँगे?'' शास्त्रीजी उत्तर देते, ''राजूजी! अभी कोई जल्दी नहीं है। यह सब तो हँसी-मजाक के लिए किया गया था। किंतु यह भी सत्य है कि मौका आने पर मूँछें भी अवश्य ली जाएँगी।''

एक दिन राजू ने मूँछें जरा कटवा ली थीं। शास्त्रीजी ने उनकी ओर लाल-लाल आँखों से घूरकर देखते हुए पूछा, ''क्यों जी, मेरी खरीदी हुई मूँछों को आपने अपनी इच्छा के अनुसार कटवा डाला?''

राजू के मन में एक धक्का सा लगा। उन्होंने अत्यंत नम्रता से कहा, ''मूँछें जरा अधिक घनी हो गई थीं। भद्दी मालूम हो रही थीं, इसलिए थोड़ी सी कैंची चलाई गई। देखनेवालों को बुरा न लगे, इसलिए ऐसा कर लिया गया है।''

शास्त्रीजी ने तैश में आकर कहा, ''रहने भी दीजिए ये उल-जलूल

बातें! मैंने आपके पास मूँछों को इसलिए रख छोड़ा था कि जरा बड़ी और घनी हो जाने पर इन्हें कटवाऊँगा। आगे के लिए जरा ध्यान रखें, अन्यथा अच्छा न होगा। पहले ही से मैं आप से कह रखता हूँ।''

अपने को दोष देते हुए राजू ने मन में कहा, ''इस प्रकार मूँछों का सौदा करने में मैंने भारी भूल की।''

अत: उन्होंने आग्रहपूर्वक शास्त्रीजी से कहा, ''लीजिए, मेरी मूँछें ले लीजिए, जिससे इस प्रकार के बंधनों से एक बारगी ही पिंड छूट जाए।''

हम दिन-प्रति-दिन शास्त्रीजी की हँसी उड़ाते हुए पूछते, ''क्यों शास्त्रीजी, तुम्हारे मूँछों के सौदे में कितना फायदा हुआ है ?''

शास्त्रीजी भी उसी प्रकार हँसते हुए प्रत्युत्तर देते, ''हाँ, हँसिए! खूब हँसिए! मुझे कोई चिंता नहीं। मुझे तो इसमें शत प्रतिशत फायदा होने की ही संभावना है।''

दिन बीतते गए। एक दिन दावत हुई। उस दिन एक सुंदर सिनेमा की अभिनेत्री का संगीत व एक नर्तकी के नृत्य का प्रबंध भी था। संन्यासी राजू को नृत्य और संगीत से अपार प्रेम है। उनका नाम सुनते ही उनकी बाँछें खिल उठती हैं। नृत्य-संगीत भी न रहें, पर जहाँ दस औरतें एकत्र हों, आनंद मनाती हैं, वहाँ पर राजू अवश्य हाजिरी देते हैं। उस दिन हमने निश्चय किया कि पहले हम सब लोग क्लब में मिलें। उसके बाद सभी एक साथ वहाँ से संगीत-सभा में चलें। सब-के-सब समय पर आए। संन्यासी राजू ने राजा जैसा वेष बना लिया। अपनी मूँछों की सजावट में आज उन्होंने आवश्यकता से अधिक दिलचस्पी ली। उन पर इत्र भी लगाया। रेशमी वस्त्रों से अपने को खूब अलंकृत किया।

अपनी पूर्व चिंता को भूलकर अधिक उत्साह दिखाते हुए राजूजी ने कहा, ''कहिए, क्या हर एक सज्जन तैयार हैं! अभी चलें या थोड़ी देर आराम करके जाया जाए ?''

शास्त्रीजी ने राजू की आपाद-मस्तक एक बार ध्यान से देखा और कहा, ''यह राजू का वेष ही कैसा है ? क्या मेरी मूँछों के आधार पर ये महाशय वहाँ पर अपनी धाक जमाना चाहते हैं ? ओफ! यह इनका कैसा दुस्साहस है ?

कहाँ तक चुप रहा जाए!'' गरजन भरी आवाज में बोल उठे—''ऐ संन्यासी राजा! मुझे अभी सख्त आवश्यकता आ पड़ी है। मेरी उन मूँछों को निकलवा करके दे दीजिए।''

हम सब चकित रह गए। हमने सोचा कि राजू के दिल की धड़कन बंद हो जाएगी। इसलिए एक आदमी दौड़कर पानी लाया। राजू ने चुपचाप उसे पी लिया। कुछ देर के बाद वे होश में आए और दीन स्वर में बोले, ''कल अवश्य ही दे दूँगा।''

''नहीं! मुझे आज ही चाहिए।''

''तो ठीक है। दावत के होते ही दूँगा। अभी समय भी नहीं है।''

''क्षमा कीजिए। मुझे अभी ही और जल्दी ही चाहिए। नहीं तो मुझे बड़ा घाटा होगा। अरे, दो मिनट में हो जाएगा। दरबान, जरा नाई को तो बुला लाओ।'' शास्त्रीजी ने ये बातें गंभीर होकर कही थीं। इधर राजू की आँखें सजल हो उठीं। उस हालत पर किसी को भी दया आ जाना स्वाभाविक ही था।

नाई आया। संन्यासी राजू को यज्ञ-पशु की भाँति ले जाकर एक कुरसी पर बैठाया गया। नाई मूँछों पर साबुन लगाने लगा, लेकिन शास्त्रीजी ने मना करते हुए कहा कि बहुत सावधानी के साथ मूँछों को कैंची से काटा जाए। शास्त्रीजी बगल में खड़े होकर एक कागज लिये एक तरफ की मूँछ के सभी बालों को उसमें एकत्र करने लगे। दूसरी ओर की मूँछों पर नाई पानी लगाने लगा। शास्त्रीजी ने नाई को धमकी देते हुए कहा, ''बस करो, दूसरी मूँछ दो-चार दिनों के बाद निकलवाई जाएगी।'' क्लब के सभी मेंबर आश्चर्यचकित होकर शास्त्रीजी की ओर देखने लगे। राजू ने ऐसा अनुभव किया कि मानो वह पक्षाघात से पीड़ित हो! उनकी स्थिति ऐसी हो गई कि काटो तो खून नहीं।

शर्माजी ने कहा, ''शास्त्रीजी! आप यह बहुत बड़ा अन्याय कर रहे हैं? थोड़ा तो रहम कीजिए।''

राजू थोड़ी देर के बाद होश में आए। वे अपने जीवन में ऐसे कभी नहीं पछताए होंगे, जैसे आज पछताए हैं। उन्होंने अत्यंत दीनता भरे स्वर में पूछा, ''शास्त्रीजी, ऐसा करना ठीक नहीं!''

शास्त्रीजी ने बात को काटते हुए अत्यंत रोष-भरे शब्दों में कहा, ''मैं कृपा करूँ? आप ही लोग इनसाफ कीजिए। सारा माल एक साथ लूँ तो क्या वह खराब नहीं हो जाएगा? आज की माँग इतनी ही है। फिर माँग आने पर शेष आधी मूँछ ले लूँगा।''

राजू की आँखें डबडबा आईं। वे भर्राए हुए स्वर में बोले, ''बाबू शास्त्रीजी! मुझे इस तरह मत मारो। यह सौदा तय करते समय मेरी बुद्धि नष्ट हो गई थी। इससे तो यही अच्छा है कि मेरी पूरी हजामत कराकर भेज दो। मैं तुम्हारे रुपए तुम्हें वापस लौटाऊँगा। तुम्हें और तुम्हारे पूर्वजों को मैं कोटिशः धन्यवाद दूँगा।''

शास्त्रीजी यमराज की तरह गरजते हुए जैसे बोले, मानो उन्होंने अपने जीवन में कभी अपराध ही नहीं किया हो—''नहीं, ऐसा कभी नहीं हो सकता। मेरा तो यह सिद्धांत ही है कि बिना लाभ का मैं कोई सौदा ही नहीं करता।''

हम सबको राजू की हालत पर दया आई। पर करें क्या, राजू ने सँभलते हुए पूछा, ''तो बताओ, कितना दूँ?''

''दो सौ रुपए दो। एक सौ रुपए का मुझे मुनाफा होगा।''

''यह तो बड़ा अन्याय है।''

''तो छोड़ दो। माँग दो सौ तक है। दूसरे को देने के बदले तुम्हीं को देना चाहा। अब तुम्हारी मरजी! मेरे पास आप की मूँछें की माँग दो सौ तक की है। किंतु चूँकि आप ही लेना चाहते हैं, अतः आपको प्राथमिकता दी जा रही है। यदि आप दो सौ रुपए नहीं देना चाहते हैं तो आपकी मरजी!''

क्षणभर सारा वातावरण निःशब्द रहा। उस सन्नाटे को तोड़ते हुए प्राण-त्याग के समय आत्म-समर्पण करनेवाले व्यक्ति की भाँति राजू बोल उठे—''ठीक है, तुम्हारी मरजी के मुताबिक ही होगा।''

शास्त्रीजी ने कहा, ''बहुत अच्छा!''

राजू ने जल्दी-जल्दी दो सौ रुपए का चेक लिखकर दे दिया। शास्त्रीजी ने उसे अपनी जेब के हवाले किया और मूँछ के बालों की पुड़िया राजू के हाथों में दे दी। राजू आगबबूला हो उठे। उस पुड़िया को दूर फेंक दिया। मानो उसमें

उनका सारा रोष एकत्र हो। इसके बाद उन्होंने अपनी दूसरी मूँछ भी निकलवा डाली। बहुत अधिक समय हो जाने के कारण हम सब वहाँ से चले गए।

बेचारे राजू श्मशान-वाटिका से लौटनेवाले व्यक्ति की भाँति मुँह लटकाकर वहाँ से चल दिए।

शास्त्रीजी ने गर्व का अनुभव करते हुए कहा, ''मैंने कहा था न, इस सौदे में मैं शत-प्रतिशत फायदा उठा लूँगा।''

शर्माजी ने क्रोध भरे शब्दों में ललकारा—''हाँ, किया है कोई बड़ा काम!'' मानो उनका दिवाला निकल गया हो, ऐसा अनुभव किया शर्माजी ने।

संन्यासी राजू उस दिन से लेकर आज तक फिर क्लब में दिखाई नहीं दिए।

मोक्कपाटि नरसिंह शास्त्री 'साहित्य-समिति' के सदस्यों में से एक हैं। उन्होंने विलायत में शिक्षा प्राप्त कर भारत लौटने के उपरांत विलायत में शिक्षा प्राप्त करने के लिए गए हुए एक छांदस (सनकी) की जीवनी को कथावस्तु बनाकर एक हास्यरस-प्रधान उपन्यास की सृष्टि की। इस कृति का नाम 'बैरिस्टर पार्वतीशम्' है। तब से उनका दूसरा नाम बैरिस्टर पार्वतीशम् पड़ गया है। उनकी कहानियों में कोमल हास्य के साथ हृदयविदारक शोक रस का सम्मिश्रण है। 'एकोदसलु' नामक उपन्यास द्वितीय पद्धति का उदाहरण है। 'प्रति बिंबालु' 'साहित्य-समिति' का प्रकाशन है। यही उनका प्रथम कहानी-संग्रह है। हाल ही में उनकी शेष कहानियाँ 'कन्नवी-विन्नवी' (जो देखा और सुना) दो संग्रहों में प्रकाशित हुई हैं। उन्होंने अनेक हास्य-प्रधान एकांकियों की भी रचना की है। उन्होंने बैरिस्टर बनने की इच्छा से अध्ययन किया, लेकिन अपने जीवन में वकील भी नहीं बन पाए।

□

पातिव्रत्य की हत्या

–गुडिपाटि वेंकटचलम्

उस वर्ष फसल अच्छी हुई थी, इसीलिए वीरा रेड्डी को गत वर्ष की अपेक्षा तीन हजार रुपए अधिक मिले। पूरे परिवार ने बड़ी खुशी से दुर्गा माता का उत्सव मनाया। वीरा रेड्डी ने मद्रासी फैशन का एक चंद्रहार अपनी पत्नी रंगम्मा के लिए बनवाया। इस हार के लिए सुनार को पचास रुपए मजदूरी अधिक दी थी। अपनी पत्नी और बहन जनकम्मा के लिए बहुमूल्य रेशमी साड़ियाँ भी खरीदी थीं। दूध-दही के लिए एक अच्छी गाय ली गई। वीरा रेड्डी नेल्लूर के मेले में प्रतिवर्ष जाता था। उसने इस वर्ष मेले में चलने के लिए पत्नी को भी विवश किया। स्त्रियाँ स्वभावतः गाँव छोड़कर शहर जाने से कतराती हैं। रंगम्मा कई बार इस मेले में जाने से इनकार कर चुकी थी। उसके विचार में पीहर और ससुराल के दो गाँवों के अलावा संसार में तीसरा गाँव नहीं था। गाँव में रंगम्मा ने शहर की बहुत सी दुर्घटनाओं के बारे में सुन रखा था। आए दिन चोरी-चपाटी, विधवा-विवाह, धोखा-धड़ी, मोटर-साइकिल की टक्करें, खून-खराबा आदि।

किसी तरह रंगम्मा मेले में जाने के लिए तैयार हुई। पति-पत्नी दोनों दस मील का कच्चा रास्ता पैदल पार करके सड़क के किनारे बस की प्रतीक्षा में खड़े थे। वीरा रेड्डी के लिए शहर आना-जाना कोई नई बात नहीं थी, किंतु रंगम्मा पहली बार किसी नगर में जा रही थी। उसका मन उत्साह और उमंगों से भरा था। भर-भर की आवाज करती मोटर वहाँ आई और खड़ी हो

गई। औरत को मोटर में सवार होता देखा तो ड्राइवर ने कुछ नम्रता दिखाई। औरत के लिए अपने पास की सीट खाली कराई। रंगम्मा ने आदर के साथ पति की ओर देखा, जैसा कह रही हो, आप इस सीट पर बैठिए। वीरा रेड्डी उस सीट की ओर बढ़ा तो कंडक्टर ने उपेक्षापूर्वक कहा, ''कहाँ चले आ रहे हो? पीछे चले जाओ। तुम्हारी औरत को कोई उठा नहीं ले जाएगा।''

रंगम्मा की धमनियों में रेड्डियों का खून खौल उठा। उसने मन-ही-मन सोचा—यदि नौकर या अन्य कोई व्यक्ति मेरे पति का इस तरह अपमान करता तो मेरा पति उसे जीवित न छोड़ता। इस कंडक्टर का भी वह खून पी जाएगा। आश्चर्य, उसका पति कंधे पर अपनी गठरी रखे दुम दबाकर भागनेवाले कुत्ते की तरह मोटर के पिछले हिस्से में स्थान पाने के लिए चल दिया। रंगम्मा की आँखों में खून उतर आया। शत्रुओं में फँसी हुई वीर वनिता के समान दिखाई दे रही थी वह। रंगम्मा के तिरस्कार भरे नेत्रों से ड्राइवर सहम गया। कुछ व्यंग्य के स्वर में धीरे से बोला, ''संभवतः तुम अपने पति के बिना मोटर पर सवार नहीं होना चाहती हो।''

फिर ड्राइवर ने रंगम्मा के पति के लिए भी जगह खाली कराई। पति-पत्नी दोनों सामने की ओर बैठे।

रंगम्मा ने पहली बार देखा कि इतने सारे लोगों के सामने उसका कंधा पति के कंधे से सटा हुआ है। वह मारे लज्जा के गड़ी जा रही थी। उसकी व्याकुलता भी देखने लायक थी। आँखें लज्जा से झुक गईं। दोनों हाथों को जाँघों के बीच समेटकर वह चुपचाप बैठ गई। पों-पों करती मोटर चल दी। रंगम्मा ने अनुभव किया कि उसके नीचे की जगह सरकती जा रही है। वह चौंक पड़ी। उसने पति से पूछा, ''यह घिर-घिर की आवाज कैसी है? मोटर इतनी तेज कैसे चल रही है?'' पति ने उत्तर दिया—''मोटर को पहिए जो लगे हुए हैं!'' पति भी कुछ अधिक नहीं जानता था। उत्तर देता?

थोड़ी देर बाद रंगम्मा का ध्यान ड्राइवर की ओर गया। मोटर की गति उत्तरोत्तर बढ़ती जा रही थी। जादूगर की भाँति ड्राइवर शैतान जैसी मोटर को दौड़ाता जा रहा है। सामने से एक बैलगाड़ी आती दिखाई दी।

रंगम्मा ने सोचा, बैलगाड़ी मोटर से टकरा जाएगी। वह तत्काल ड्राइवर के कंधे पर हाथ रखकर चिल्लाई—"रोक दो मोटर।"

मोटर के सभी यात्री खिल-खिलाकर हँस पड़े। ड्राइवर भी अपनी हँसी नहीं रोक सका। मोटर बैलगाड़ी से बचकर आगे बढ़ी। रंगम्मा ने पीछे की ओर देखा। बैलगाड़ी धूल में दौड़ी जा रही है। रंगम्मा चकित रह गई। यात्रियों के हँसने से उसे लज्जा भी कम नहीं हुई। वह एक धनी-मानी रेड्डी-वंश की पुत्री है। उसके पिता लक्ष्मी रेड्डी इस वंश के मुखिया माने जाते हैं। गाँव के सभी लोग रंगम्मा के निर्मल और पवित्र आचरण की चर्चा करते हैं, किंतु मोटर के यात्रियों ने उसकी तो क्या, उसके पति की भी परवाह नहीं की। उसके और उसके पति के प्राण इस समय ड्राइवर के हाथ में थे—कैसी विडंबना!

मोटर रुकी। लंबी पगड़ी और काला कोट पहने हुए एक बूढ़ा आदमी सामने आ खड़ा हुआ। बड़ी-बड़ी मूँछें थीं उसके। उसने कहा, "मेरी रोज की सीट दो।"

कंडक्टर ने वीरा रेड्डी से कहा, "तुम पीछे चले जाओ।"

वीरा रेड्डी चुपचाप उतरने लगा तो रंगम्मा भी उठ खड़ी हुई।

"बहनजी, तुम्हारे लिए पीछे जगह नहीं है। तुम यहीं बैठो।" ड्राइवर ने कहा।

रंगम्मा हिली-डुली नहीं। यात्री उत्सुकता से उसकी ओर देख रहे थे। रंगम्मा लज्जा से गड़ी जा रही थी। सिर ऊपर नहीं उठ रहा था। कई क्षण बीत गए। मोटर खड़ी रही।

"तुम बस पर चढ़ो।" वीरा रेड्डी ने कहा। पतिदेव की अनुचरी रंगम्मा अपनी सीट पर जा बैठी। वीरा रेड्डी पीछे की सीट पर बैठने के लिए आगे बढ़ा।

'गठरी, लाठी, कैसा विचित्र मनुष्य है यह!'

'गँवार है, गँवार!'

सब यात्री हँस पड़े।

रंगम्मा का मस्तक चकराने लगा। खून जम सा गया। वह पीछे की

ओर घूम गई। कहना चाहती थी—अरे, अंट-संट मत बको। क्या समझ रखा है हम लोगों को! हम लोग तुम्हारे दाँत तोड़ देंगे!

न जाने कितनी पीढ़ियों से रेड्डी-रमणी अपनी आज्ञा का विरोध सहन नहीं करती आ रही है। इसीलिए रंगम्मा प्रयत्न करके भी अपना रक्त ठंडा नहीं रख सकी। उसने पति की ओर देखा। कौरवों की द्यूत-सभा में द्रौपदी जिस तरह लज्जा के मारे मरी जा रही थी, वही हाल रंगम्मा का था। लज्जित द्रौपदी की भाँति उसे अपनी स्थिति पर क्रोध आ रहा था। उसने सिर झुका लिया। मोटर आगे बढ़ी। रंगम्मा ने अनुभव किया—इस संसार में दु:ख के अतिरिक्त कुछ नहीं है। उसने अपनी स्थिति के संबंध में अनुभव किया, जैसे वह उस स्नेह-पालित बछड़े के समान है, जिसे अचानक हिंसक पशुओं से भरे जंगल में छोड़ दिया गया हो। रंगम्मा आँख बंद करके निर्विकार बैठी रह गई।

मोटर रुकी। रंगम्मा ने इस आशा से आँख खोलकर देखा कि संभवत: नेल्लूर आ गया है। किंतु उसकी संभावना ठीक नहीं निकली। लोग उतरकर इधर-उधर टहलने लगे। यात्रियों को कुछ सुविधा मिले, इसीलिए मोटर ठहराई गई थी। रंगम्मा उतरने लगी तो उसका आँचल कीले में फँस गया। पास के खड़े हुए एक व्यक्ति ने आँचल निकाला। आँचल निकालकर वह व्यक्ति हँस पड़ा। उसे हँसता देख कुछ अन्य यात्री भी हँस दिए। रंगम्मा का स्त्रीत्व आहत हो गया। वह जल्दी-जल्दी पास ही खड़े इमली के पेड़ के नीचे आड़ में जा खड़ी हुई। वीरा रेड्डी भी वहाँ आ गया। रंगम्मा बड़ी दीनता से बोली, "हम लोगों को अब घर चलना चाहिए।"

"क्यों?" वीरा रेड्डी ने पूछा।

"यह सब मुझे अच्छा नहीं लगता।"

"नेल्लूर बहुत पसंद आएगा।"

"नहीं।"

"अब हम घर कैसे जा सकते हैं?"

"पैदल।"

"चालीस मील है यहाँ से अपना घर! जानती हो?"

"कोई बात नहीं!"

"रास्ते में रात हो जाएगी।"

"हो जाने दीजिए।"

"रास्ते में चोर-लुटेरे मिल सकते हैं।"

"हमें उनका डर नहीं!"

"यह बात है तो तुम आई ही क्यों? अकारण ही लौटना चाहती हो। औरतों को साथ लाने में यही बखेड़ा है।" खीज भरे स्वर में वीरा रेड्डी ने कहा।

वीरा रेड्डी नेल्लूर के मेले में सम्मिलित हुए बिना नहीं रह सकता। साल भर मेहनत करके एक दिन तो आनंद करता है।

पति उसके प्रस्ताव से दु:खित हुआ है, यह जानकर रंगम्मा चुप हो गई। नारी न जाने कब से अपने पति की आज्ञा को पूरा करना अपना कर्तव्य मानती आई है। पति की इच्छा चुपचाप पूरा करने के अतिरिक्त उसके पास दूसरा उपाय क्या है?

मोटर फिर चल पड़ी। हॉर्न की आवाज, और वेग से मोटर का दौड़ना, रंगम्मा के लिए सबकुछ विचित्र था। उसने अपने सहज भोलेपन के साथ ड्राइवर से पूछा, "यह कौन सा गाँव आ रहा है भैया? मोटर कैसी तेज चल रही है। एक बार पों-पों बजाओ न।"

रंगम्मा अपने आसपास बैठे यात्रियों को भूलकर स्वाभाविक भोलेपन के साथ कहती गई—

"मोटर चलाने के लिए क्या करते हैं? इसमें आग तो कहीं दिखाई नहीं देती, फिर भी किसी चीज के जलने की दुर्गंध आ रही है। तुम्हें कितने रुपए मिलते हैं? तुम बड़े हो या वकील?"

□

मोटर रुकी तो वीरा रेड्डी ने मोटर से उतरकर रंगम्मा को आवाज दी। पति की आवाज सुनकर रंगम्मा ने आँखें खोलकर देखा। वह भी मोटर से नीचे आ गई। उसने देखा, ड्राइवर कितनी अच्छी धोती पहने है, उसके कपड़े कितने साफ-सुथरे हैं। मूँछें कितनी सुंदरता से काटी गई हैं। वह ड्राइवर

किस चतुरता से मोटर चलाता है। इन सब बातों पर वह चकित रह गई। उसने अपने पति की ओर देखा। पति कितना भोला-भाला है, कितने मोटे कपड़े हैं उसके? पति की असहाय स्थिति पर उसे दया आ गई। गहरी साँस लेकर वह वीरा रेड्डी के पीछे हो ली।

गाड़ियाँ, आने-जानेवाले लोग, दुकानें, इन सब चीजों से पूरा शहर खचाखच भरा है। यहाँ का प्रत्येक निवासी, प्रत्येक दुकानदार और पुलिस का सिपाही, फकीर, गाड़ीवान सभी तो बड़े हैं। लोग किस तरह अंग्रेजी-तेलुगु और हिंदी बोल रहे हैं। सभी लोग प्रसन्न दिखाई देते हैं। रंगम्मा ने अनुभव किया कि नेल्लूर का मामूली-से-मामूली आदमी भी उसके पति से बड़ा है।

रंगम्मा ने बड़ी जिज्ञासा से पूछा, "लोग हमें इस नगर में रहने देंगे?"

"क्यों नहीं? क्यों नहीं रहने देंगे? पगली, देख तो यहाँ कितने लोग रहते हैं। ये लोग भी तो हमारी ही तरह मनुष्य हैं।"

"तब तो हम लोग भी इसी नगर में..."

रंगम्मा को इस कल्पना से रोमांच हो आया कि वह घर के दरवाजे पर बैठी बिजली का प्रकाश देखते हुए अपने को बहला सकेगी। उसका कुतूहल बढ़ता गया।

"यहाँ के लोग किस तरह जीवन व्यतीत करते हैं?"

"जैसे हमारे गाँव के लोग करते हैं।"

"यहाँ खेती-बाड़ी कौन करता है?"

"खेती-बाड़ी की जरूरत क्या है? यहाँ लोगों को काम मिल जाता है। काम करके लोग जीवन-यापन करते हैं।"

"मुझे तो कोई काम आता नहीं है।"

रंगम्मा की यह धारणा बहुत दृढ हो गई कि उसका पति खेती के अतिरिक्त कोई दूसरा काम नहीं जानता। रंगम्मा अपने पति को साहसी और सर्वश्रेष्ठ मनुष्य समझती रही है। गाँव के लोग उसके पति का सम्मान करते हैं। नौकर-चाकर उसके पति के आगे थर-थर काँपते हैं। किंतु उसका वही पति, यहाँ भीड़ में, सड़क पर या मोटर में कितना असहाय बन गया है। बाजार

में जब पति-पत्नी कपड़ा खरीदने गए, तो कपड़े की एक दुकान पर रेशमी कपड़े का भाव-ताव होने लगा। दुकानदार ने एक रुपया गज कहा तो वीरा रेड्डी ने चार आने गज भाव लगाया। इस पर दुकानदार ने व्यंग्य से कहा, "कभी रेशमी कपड़ा देखा है ?" रंगम्मा ने तब अनुभव किया रेड्डी वंश के एक प्रतापी सदस्य का अपमान हो रहा है।

होटल में जाने पर रंगम्मा ने देखा कि सभी लोगों को टेबुल के पास कुरसियों पर बैठाया गया है, किंतु उसके प्राणेश्वर को एक कोने में जमीन पर जगह दी गई। वहीं उसे नाश्ता दिया गया। रंगम्मा ने अनुभव किया, विवाह के अवसर पर उसका पति फूलों से सजे रथ पर आया था। तब उसके पीहर के लोगों ने उसकी कीर्ति का बखान किया था। वास्तव में रंगम्मा को धोखा दिया गया था। रंगम्मा को यह याद ही नहीं रहा कि जिन दिनों विवाह हुआ था, वीरा रेड्डी की छाती चालीस इंच चौड़ी थी। उसकी आँखों में कितनी सरलता थी। खेल-खेल में वह दस आदमियों को पछाड़ देता था। वह सच्चरित्र होने के साथ-साथ प्राणियों पर कितनी दया करता था। यहाँ नगर में उसने मुँह में पान दबाए धीरे-धीरे सिगरेट का धुआँ छोड़नेवाले नायडू को तिरछी नजर से अपनी ओर ताकते देखकर मन-ही-मन सोचा—नायडू की पत्नी कितनी सौभाग्यशाली है।

रंगम्मा की आँखों के सामने उसके गाँव का जीवन घूम गया। ग्रामवासी उसके प्रति कितनी श्रद्धा रखते हैं, किंतु यहाँ उसे कोई जानता तक नहीं। इस शहर का एक व्यक्ति भी तो यह नहीं जानता कि रंगम्मा बहुत पतिव्रता स्त्री है, सास-ससुर पर उसकी अगाध भक्ति है, व्रत-उद्यापन में उसकी दृढनिष्ठा है और उसके पास दो सौ एकड़ जमीन है। हाँ, नगर का प्रत्येक व्यक्ति केवल उसके सौंदर्य पर मुग्ध दिखाई देता है। रंगम्मा ने पहली बार यह अनुभव किया कि उसमें आकर्षण की शक्ति है। एक-दो बार उसने भी देखनेवालों की आँख-से-आँख मिलाकर देखा तो एक प्रकार की पुलक सी हुई, उसके होंठों पर मुसकान नाचने लगी। वह अपने पति के पीछे इस तरह चलने लगी, जैसे अहल्या गौतम के पीछे चलती थी।

□

अचानक बत्तियाँ जल उठीं। इंपीरियल सिनेमा घर का पहला शो समाप्त हो गया। दो-ढाई घंटे तक रंगम्मा खेल की नायिका के सुख-दुःख में डूबी रही। खेल समाप्त होते ही वह आँखें मलती बाहर आई। उसे आरंभ में इस बात पर आश्चर्य हुआ था कि सिनेमाघर की बत्तियाँ एक साथ जलीं और एक साथ बंद हो गईं। परदे पर किस तरह ऐसी तसवीरें नाचती हैं। किंतु कुछ ही देर बाद वह खेल में तल्लीन हो गई थी। उसने अनुभव किया, जैसे चलचित्र में दिखाई देनेवाली मोटरें, बड़े-बड़े बँगले, नहर, बाग-बगीचे, रेलगाड़ी, सुंदर युवतियाँ सब नेल्लूर नगर से संबंधित हैं।

जब धोखा देकर चोर नायिका को उठाकर ले चला तो रंगम्मा बीच में ही चिल्ला उठी—'चोर के हाथ से छुरा छीन लो और उसका यह छुरा उसी की छाती में घुसा दो।' जिस समय नायक ने अपनी प्रेमिका को आलिंगन में जकड़ा, रंगम्मा का रोम-रोम पुलकित हो गया। उसने अनुभव किया था कि वह भी आलिंगन में बँधी हुई है। खेल समाप्त होने पर पति ने चलने के लिए कहा था तो वह चौंक पड़ी थी। उसने प्रश्न किया¨

"कहाँ चलना होगा?"

"अब नाटक देखने चलेंगे।" रंगम्मा के पति ने उत्तर दिया था।

□

रात में एक बजे रंगम्मा अपने पति के साथ नाटक-घर से बाहर निकली। बीस वर्ष की आयु में रंगम्मा पहली बार नगर में आई थी। न जाने फिर कब इस शहर में आने का सौभाग्य प्राप्त हो। गाँव लौटते ही उसे देहाती जीवन व्यतीत करना पड़ेगा। उसने जो नाटक देखा था, उसमें भगवान् कृष्ण की कहानी थी। उस नाटक में जो अभिनेता कृष्ण बना था, उसका स्मरण करते ही रंगम्मा का हृदय भारी हो गया। पाँव काँपने लगे। रंगम्मा बचपन से भगवान् कृष्ण को अपना आराध्य देवता मानती आई थी। उसने कभी कृष्ण को अपना पति माना था। कृष्ण के चित्र के सामने न जाने कितनी बार उसने अपने मन की गुप्त बात प्रकट की थी। उसने पोतन्ना की भागवत के कई अंश और क्षेत्रय्या के पद याद कर लिये थे। कृष्ण के सम्मुख रंगम्मा अपनी

इच्छाएँ खोलकर रख देती थी। आज नाटक में जो अभिनेता कृष्ण बना हुआ था, वह रंगम्मा को आराध्य दिखाई दिया। इससे पहले जब कभी उसका पति रात में घर आता, रंगम्मा उसे कृष्ण मानकर आँख बंद कर लेती थी और इस तरह अपने को धोखा दिया करती थी।

कृष्ण रसिक शिरोमणि हैं, वीरों के वीर हैं, करुणा के सागर हैं। वे रंगम्मा का तिरस्कार नहीं करेंगे। उसने नाटक में देखा था कि कृष्ण ने फटी-फटी आँखोंवाली सत्यभामा को प्रेम के साथ देखा था। कृष्ण ने सत्यभामा की गालियाँ सही थीं। तब क्या भगवान् कृष्ण उसका अपमान करेंगे। रंगम्मा इतना तो जानती थी कि एक मनुष्य कृष्ण का अभिनय कर रहा है, वह वास्तविक कृष्ण नहीं है, किंतु वह अपना भ्रम दूर करना नहीं चाहती थी। भ्रम टूटने पर सारा माधुर्य, सारी भावुकता समाप्त हो जाती, इसीलिए वह अभिनेता को कृष्ण समझ रही थी, उसने कृष्ण को नमस्कार किया, कृष्ण ने, हाँ कृष्ण ने ही उसकी ओर देखा है, उसी के लिए तो कृष्ण ने गीत गाया है। कृष्ण ने इतनी औरतों में उसे पहचान लिया है। गाँव के लोगों से उसका क्या संबंध है? वह कृष्ण के चरणों में आश्रय लेगी। मानो उस समय मीरा रंगम्मा के हृदय में विराजमान हो गई थी।

उस दिन रंगम्मा के हृदय में क्रांति मच गई। प्राचीन गौरव का अभिमान लुप्त हो गया था और नए जीवन का आनंद उमड़ पड़ा था। आज तक रंगम्मा एक छोटे से घोंसले में पंख समेटे बैठी थी, किंतु आज वह पंख खोलकर अंतहीन आकाश में उड़ने के लिए प्रस्तुत थी।

नए जीवन का यह उद्वेग उसके अभिनेता कृष्ण में मूर्तिमान हुआ। उसके लिए हृदय कमल पर वह कृष्ण विभिन्न रूपों में नृत्य कर रहा था। इस जगत् से रंगम्मा का कोई संबंध नहीं था। कृष्ण साक्षात् परमेश्वर हैं, वे भक्तवत्सल हैं। कुछ भी हो, भगवान् कृष्ण की सेवा में गए बिना उद्धार नहीं है। रंगम्मा अपनी जगह से उठ खड़ी हुई और रंगमंच पर पहुँचकर बगल के परदे की आड़ में खड़ी हो अंदर ताकने लगी।

भगवान् कृष्ण बैकुंठ में रहते हैं। उनकी नगरी कितनी सुंदर होगी। वे वहाँ लक्ष्मी के साथ विहार करते होंगे।

रंग-मंच के नेपथ्य में अनेक कक्ष दिखाई दिए। उन कक्षों में दर्पण लगे हुए थे। रंगम्मा ने सोचा, कृष्ण इन्हीं कक्षों में तो गोपियों के साथ शयन करते होंगे। यदि वह भी चुपचाप अंदर चली जाए तो कृष्ण के निकट पहुँच जाएगी, इस कल्पना से ही रंगम्मा को रोमांच हो आया।

रंगम्मा का हृदय कह रहा था—'कृष्ण तेरी प्रतीक्षा में यमुना के किनारे बिरहा गा रहे हैं। चल, शीघ्रता कर।' किंतु दूसरे क्षण उसके मन में विचार आया—मेरे पति का क्या होगा?

इतने में वीरा रेड्डी ने उसे आवाज दी। वह आवाज सुनकर भी चुप रही। तब वीरा रेड्डी गरजकर बोला, "तुम्हारा चंद्रहार कहाँ गया?" रंगम्मा ने पति की ओर नेत्र उठाए। उसने उलटा प्रश्न किया, "कैसा चंद्रहार?"

"सोने का चंद्रहार। अभी तो तुम्हारे गले में था।"

रंगम्मा कल्पना-लोक से धरती पर उतर आई। बोली, "क्या चीज नहीं है? क्या कह रहे थे?"

वीरा रेड्डी को आश्चर्य हुआ। "तुम्हें कुछ पता नहीं? जरा अपना गला तो देखो।"

"कहीं गिर गया होगा?"

"पाँच सौ रुपए का हार कहाँ गिर गया?"

"मैं कुछ नहीं जानती। सच कहती हूँ, कुछ भी नहीं जानती।"

"अपने शरीर की सुध-बुध भी खो बैठी। चल अभागिन कहीं की।"

रंगम्मा को कुछ भी सुनाई नहीं दिया। कुछ सुनने की स्थिति में उसका मन था भी नहीं, यंत्र-चालित सवारी की तरह वह अपने पति के पीछे चलने लगी। मार्ग के दोनों ओर पंक्तिबद्ध बड़े-बड़े भवन, मार्ग पर चलनेवाली गाड़ियाँ, आने-जानेवाले मनुष्य सब कुछ नदी के प्रवाह की भाँति बहे चले जा रहे हैं। रंगम्मा के पाँव धरती पर नहीं पड़ रहे थे। वह किसी अनिर्वचनीय सुख के लिए छटपटा रही थी। पति-पत्नी नाट्यशाला की बगल में जा खड़े हुए। वीरा रेड्डी ने कहा, "तुम यहीं खड़ी रहो, मैं चंद्रहार की खोज करता हूँ।"

रंगम्मा को वहाँ खड़ा करके वीरा रेड्डी चंद्रहार ढूँढ़ने लगा।

□

किससे मिलना चाहती हो?

रंगम्मा ने घूमकर देखा। कोई आदमी उससे पूछ रहा है। रंगम्मा ने सोचा—मैं रंग-मंच के पास हूँ और इस रंग-मंच के नेपथ्य में ही तो उसके कृष्ण हैं। यदि इस समय कृष्ण बाहर आ जाएँ तो? उसे इस तरह अँधेरे में खड़ा देखकर वे क्या करेंगे? रंगम्मा का दिल धड़कने लगा।

उसने मन-ही-मन निश्चय किया, किंतु इस निश्चय पर उसे स्वयं भय लगने लगा।

"कृष्ण से मिलना चाहती हूँ।"

"कृष्ण! कौन कृष्ण?" उस आदमी ने आश्चर्य से पूछा।

रंगम्मा ने सोचा, कितना मूर्ख है? कृष्ण को नहीं जानता? फिर उसके मन में आया, संभवतः कृष्ण का अभिनय करनेवाला किसी दूसरे नाम से संबोधित किया जाता होगा। यह सोचकर बोली, "जिसने अभी कृष्ण का अभिनय किया था, उसी से मिलना चाहती हूँ।"

"तो तुम नारायण से मिलना चाहती हो?"

रंगम्मा चुप रही।

उस आदमी ने दूसरा प्रश्न किया—"उसे जानती हो?"

रंगम्मा उसे अच्छी तरह जानती है। रंगम्मा ने अभी उत्तर नहीं दिया था कि वह आदमी बोला, "इस ओर आओ।"

रंगम्मा के पाँव काँपने लगे। क्या सचमुच कृष्ण के दर्शन होने जा रहे हैं? और इसी समय?

"यहाँ खड़ी रहा।"—उस आदमी ने रंगम्मा को आदेश दिया। वह स्वयं भीतर चला गया। रंगम्मा ने चारों ओर दृष्टि डाली। रंगमंच के भीतरी भाग में रस्से, परदे, अंधकार। उसने सोचा यह क्या है? क्या कृष्ण यहों रहते हैं? फिर उसने स्वयं उत्तर दिया, नहीं कृष्ण ऐसी जगह नहीं रह सकते। उससे कुछ भूल हुई है। फिर उसने मन में सोचा, यदि कृष्ण उसके सामने आ खड़े हों तो वह क्या कहेगी? वह उनके चरणों पर गिरकर आँसुओं से उन्हें धो डालेगी। इसी से वह अपने को धन्य मानेगी। उसके बाद...कृष्ण के मुख कमल की ओर देखकर...एक बार...।

"अरे भाई, तुम्हारी खोज करता हुआ कोई आया है।"

"कौन है रे, वेंकटराम तो नहीं आया है? मैंने उससे चार आने लिये थे। इन चार आनों के लिए वह मेरी जान खाए जा रहा है।"

"अबे नहीं, कोई आदमी नहीं है।' गोपिका है, गोपिका! बाहर जाकर देख तो सही।"

रंगम्मा को ये बातें ज्यों-की-त्यों सुनाई दे रही थीं; किंतु जैसे उसके कान बंद थे।

आ रहे हैं, कृष्ण आ रहे हैं। रंगम्मा ने मारे लज्जा के मुँह मोड़ लिया और एक कोने में सिमट गई। उसका पूरा शरीर काँप रहा था। कृष्ण का अभिनय करनेवाला नटराज सोंपल्लि नारायणराव वहाँ आ गया। उसने पीतांबर खोल दिया था, किंतु मुँह का रंग नहीं धोया था। लाल रंग से रँगे होंठों में बीड़ी थी और धीरे-धीरे बीड़ी का धुआँ बाहर निकल रहा था।

"कौन हो तुम! बात क्या है? ...बोलती क्यों नहीं? तुम कौन हो?"

रंगम्मा का स्वप्न भंग हो रहा था। उसे वास्तविकता का ज्ञान होने लगा। उसके मन में आया, संभवत: कृष्ण का अभिनय करनेवाला किसी दूसरे नाम से संबोधित किया जाता होगा।

किंतु जब अभिनेता प्रश्न कर रहा है, तो उसे उत्तर देना ही होगा। वह यहाँ आई ही क्यों?

"आपने अभी बहुत अच्छा गाया था।" आगे क्या कहना चाहिए रंगम्मा को सूझा ही नहीं। चकित और भीत मृगी की भाँति वह इधर-उधर ताकने लगी।"

"किस गाँव की रहनेवाली हो? तुम्हारा परिचय क्या है?"

रंगम्मा ने कोई उत्तर नहीं दिया। क्या यही कृष्ण है? क्या और भीतर चलकर देखा जाए? रंगम्मा का मन विकल होने लगा। यत्न करके उसने साहस बटोरा—"आपके दर्शन करने आई हूँ।"

"इधर आओ, बैठो।"

"मुझे जाना चाहिए।" रंगम्मा ने कहा।

"इतनी जल्दी!"

"हाँ, वे मेरी प्रतीक्षा करते होंगे।"

"कौन? वे कौन? कहाँ हैं वे? ...रहने दो...अभी जा सकती हो।"

रंगमंच पर जलनेवाली बत्तियों के प्रकाश में लज्जा के भार से झुकी उस नारी की पतली कमर, कपोलों की स्निग्धता और सुंदर केश-राशि ने अभिनेता को आकर्षित किया। 'आओ' कहकर अभिनेता रंगम्मा के निकट आया। रंगम्मा पीछे हट गई। अभिनेता ने सोचा, यह युवती लौट रही है। इसीलिए उसने हँसते हुए रंगम्मा की भुजा पकड़ ली और उसे अपनी ओर खींच लिया।

उफ यह क्या? यह तो असह्य है। यह कैसा कृष्ण है? यह करने क्या जा रहा है?

"ठहरिए, मेरी बात तो सुनिए।"

"मेरी खोज में आई हो न! फिर इतनी जल्दी क्या है? आओ।"

"आप भूल रहे हैं। मुझे छोड़ दीजिए।"

रंगम्मा का माथा शराब की बू से फटा पड़ रहा था। इतने में अभिनेता ने उसे अपने पास खींचा। यह पसीना, वह दुर्गंध, मैल, बीड़ी की बू, विकट हास, जानवर की आँखें। रंगम्मा सहन नहीं कर सकी। उसे वीरा रेड्डी का स्मरण हो आया। उसने सोचा, वह चंद्रहार ढूँढ़ रहा होगा? उसे स्थान पर न पाकर उसका पति कितना घबरा रहा होगा? वीरा रेड्डी की आँखों में सदैव दया का भाव रहता है। उसने आज तक भूल से भी पत्नी का मन नहीं दुखाया। रंगम्मा को अपने पति की उदारता, सज्जनता और दया स्मरण हो आई। उसका पूरा शरीर काँप रहा है। इधर अभिनेता शैतान की तरह उसे अपनी ओर खींचता जा रहा है।

"रेड्डी जी, वीरा रेड्डीजी!"

आज रंगम्मा ने जीवन में पहली बार पति को नाम लेकर पुकारा।

भीतर से कुछ आहट सुनाई देते ही अभिनेता पुकारा—"कोई बात नहीं, तुम यहाँ आई किसलिए थी। मेरे लिए यहाँ आई और अब यह अभिनय

कर रही हो। यदि तेरा पति सुन भी लेगा तो क्या बिगाड़ सकता है? तुम्हीं तो मेरी खोज में आई हो। भूल तुमने की है।''

रंगम्मा की रही-सही आशा जाती रही। वह अपने पति से क्या कहेगी? उसका हृदय विषादमग्न हो गया। पति उसे गालियाँ देंगे? उसे छोड़ देंगे, नहीं, नहीं—किंतु यह शैतान, उफ! यह कितना अनर्थ है। इसे मैं कैसे सहन करूँगी? वह छटपटाने लगी। उसने अभिनेता पर लात से प्रहार किया, किंतु···

उस रंगमंच पर द्रौपदी की मान रक्षा के लिए न जाने कितनी बार कृष्ण आए थे। हरिश्चंद्र के सत्य व्रत से प्रसन्न नारायण भी वहाँ कई बार प्रकट हो चुके थे, किंतु आज रंगम्मा के लिए सारे देवता आँख-कान बंद किए हुए थे। जिन भगवान् पर विश्वास करके रंगम्मा रंगमंच पर चली आई, उसी भगवान् का अभिनय करनेवाला व्यक्ति उसके साथ क्या करने जा रहा है? क्या भगवान् को रंगम्मा का आर्तनाद सुनाई नहीं दे रहा है? संभवतः वे उस समय लक्ष्मी के साथ वार्त्तालाप में संलग्न हों। संभवतः वे गंधर्वों का संगीत सुन आँखें बंद किए, आनंद में निमग्न हों। यह भी हो सकता है कि इंद्र का स्वार्थ भरा स्तोत्र सुनकर वे फूले न समा रहे हों?

''मुझे छोड़ दीजिए। आपके पाँव पड़ती हूँ। मैं मूर्ख हूँ। मुझे छोड़ दीजिए। मैं इस कार्य के लिए यहाँ नहीं आई हूँ। क्या मेरी रक्षा करनेवाला यहाँ कोई नहीं है?''

असहाय रंगम्मा की प्रार्थना सुनने के लिए सचमुच वहाँ कोई नहीं था। अगल-बगल के परदों पर लटकनेवाले चित्रों में सरस्वती और पार्वती इस अन्याय को चुपचाप देख रही थीं। रंगम्मा के किसी आराध्य देव ने रक्षा नहीं की।

शहरी-सभ्यता के हाथों ग्रामीण रंगम्मा के पातिव्रत्य की हत्या हो ही गई।

गुडिपाटि वेंकटचलम् का जन्म 19 अगस्त, 1894 को आंध्र प्रदेश के गुंदूर जिला तेनाली शहर में हुआ। तेलुगु साहित्य में श्री चलम् प्रथम स्त्रीवादी लेखक थे। वे स्वाधीनता के पूर्व नारी-स्वतंत्रता

के लिए व्यथित होनेवाले महान लेखक थे। तेलुगु कहानी लेखन में विद्यागत परिवर्तन लाने के कारण वे तत्कालीन साहित्य-जगत् में विवादास्पद बने। उनकी लेखनी ने तेलुगु कहानी को वैविध्यपूर्ण बनाने के साथ गहन एवं समृद्ध भी किया। परिणामस्वरूप तेलुगु कहानी में चलम् का युग चल पड़ा। उनकी कथावस्तु को आदर्श बनाकर तेलुगु में अनेक लेखक उदित हुए। स्त्रियों की समस्याओं के प्रति सहानुभूति जताते हुए, उनके साथ हो रहे अन्याय एवं अत्याचारों का खंडन करते हुए उन्होंने अनेक उपन्यास, कहानियाँ, एकांकी, कविताएँ, प्रेम-पत्र, म्यूजिंग्स आदि की रचना की। उनकी सौ से अधिक कहानियाँ हैं, जो तेरह संग्रहों में संकलित हैं, 'उनमें चलमजी की कलम', 'आत्मार्पण', 'एक फूल खिल उठा', 'स्टेशन का पंप', 'बद किस्मती का शाप' आदि संकलन विशेष लोकप्रिय हुए हैं। उनके द्वारा रचित उपन्यास 'जीवनादर्श', 'चित्रांगी', 'मैदानमु', 'अरुण्य' हैं। 'ब्रह्म का शाप', 'सावित्री', 'शशांक', 'तलाक', 'पुरुरव' आदि एकांकी विशेष रूप से चर्चित हैं।

उनकी अन्य रचनाओं में 'गीतांजली' (अनुवाद) 'स्त्री और बच्चों का पोषण', 'गिजिगाडु' इत्यादि बहुचर्चित हुईं।

क्रांतिकारी स्वेच्छा प्रणय को प्रतिपादित कर कथा साहित्य के जगत् में वे प्रख्यात हुए।

□

प्रणय-कलह

—मुनिमानिक्यम् नरसिंहराव

मेरी स्त्री जब से ससुराल में आई, तब से अभी तक एक बार भी उसने प्रणय-कलह का अभिनय नहीं किया। इस 'प्रणय-कलह' शब्द को मैंने काव्यों में पढ़ा और अनेक मुखों से सुना। इसलिए मुझे अपनी पत्नी में 'प्रणय-कोप' पैदा करने की उत्सुकता हुई। समय-समय पर मैंने कहा भी—''क्यों कांतम्! तुमने कभी प्रणय-कोप का अभिनय नहीं किया?'' तो वह जवाब देती—''समय आने दीजिए। अपने आप हो जाएगा।'' इस तरह दिन बीतते गए। हमने कभी प्रोग्राम बनाकर शास्त्रोक्त पद्धति से प्रणय-कलह नहीं किया।

लोगों को कहते सुना, लेकिन प्रणय-कलह कैसे किया जाए, मुझे भी नहीं मालूम। अपनी पत्नी को नायिका मानकर प्रणय-कलह करने को कहूँ, तो बेचारी उसे कैसे कर पाएगी? इसलिए वात्स्यायन कामसूत्र को मँगाकर उसके 'प्रणय-कलह' विधान का मैंने आद्यंत अध्ययन किया। यह ऐसा-वैसा विषय नहीं है, सत्यनारायण व्रत की जैसी तैयारी का काम है इसमें।

नायक को भोजन के उपरांत तोता और मैना से स्वगत करना है। मेरे मुहल्ले के चतुर्दिक् खाली जमीन होने के कारण मील, डेढ़ मील की दूरी में कहीं तोते और मैना दिखाई नहीं देते।

शास्त्रकारों द्वारा बताए गए नियमों का उल्लंघन करने को मेरा मन नहीं करता। चाहे कितने भी कठिन कार्य क्यों न हों, शास्त्र-विधि के अनुसार प्रणय-कलह का निर्वाह करने का मैंने निश्चय किया। हम तो बड़े होते जा

रहे हैं, आगे फिर कौन यह झंझट मोल लेगा? इसलिए भोजन के उपरांत सिर पर तौलिया डाले कड़ी धूप में अपनी स्त्री के मना करने पर भी मैं चार मील की दूरी पर स्थित बगीचे में चला गया। वहाँ घूम-फिरकर बड़े प्रयास के बाद शुक और सारिकाओं को बुलाया और शाम तक घर पहुँच गया।

इसके बाद के कार्यक्रम के बारे में विचार किया—'तदन्ते···सम्मर्जनपुष्ण प्रकरम्', शयन रचना···इनकी तैयारी होनी है।

इनका क्रमशः प्रबंध करता आया हूँ। उसमें शयनगृह को संचारित सुरभि धूपवाला जो नियम है, उसके पालन करने के निमित्त दो पैसे की अगरबत्ती खरीद लाया हूँ।

संध्या के भोजन के समय इस प्रणय-कलह के विधान को उसे समझाकर इस कार्यक्रम को सफल बनाने का विचार किया, लेकिन 'प्रत्त' अर्थात् विवाहिता स्त्री को काम-शास्त्र ग्रहण का अधिकार नहीं है। यह सोचकर चुप रहा।

भोजन के समय कांतम् ने पूछा भी—"ऐसी क्या बात है कि भोजन के समय भी आप चिंतामग्न हैं?" किंतु कांतम् के इस प्रश्न का मैंने कोई उत्तर नहीं दिया।

अब शयन-रचना करनी है। पुस्तक खोल मेज पर रखी, अब प्रत्येक विषय को ध्यान से पढ़कर उसका प्रबंध करना—यही कार्यक्रम है।

कामसूत्र में कहा गया है, "शयन-मंदिर खट्वाश्रय-प्रतिपादिका स्तरणतूलिका आदि से अलंकृत रहना चाहिए।" इस वाक्य में मुझे एक शब्द का अर्थ नहीं मालूम हुआ। पास में कोई संस्कृत का विद्वान् या विद्यार्थी भी नहीं था। अब क्या किया जा सकता था, अत: यह क्रम छोड़ दिया।

हंसतूलिकातल्प पर शयन रहना होगा, अपने हंसतूलिकातल्प—याने साधारण चारपाई पर सफेद चादर बिछा दी। आगे लिखा है—'शिरोभागे कूर्चस्थानम्' पहले मुझे उसका अर्थ मालूम नहीं हुआ। 'कूर्च' शब्द मैंने शायद कहीं सुना है। मेरे मन में आया प्रणय-कलह में 'कूर्च' किसलिए? फिर नीचे लिखी टीका देखी तो 'कूर्चस्थानम्' माने कुरसी लिखा है। भले

ही शास्त्रकार ने मुझे बचाया। ठीक हमारे हंसतूलिकातल्प के शिरोभाग में ही बेंत की कुरसी है। अब शयन रचना पूर्ण हो गई।

शयन-मंदिर की सजावट इसके बाद का कार्यक्रम है। शयन-गृह में एक वेदिका हो। संभवत: उस युग में टेबुल न रही होगी, इसीलिए वेदिका कहाँ है। हमें क्या चिंता? कमरे में बढ़िया मेज है।

'नीलोत्पलावगुण्ठित वीणचित्रफलक, पुस्तकम्' और फूल की मालाएँ हों। वीणा के बदले मेरी पुत्री का फिडेल है। चित्रफलक भले ही न हो, चित्र तो है। 'पुस्तकम्' कहा है। एक सैकड़ा हैं कंपोजीशन पुस्तकों को मिलाकर।

एक-आधे घंटे में कांतम् सब कुछ ठीक कर देनेवाली है। मैंने कुरसी पर बैठकर प्रणय-कलह विधान फिर एक बार पढ़ा। उसमें से मुख्य विषयों को अनुक्रमणिका के रूप में कागज़ पर अंकित किया।

प्रणय-कलह का प्रथम अध्याय या दृश्य है—प्रेयसी को क्रोध करना···किसी सौत का नामोल्लेखन—सौत के नाम का उच्चारण करे—संकेत रूप से सौत को लक्ष्य कर प्रशंसापूर्ण संभाषण या उस सौत को तांबूल आदि का भेजना, जिसे प्रेयसी सहन न कर सके, ये ही प्रणय-कलह के कारण हैं।

क्रुद्ध होने पर नायिका द्वारा 'वाचा' (वचनों द्वारा) कार्यत: (कार्यों द्वारा) कलह पैदा करना है। सिर के केशों को फैलाना, पलंग से उठकर पृथ्वी पर लेटना, धारण किए हुए पुष्पों, मालिकाओं, जेवरों को उतार देना इत्यादि को द्वितीय सूत्र बतलाता है। यह बड़ा कठिन कार्य तो नहीं है, क्रोध होना है। बस, इससे सहस्त्र गुना मूल्यवान काम कर देती है मेरी कांतम्!

और तृतीय दृश्य में ''अनुनय, शयनारोहण पादताडनम्, अनन्तरम् अश्रुकरणम्, द्वारदेशगमनम् युक्ति के साथ नयमानम् प्रसन्नता आलिंगनम्, अंत में संयोगम।'' ये ही विधियाँ हैं। इन सबमें कठिन कार्य प्रथम दृश्य में प्रणय-कलह के लिए कारण पैदा करना ही है। राजा-महाराजाओं के लिए अष्ट भार्याएँ या अष्टादश भार्याएँ होती हैं। इसलिए सौत की प्रशंसा करना सुलभ तथा संभव है। एक ही नारी के साथ गृहस्थी को घसीटनेवाले एक साधारण व्यक्ति के लिए यह कैसे साध्य होगा? यदि ऐसा नहीं है तो किसी

परनारी की प्रशंसा करके कलह का अंकुर बोया जा सकता है। उसके बाद मेरी स्त्री के करनेवाले उपद्रव या हंगामा के लिए वह सूत्रकार कहाँ तक जिम्मेदार हो सकता है?

यह एक बड़ी समस्या हो गई है। इसका हल क्या हो, यह मैं सोच ही रहा था कि इतने में चूड़ियों की झनझनाहट सुनाई दी। मेरा दिल एकदम बैठ गया। एक हाथ में लिये हुए रजतपात्र से पूरित और दूसरे हाथ की लड्डू भरी थाली लिये कांतम् आ ही गई।

कुछ लोग प्रेयसी को रमा, रम्याकार, चतुरवचनी, चारुचिकुर, विमूल्यालंकार और न जाने क्या-क्या कहकर पुकारते हैं। परंतु मेरी स्त्री साधारण हल्के रंग की साड़ी पहने ही आई। उसके उज्ज्वल नयन नहीं, मामूली आँखें हैं। झुर्रियों से पूर्ण कपोल। फिर भी विरक्त न होकर प्रणय-कलह प्रारंभ करने का निश्चय किया।

उसके आते ही उसके समक्ष जाकर कामसूत्र के अनुसार कहना होता है—''प्रेयसी! तुम्हारे लिए तड़प रहा हूँ। मेरी स्थिति जानते हुए तुमने देरी क्यों की?'' मैंने भी उसी प्रकार कहना शुरू किया।

कांतम् को उस दिन का कार्यक्रम अभी तक नहीं मालूम था। इसलिए उसने कहा, ''क्यों, क्या हो गया है? परिहास चेष्टाएँ न कीजिए। कोई सुनेगा तो हँसेगा।''

शाम को शुक और सारिकाओं को बुलवाया गया। कामसूत्र में वर्णित प्रेयसी की विधियों का स्मरण कराया गया। उसने कहा, ''शुक क्या है और सारिका क्या है? आपके इन अनर्गल प्रलापों का अर्थ मुझे नहीं मालूम।''

''कुछ नहीं कांतम्! इतनी विकल होकर क्या देख रही हो? मैं मामूली आदमी ही हूँ। यों ही हँसी-मजाक में कह रहा था।''

''अपने बच्चे ही हम लोगों के लिए तोते और मैना हैं। अभी तक मैं उनसे बोलती ही रही।''

''यहाँ आओ, बैठो।''

वह मेरी शैया पर ही बैठ गई। अब प्रणय-कलह के कारण की कल्पना

करनी थी। सारी कठिनाई उसी में थी। सौत या परस्त्री से परिणय की प्रशंसा करूँ तो समझ लीजिए, गृहस्थी डूब गई। इस झंझट से बचने के लिए प्रणय-कलह का दूसरा कारण बना लिया गया।

''कांतम् ?''

''ऊँ...''

''हमारी सीता को देखने के लिए...''

''सीता है कौन ?...''

''सीता को नहीं जानती ? मेरी फुफेरी बहन।''

''हाँ...तो ?''

''सीता को देखने के लिए कल जा रहा हूँ।''

''जाइए, इसमें मेरी आज्ञा की क्या आवश्यकता थी !''

''आज्ञा के लिए नहीं, यों ही कह रहा हूँ। सीता बहुत रूपवती है। मैंने उसके साथ विवाह भी करना चाहा था। लेकिन भाग्य ने साथ न दिया। मालूम होता है कि भगवान् की भी इच्छा नहीं थी।''

''अब क्या हुआ ? चार बच्चों सहित आएगी। प्रयत्न तो कीजिए।''

''मेरा कहना यह नहीं। यह तो तुम मानती हो न कि वह अत्यंत सुंदर है ?''

''क्यों नहीं ! वह तो तारिका है। आप सब एक ही वंश में पैदा हो गए हैं न ? एक ही श्रेणी के हैं।''

*आंध्र में फुफेरी बहन के साथ विवाह होता है। किंतु अब यह प्रथा हटती जा रही है।

मेरे खयाल में आया, सीता की सुंदरता के प्रशंसापूर्ण वाक्य कहकर कांतम् को बदसूरत कहकर व्यंग्य करूँ तो उसे अवश्य क्रोध आ जाएगा। तब अविच्छिन्न रूप से प्रणय-कलह चल सकेगा।

''वह (सीता) चार बच्चों की माता है। फिर भी उसका सौंदर्य जरा भी कम नहीं हुआ। कपोल पिचके नहीं। उरोज...''

''बस, बस, अब बंद कीजिए।''

"उस के गालों की चिकनाई...उसके केश..."

"ये कैसी बातें हैं? पराई स्त्री के बारे में ऐसी बातें सुनते मेरा हृदय जल..."

"आया है क्रोध?..."

"हाँ..."

"तो जल्दी उठकर जमीन पर धीरे से गिर जाओ। प्रणय-कलह प्रारंभ करेंगे।" अपना संकल्पित कार्यक्रम निष्कंटक पूर्ण होने की आशा से संतोष के आवेग में मैंने कहा।

"आप पागल तो नहीं हुए? ढकेलते क्यों हैं? नीचे गिर जाने को मुझे क्या पड़ी है?" उसने भावपूर्ण चमकनेवाले नेत्रों से कहा।

"मेरा आशय यह नहीं है। प्रणय-कोप के उत्पन्न होने के कारण सत्यभामा वरुथिनी, प्रभावती आदि नायिकाएँ नीचे गिर गई थीं। तुम जमीन पर नहीं गिरोगी तो प्रणय-कलह कैसे होगा?"

"न हो तो, न सही। अब कौन सा उपद्रव मचनेवाला है? पागल की चेष्टाएँ! धक्के देकर गिराते क्यों हैं?...आज आपको कुछ...ठहरिए, मैं अपने बिस्तर पर जाती हूँ।"

"जाओ तो सही..."

"आज आपको क्या हो गया है?...उन लाट साहबों की (फिरंगियों की) दोस्ती कर रहे हैं? क्लब में बहुत देर तक रह रहे हैं। मेरी बदनसीबी।" कहती वह दूसरे बिस्तर पर जाकर लेट गई।

अब तक तो मेरा प्रणय-कलह सफलतापूर्वक चला। द्वितीय दृश्य में नायिका को विवृद्ध क्रोध में लाकर मालिकाओं तथा अन्य अलंकारों को देना होता है। मैंने सोचा, क्रोधित हो गई है, वह कार्य भी कर देगी। लेकिन यह क्या, वह गंभीर हो, रूठकर चुपचाप लेट गई है। उसकी वेणी में गुँथे हुए गुलाब के फूल ने मुझे देख मानो अपने नेत्र लाल-लाल कर लिये हैं। मैंने ही जाकर उस फूल के टुकड़े-टुकड़े करके बिखेर दिया। इसके बाद कांतम् के पार्श्व में बैठकर पुस्तक की बातों का पठन किया—"कांतम्! देखो,

मेरी गलती को माफ करो। तुम्हीं रूपवती हो। संतानवती होने पर भी तुम्हारे कपोलों पर की चिकनाई कम नहीं हुई। तुम्हारे सिर के बाल भी अभी अधिक सफेद नहीं हुए हैं। हे शरत्काल के पूर्ण चंद्रमा के समान मुखवाली सुंदरी! हे तरुणवयविलासिनी! उठो। शयनारोहण करो।'' कांतम् मेरी तरफ पागल की नाई देखने लगी। वह भयकंपित जैसी मुझे मालूम हुई। मैंने कहा, ''कांतम्! तुम्हें कोई भय नहीं, मेरे बिस्तर पर आ जाओ।''

''यह सब क्या है आपका व्यवहार? मैंने किया ही क्या था? आपने ही तो अभी धक्का देकर मुझे गिरा दिया और आप ही माफी माँग रहे हैं?''

''वैसा मैं कभी नहीं करूँगा। आओ, मेरी भूल पर ध्यान न देकर क्षमा करो।''

''मैं क्षमा किसके लिए करूँ? यह सब क्या है? चलिए।''

''ठहरो···ठहरो···उठो मत। प्रणय-कलह क्रमानुसार पूर्ण हो जाए। अभी तुम्हें एक काम करना होगा।''

''क्या है वह?''

''मेरे किए हुए अपराधों का स्मरण कर मेरी मध्य पीठ पर कहीं धीरे से एक लात मारो। उससे प्रणय-कलह का पात्र परिपक्व होने लगेगा। उसके बाद में मेरा गिड़गिड़ाना, तुम्हारा कुछ समय तक अनुकरण करना, तदुपरांत शयनारोहण—यही कार्यक्रम बाकी है।''

''यह सब काम अभी ही हो जाना चाहिए?''

''नहीं तो प्रणय-कलह पूर्ण नहीं होगा।''

''ऐसा होना ही चाहिए, यह कहाँ लिखा है।''

''ग्रंथ में देखो, ये ही कामसूत्र है। इसीलिए मैं यह सारी तकलीफ उठा रहा हूँ।'' 'ऊँ' कहते हुए धीरे से एक ठोकर मारी।

''बात यह है, महाराज! मैं दुनिया की बात अधिक नहीं जानती। तभी से यह सोचकर मैं बहुत भयभीत हो गई हूँ कि आपका दिमाग खराब हो गया है। खराब पुस्तकें पढ़कर मुझे रुला रहे हैं। ये सब असह्य कार्य करने को कहते हैं।''

''तो तुम्हारी राय क्या है? प्रणय-कलह आधा तो समाप्त हो गया

है। मध्य में हैं। अब क्या इसमें विघ्न करोगी?'' गद्गद कंठ से मैंने कहा।

''प्रणय-कलह चलाना है! चलाऊँगी, अच्छी तरह चलाऊँगी! इधर आइए तो।''

मुझे अपने पास बुलाकर उसने शिक्षक द्वारा किसी नटखट विद्यार्थी को दंड देने की मुद्रा में मेरा कान पकड़कर उठते हुए कहा, ''फिर कभी ऐसा नाटक रचेंगे··· ?''

''ओह!···''

''कहिए, आगे कभी ऐसा अभिनय नहीं करेंगे? क्यों?''

''ओह!···''

''फिर कभी नहीं करेंगे न?''

''ऊँहूँ···ऊँहूँ···छोड़ दो।''

मुनिमानिक्यम् नरसिंहराव साहित्य-समिति द्वारा प्रकाश में आनेवालों में से एक सफल लेखक हैं। पारिवारिक जीवन के सुख-दुःखों का अनुभव कर, उसके चिरंतन आनंद को कहानियों के रूप में प्रदान करने के लिए उन्होंने जिस गृहिणी की अपूर्व सृष्टि की, वह है–'कांतम्'। 'कांतम्' नामक पात्र तेलुगु पाठकों के लिए सुपरिचित हो गया है। मध्यवर्गीय परिवार के गृहस्थ जीवन की मधुर घटनाओं को अपनी कहानियों में मंजुल शैली में चित्रित किया है। इनकी विशिष्टता है—सुकोमल हास्य। इनके सात-आठ कहानी-संग्रह प्रकाशित हो चुके हैं। 'उपाध्यायुडु', 'तिरुमालिग' और 'वक्ररेखा' उनके उपन्यास हैं। वे हास्य-लेखक के रूप में विशेष विख्यात हैं। 'कांतम् कथल' (कहानी-संग्रह) के लिए उनको 'तेलुगु भाषा समिति' का पुरस्कार मिला है।

वे बी.ए.एल.टी. हैं। उन्होंने बहुत समय अध्यापन-कार्य में बिताया, किंतु बाद में आकाशवाणी, हैदराबाद में कार्य किया।

□

चामर-ग्राहिणी

—विश्वनाथ सत्यनारायण

शालिवाहन शक का 102वाँ वर्ष। रोम नगर में उस दिन एक महल के सामने लोगों की बड़ी भीड़ जमा थी। उस उत्सव का कारण हेलीना नामक एक रूपवती का दो मास-पर्यंत जनशून्य बड़े-बड़े मरुस्थलों को पार करते हुए यात्रा समाप्त कर रोम नगर में प्रवेश करना था। वह चार वर्ष पूर्व आंध्र-चक्रवर्ती गौतमी-पुत्र श्री शातकर्णी के यहाँ चामर-ग्राहिणी बनकर गई थी। उसके वापस लौटकर आने के उपलक्ष्य में ही इस उत्सव का आयोजन था।

जब वह चार वर्ष पूर्व आंध्र देश में गई थी, उस समय रोम नगर में एक शानदार जलसा मनाया गया था और उसे सम्मानित करके बिदा किया गया था। साधारणत: जो सुंदरियाँ चामर-ग्राहिणी बनकर जाती हैं, वे 15 वर्ष पर्यंत नहीं लौटतीं। परंतु हेलीना चार ही वर्षों में वापस लौट आई है। वह इतने अल्प समय में क्यों वापस आ गई, किसी को पता नहीं, पर उतने दूर देश से आई हुई महिला द्वारा भारत और आंध्र देश के समाचार जानने की उत्कट अभिलाषा से ही जनता उसके घर पर एकत्र हुई थी। वह बड़ी धनी होगी। आंध्र देश से मोती, हीरे-जवाहरात, रेशमी वस्त्र, दंत-सामग्री, कस्तूरी, इलायची, लवंग इत्यादि अपूर्व द्रव्य अपने साथ लाई होगी। इन अपूर्व द्रव्यों को आंध्र के व्यापारी साल में एक बार लाकर रोम में बेचा करते हैं। उनका मूल्य अधिक होने के कारण बड़े-बड़े रईस और श्रीमंत ही उन्हें खरीदा करते हैं। साधारण प्रजा ने उन्हें देखा तक नहीं। लौंग और इलायची के स्वाद से

भी वहाँ के अधिकांश लोग अपरिचित हैं। जायपत्ती और लौंग के सेवन से जिह्वा में होनेवाली रसास्वाद की अनुभूति का उन्हें अनुभव नहीं। इस स्वाद का परिचय देनेवाला शब्द भी उनकी भाषा में नहीं है। इसलिए जनता उसके स्वाद और सुगंधि से भी अपरिचित है।

हेलीना साधारण परिवार की लड़की है। उसे गुदड़ी में प्राप्त माणिक कह सकते हैं। रोम नगर के कई धनिकों ने उसे पाना चाहा; लेकिन चार वर्ष पूर्व आंध्र-चक्रवर्ती के अधिकारी चामर-ग्राहिणियों की खोज में आए थे। साधारणत: चामर-ग्राहिणियों के चुनाव में जमीदारों तथा राजवंशीय पुत्रियों को ही प्रधानता दी जाती है। पर हेलीना साधारण परिवार की कन्या होने पर भी अपूर्व सौंदर्यवती होने के कारण तथा अधिकांश लोगों की सिफारिश पर आंध्र साम्राज्य के अधिकारियों ने उसे ले जाना अंगीकार किया था। किंतु उन लोगों ने एक शर्त रखी थी। वह यह थी कि यदि चक्रवर्ती हेलीना को राजवंशिनी न होने के कारण स्वीकार करने से इनकार करें तो दूसरे वर्ष ही उसे व्यापारियों के काफिले के साथ वापस भेज दिया जाएगा। ये व्यापारी-जत्थे आंध्र देश से साल में एक बार रोम जाया करते थे।

आंध्र-चक्रवर्ती एक चामर-ग्राहिणी को स्वीकार करने पर उसके परिवार को 20 मन हीरे-जवाहरात तथा मोती दिया करते थे। शेष 40 मन सुगंधित द्रव्य दिया करते थे। वह साधारणत: 15 वर्ष चक्रवर्ती की चामर-ग्राहिणी बनकर रहा करती थी। चक्रवर्ती स्वीकार करते समय उसकी उम्र 16 वर्ष से अधिक नहीं होनी चाहिए।

हेलीना को महाराज ने स्वीकार किया। उसका प्रधान कारण हेलीना का सौंदर्य ही है। उसकी देह-कांति सफेद नहीं—चंद्रमा को सान पर चढ़ा शहद में भिगोए जैसी है। भ्रमर जैसे केश। उसका समस्त सौंदर्य उसके विशाल नेत्रों में मूर्तिभूत है। उसकी पुतलियों की कांति अपूर्व एवं अद्भुत है। उस रूपसी को देखने पर चक्रवर्ती ने अंगीकार ही नहीं किया; बल्कि उसे प्रधान चामर-ग्राहिणी बनाया।

चामर-ग्राहिणियाँ अंत:पुर की स्त्रियाँ थीं। उनके भोग राज-भोग थे।

वे बाहर निकलतीं तो पालकियों पर जातीं। कोई कभी आँख उठाकर उन्हें देख नहीं सकता। यदि कोई उन्हें चामर-ग्राहिणियाँ न समझे तो राज-कन्याएँ ही मान लेगा। उनके शरीर पर शोभित होनेवाले आभूषण रत्नमय तथा उनके धारण करनेवाली साड़ियाँ स्वर्णमय हुआ करती थीं। चक्रवर्ती सदा उनकी इच्छाएँ पूर्ण करते थे। उन दिनों में नारी होकर जन्म लेने में दो चरितार्थ थे। प्रथम आंध्र-चक्रवर्ती की रानी होना और द्वितीय चामर-ग्राहिणी बनना।

हेलीना गत चार वर्षों से अपने माता-पिता को अमूल्य रत्न, कस्तूरी, जायपत्ती, लौंग, इलायची, पान, सुपारी इत्यादि भेजा करती थी। उनके माता-पिता भी उनका स्वाद रोमवासियों को चखाते थे। जिन लोगों ने स्वाद चखा, वे हेलीना के माता-पिता के भाग्य की सराहना करते थे। अन्य लोग उनके स्वाद से परिचित होने को लालायित रहते थे।

ऐसी स्थिति में हेलीना घर आई। लौटते समय दो ऊँटों पर अपना सामान लादकर लाई थी। लोगों की यह धारणा थी कि हेलीना उन सबको अपने नगरवासियों में बाँटनेवाली है। फिर जनता एकत्र क्यों न होगी?

हेलीना को चार दिन तक आराम नहीं मिला। अपने साथ लाई हुई भारतीय वस्तुओं के प्रदर्शन तथा थोड़ा सा उनका स्वाद चखाने में वह लगी रही। दस दिन तक यह कार्य चलता रहा।

इन दस दिनों से डार्टिमो बराबर हेलीना के घर आता रहा। डार्टिमो एक संपन्न जमींदार का पुत्र था। हेलीना चामर-ग्राहिणी बनकर जाने के पहले ही डार्टिमो ने उससे प्रेम किया था। हेलीना का प्रेम पाने को डार्टिमो ने अनेक प्रयत्न किए थे। हेलीना एक सामान्य परिवार की लड़की है। एक जमींदार के पुत्र का हेलीना से विवाह करने से बढ़कर उसके माता-पिता को और क्या चाहिए? सब इस संबंध को चाहते थे, पर हेलीना का हृदय विकल था। उसने डार्मिमो के प्रेम का तिरस्कार किया। वह इस बात को प्रकट भी नहीं कर सकती, न वह प्रेम का इनकार भी कर सकती और उसे स्वीकार ही कर सकती थी। वह यह मानती थी कि इस पृथ्वी पर उससे बढ़कर और कोई सौंदर्यवती शायद ही होगी।

सौंदर्य और विवेक के लिए आत्मज्ञान अधिक होता है और आत्माभिमान भी। उसके हृदय में एक उत्कट महत्त्वाकांक्षी थी—एक चक्रवर्ती की पत्नी बनने की। जब वह चामर-ग्राहिणी बनकर जा रही थी, उस समय उसने कल्पना की थी कि उसकी इच्छा अवश्य पूर्ण होगी। उसके माता-पिता को धन पाने की आशा थी, पर अपनी पुत्री का दूर देशों में जाना उतना पसंद नहीं था। हेलीना के हठ करते ही उन लोगों ने उसकी बात मान ली थी। उन्हें मालूम था कि चामर-ग्राहिणियाँ कदापि चक्रवर्ती की पत्नियाँ नहीं बन सकतीं। पुनः उसकी पुत्री वापस लौटकर आ भी सकती है, नहीं भी आ सकती है। कुछ चामर-ग्राहिणियाँ अपनी 35वीं अथवा 36वीं वर्ष की अवस्था में विवाह कर आंध्र-देश में ही रह जाती हैं। नृत्य-गीत इत्यादि का अभ्यास कर उस कला से ही जीवनयापन किया करती हैं। हेलीना यदि वापस लौटकर भी आती है तो उसकी अवस्था अधिक होगी। ऐसी दशा में यहाँ पर विवाह होना कठिन है; लेकिन जीवन-पर्यंत संपत्ति का सुखानुभव कर सकती है।

उस देश में डेल्फाव नामक ग्राम में एक भविष्यवक्ता ज्योतिषी रहता था। उससे हेलीना ने अपनी 15 साल की उम्र में जाकर अपना भविष्य पूछा था। कहा गया था कि वह एक चक्रवर्ती के यहाँ अंतःपुर में रहेगी। उसका मतलब हेलीना ने चक्रवर्ती पत्नी होना लगाया।

हेलीना के वापस लौट आने पर अकेले डार्टिमो ने ही संतोष प्राप्त किया। लड़की के माता-पिता को संपत्ति के आगम का द्वार बंद हो जाने का दुःख हुआ। लेकिन इस बात का उन्हें हर्ष था कि हेलीना वापस आते-आते बहुत सी संपत्ति लाएगी, जिससे वे अधिकांश जमींदारों की अपेक्षा ज्यादा धनी होंगे। उस धन से एक अच्छी सी जमींदारी खरीदी जा सकती है। फिर उन्होंने अपनी पुत्री के भाग्य के फूटने का अनुभव किया। डार्टिमो ने भी अपने भाग्य को फूटा हुआ सा अनुभव किया।

डार्टिमो के माता-पिता को यह कतई पसंद नहीं था। पहले हेलीना के सौंदर्य पर मुग्ध हो उन लोगों ने अपनी बहू के रूप में स्वीकार करने की संपत्ति भी दी थी। परंतु आज उन्हें यह पसंद नहीं था। उनका यह मनोभाव है

कि चामर–ग्राहिणी चक्रवर्ती की पत्नी ही मानी जाती है। पूर्णरूप से पत्नी न हो, फिर भी पत्नी जैसी ही है। चामर–ग्राहिणी के माने वह राज–रानी नहीं। चामर मृग नामक एक जाति के हरिण भारत में होते हैं। उनकी पूँछें बड़े जूड़ों सी होती हैं। उन रत्नजटित सुवर्ण दंडों में बँधे हुए जूड़ों को लेकर नारियाँ चक्रवर्ती के दोनों तरफ खड़ी हो जाती हैं और चँवर डुलाती रहती हैं। सम्राट् के सिंहासन पर विराजमान होते ही यह कार्य होता है। अन्य समयों में उन्हें कोई काम नहीं रहता। चामर–ग्राहिणियों की खोज में जब आंध्र के अधिकारी आए थे, उस समय उन लोगों ने कहा था कि चामर–ग्राहिणियों और चक्रवर्तियों के बीच कोई संबंध नहीं रहता। साधारण प्रजा इस पर विश्वास नहीं करती। इसलिए डार्टिमो के माता–पिता का उद्‌देश्य है कि हेलीना चक्रवर्ती की पत्नी ही है। यही कारण है कि वे डार्टिमो के विवाह में संपत्ति नहीं देते हैं।

फिर भी डार्टिमो ने हेलीना के रोम छोड़कर चले जाने पर भी किसी से विवाह न करने का संकल्प किया। उसने मन में निश्चय कर लिया कि मरण–पर्यंत वह अन्य स्त्री के साथ प्रेम नहीं करेगा। लेकिन अपने इस निश्चय को डार्टिमो ने किसी से नहीं कहा। उसका भी अभिप्राय था कि हेलीना आंध्र–चक्रवर्ती की पत्नी हो गई है और चक्रवर्ती तथा हेलीना के बीच वैमनस्य होने के कारण वह भारत छोड़कर चली आई है। अब हेलीना का प्रेम चक्रवर्ती पर न होगा। अपना प्रणय सफल सिद्ध होगा।

गत दस दिनों से डार्टिमो हेलीना के घर आता और दिनभर वहीं पड़ा रहता। उसी के घर भोजन करता। हेलीना आंध्र–देश समाचार सुनाती और लोगों के साथ डार्टिमो भी कान खोलकर उन सब समाचारों को सावधानी से सुनता। हेलीना डार्टिमो को मित्र की भाँति मानती और वैसा ही उसके साथ बरताव करती। हेलीना के साथ डार्टिमो एकांत में मिलना चाहता, पर हेलीना वैसा मौका न देती।

हेलीना से लोग पूछते कि तुम भारत छोड़कर यहाँ क्यों चली आई? कुछ लोगों के प्रश्नों पर तो वह ध्यान नहीं देती और कुछ लोगों के प्रश्नों का उत्तर यह देती कि मुझे वहाँ पर रहना पसंद नहीं था। सहेलियों के पूछने

पर अपने नेत्रों से दीनता टपकाती। पहले माता-पिता के पूछने पर जवाब दिया था कि—हमारे लिए वह संपत्ति काफी नहीं? पुनः पूछने पर रुष्ट हो कहती—"जवाब तो दिया है न? बार-बार वही क्यों पूछते हैं?" उन लोगों ने भी क्रमशः पूछना बंद कर दिया। बड़ी धनराशि प्राप्त हुई हैं। उसकी वह अधिकारिणी है। फिर वे चुप क्यों न रहेंगे?

जैसे-जैसे दिन बीत गए, हेलीना के नेत्रों में चिंता की भावना झलकने लगी। वह सदा प्रसन्न रहने का प्रयत्न करती, पर कभी-कभी उसकी आँखों में दीनता का भाव प्रकट हो उठता। उस समय वह अपने एक विशेष कक्ष में जाकर एकांत में रहती।

कई महीने बीत गए। डार्टिमो प्रतिदिन हेलीना के घर जाता। पर वह प्रेमिका के घर जाने का अनुभव नहीं करता, पड़ोसी के घर का सा अनुभव करता। एक वर्ष बीत गया। क्रमशः हेलीना की चिंता बढ़ती गई। हेलीना के बारे में नगर में तरह-तरह की बातें लोग सोचने लगे। हेलीना का विवाह होने पर ही ये अफवाहें बंद नहीं हो सकतीं। हेलीना के माता-पिता ने भी डरते-डरते चार-पाँच बार उससे कहा, "तुम डार्टिमो के साथ विवाह कर सकती हो। उसके माता-पिता भी इस संबंध में कोई रुकावट पैदा नहीं करेंगे। वे भी धनी हैं। जिस समय तुम्हारी उम्र 22 से अधिक भी नहीं है। तुम अब आंध्र देश में भी नहीं जा रही हो। अभी जीवन काफी पड़ा हुआ है। डार्टिमो तुम से 6-7 वर्षों से प्रेम कर रहा है। वह दूसरी लड़की से विवाह भी नहीं करेगा। उसका जीवन व्यर्थ होता जा रहा है। तुम भी इधर दुःखी हो।" इस प्रकार माता-पिता के समझाने पर हेलीना ने डार्टिमो से बोलना-चालना शुरू किया। इस पर उसके माता-पिता बहुत ही प्रसन्न हुए।

सप्ताह में एक बार हेलीना और डार्टिमो टहलने जाने लगे। डार्टिमो ने बहुत समय तक अपने प्रेम को व्यक्त नहीं किया। एक बार प्रकट करने पर वह डार्टिमो को छोड़कर चली गई थी। इतना होने पर भी डार्टिमो अपने प्रेम को प्रकट करता और हेलीना सुनकर चुप रह जाती।

लगभग दो वर्ष बीत गए हैं। हेलीना के हृदय में डार्टिमो के प्रति प्रेम

है या नहीं—डार्टिमो को पता नहीं, पर उन दोनों के बीच घनिष्ठ परिचय हो गया। डार्टिमो हेलीना के कंधे पर हाथ रखता तो हेलीना उसे हटाती नहीं, और न ही उससे दूर हटकर बैठती। लोग उन्हें पति-पत्नी मानते, किंतु वे विवाह क्यों नहीं करते, इस बात का सबको संदेह था।

एक दिन की शाम को उस नगर प्रदेश के गिरिशृंग पर दोनों बैठे हुए थे। डार्टिमो ने हेलीना के हाथों को अपने हाथों में लेकर कहा, ''हेलीना! मैंने अपना जीवन तुम्हें समर्पित किया। मैं तुमसे प्रेम कर रहा हूँ, पर तुम नहीं करतीं। मुझे मालूम है कि तुम मुझसे प्रेम नहीं करोगी, मुझे केवल एक परम आप्त मित्र मानती हो। तुम्हारे मन में जो चिंता है, उसका कारण मुझे ज्ञात नहीं हो रहा है। वही चिंता तुम्हें जलाए जा रही है। यदि मैं तुम्हारा परम आप्त मित्र हूँ तो वह रहस्य मुझे बताओ। मैं भी तुम्हारी कठिनाई में हाथ बँटाऊँगा।''

डार्टिमो के इस प्रकार गिड़गिड़ाने पर हेलीना ने जवाब दिया—''डार्टिमो! तुमसे बढ़कर मेरा आप्त मित्र और कोई नहीं है। मुझ पर तुम्हारा जो प्रेम है, वह दैवी प्रेम है। मैं तुमसे पुनः प्रेम नहीं कर पा रही हूँ। इसलिए मुझसे बढ़कर कोई कृतघ्न इस विश्व में दूसरी नहीं हो सकती। मैं अपनी कहानी किसी को सुनाना भी नहीं चाहती थी। मैं इस कहानी को तुम्हें सुनाकर तुमसे पुनः प्रेम न कर सकने के पाप का प्रायश्चित्त करूँगी।

''तुम्हें मालूम है कि मैं अत्यन्त रूपवती हूँ। इस पर मेरे अभिमान की सीमा नहीं है। इसलिए भगवान् ने मेरे घमंड का इस प्रकार दंड दिया है। जब से होश सँभाला, तभी से मैंने निश्चय किया कि मैं एक चक्रवर्ती की ही पत्नी हो सकती हूँ। किसी अन्य की कदापि नहीं। चामर-ग्राहिणी के कर्तव्य का परिचय देने पर मैंने अधिकारियों की बातों पर विश्वास नहीं किया। उस चक्रवर्ती के हृदय पर अधिकार कर सकने का अहंकार मेरे मन में था; लेकिन आंध्र देश में पहुँचने तक मेरे मन में यह भय बना रहा था कि वहाँ पर मुझसे भी बढ़कर रूपवतियाँ होंगी। पर मुझसे बढ़कर कोई सौंदर्यवती उस देश में न थी, इस बात के साक्षी स्वयं आंध्र-चक्रवर्ती ही हैं। मेरे सौंदर्य पर प्राकृत भाषा के कवियों ने कविता की। चित्रकारों ने मेरे चित्र तैयार किए। शिल्पियों

ने मेरी मूर्तियाँ गढ़ीं। चक्रवर्ती के अंत:पुर में वसंत ऋतु में सौंदर्योत्सव मनाए जाते हैं। उन उत्सवों की रानी मैं ही थी। चक्रवर्तीत्व के प्रति जो सम्मान व मर्यादाएँ होती हैं, वे सब मेरे प्रति भी हुआ करती थीं। मेरे नेत्रों में आरती उतारते थे। मुझे देखने के लिए बड़े-बड़े राजा-महाराजा चक्रवर्ती की राजसभा में आया करते थे।

''मेरा मन चक्रवर्ती पर अनुरक्त था। भाई डार्टिमो! वे चक्रवर्ती केवल अधिकार-बल से ही चक्रवर्ती नहीं थे, वरन् वे समस्त पुरुष-सौंदर्य का मूर्तरूप थे। उनके सौंदर्य के सामने मेरा सौंदर्य ही क्या है? हे डार्टिमो! मैं अपने दुर्भाग्य का परिचय कैसे दूँ। वे चक्रवर्ती एक पत्नी-व्रती हैं। अकसर हम सुना करते हैं कि प्राच्य देश के राजा अनेक पत्नियाँ रखते हैं। यह बात सत्य नहीं। यदि किसी राजा के दो-तीन रानियाँ हों, तो भी उन पत्नियों को छोड़ अन्य स्त्रियों की वे कामना नहीं करते। वे महान् नीतिज्ञ हैं। उन देशों के संबंध में हम जो कुछ भी बुरा सोचा करते हैं, वह ठीक नहीं। वह एक दिव्य जाति है।

मुझे इस बात का आश्चर्य है कि वे चक्रवर्ती मेरे सौंदर्य की आराधना करते हुए मेरे प्रेम को नहीं पाते। मेरे सौंदर्य के वास्ते एक चक्रवर्ती की पत्नी के जैसा मेरा आदर करते थे। सौंदर्य नामक यदि कोई साम्राज्य है, तो मैं उसकी महाराज्ञी थी। अन्य विषयों में मैं किसी काम की नहीं। चक्रवर्ती और उनकी पत्नी दोनों मेरे सौंदर्य पर मुग्ध थे, पर चक्रवर्ती कभी भी मेरी तरफ प्रेम भरी दृष्टि नहीं दौड़ाते थे। मेरा स्पर्श करते हुए आगे न बढ़ते, मेरा हाथ पकड़ने का प्रयत्न न करते। मेरे पास बैठे रहने की इच्छा भी उनमें नहीं थी।

मैं अपनी बात क्या कहूँ? मेरा हृदय चक्रवर्तीमय हो गया था। मुझे निद्रा नहीं आती थी, भोजन करने की इच्छा तक नहीं होती थी। मेरा सारा जीवन अंधकारमय हो गया। मेरी इच्छा होती कि सदा चक्रवर्ती दरबार लगाए रहें। उसी समय उनके दर्शन होते हैं और वर्ष में एक बार वसंतोत्सव के समय में भी। भाई डार्टिमो! मैं अब तक मर जाती। नींद और अपनी कामना-पूर्ति के अभाव में मेरा शरीर शुष्क हो गया था, पर दरबार में चक्रवर्ती के दर्शन होते

ही मेरा शरीर प्रफुल्लता के मारे पुष्ट प्रतीत होता था। ऐसा लगता था, मानो उनके नेत्र अमृत की निधि ही हैं!

इस प्रकार चार वर्ष तक मैंने सहन किया। इसके बाद मुझ में सहनशीलता नहीं रही। डार्टिमो! तुम्हारी सहनशीलता के लिए शत-शत नमस्कार है। मुझसे इतना प्रेम-विधान कि आठ वर्ष तक सहन करते रहे, जीवन पर्यंत भी सहन कर सकते हो। इसलिए हम दोनों के प्रेम की तुलना नहीं हो सकती। हे भाई! इसलिए हम दोनों का संबंध उचित नहीं। तुम प्रेम से पूर्ण हो, मैं क्षमाविहीन नारी हूँ।

एक दिन मैं चक्रवर्ती के बिस्तर के पास पहुँची। अंत:पुर की स्त्रियाँ उस दिन उत्सव मना रही थीं। महारानी उस दिन चक्रवर्ती के यहाँ जानेवाली थीं। उन्होंने इस आशय की खबर भेज दी थी, पर आधी रात के समय महारानी को मालूम हुआ कि वह अब किसी कारणवश नहीं जा सकतीं। यह समाचार चक्रवर्ती तक पहुँचाने के लिए महारानी ने किसी को भेजा। उस समय मैं चक्रवर्ती के कमरे के पास थी। चक्रवर्ती सो रहे थे। मेरे मन में एक इच्छा पैदा हुई। मेरे आलिंगन के बंधन में तथा मेरे चुंबनों की गरमी में जाग्रत् चक्रवर्ती ने कैसे पता लगा लिया कि उनके आलिंगन में स्थित मैं महारानी नहीं हूँ, मुझे ज्ञात नहीं। मैंने मणिमय दीपक पर गाढ़ा कपड़ा ओढ़ाकर सारे कमरे को अंधकारमय बना दिया।

दूसरे ही क्षण मैं दीपक के प्रकाश में खड़ी थी। वे चक्रवर्ती मेरे प्रति प्रेमविहीन थे, पर दयाविहीन नहीं। हे डार्टिमो! उस अपराध के लिए फाँसी की सजा दी जाती है। चक्रवर्ती छोड़ भी दें, पर महारानी नहीं छोड़तीं। सजा भोगनी ही पड़ती है।

मेरी चामर-ग्राहिणी की नौकरी चली गई। एक सप्ताह भर में पुत्री को ससुराल भेजने की भाँति मेरे साथ फौज का रक्षण देकर, दो ऊँटों पर बड़ी संपत्ति लदवाकर चक्रवर्ती और उनकी पत्नी ने मुझे अपने माता-पिता के घर भेज दिया।

इस समय सारा जगत् अंधकारावृत्त था। गिरि-शिखर के एक वृक्ष पर बैठा एक उल्लू बोल रहा था।

विश्वनाथ सत्यनारायण की प्रतिभा बहुमुखी है। वे कवि, कहानीकार, नाटककार, समालोचक, पंडित, गुरु के रूप में सौ से अधिक ग्रंथों के लेखक हैं।

प्राचीन संप्रदायों में उनका विकास हुआ, फिर भी वर्तमान युग के प्रभाव से अलग रहे। वे प्राचीन संस्कृति के चिह्न—वर्णाश्रम, धर्म, गुरु-भक्ति तथा अन्य प्राचीन संप्रदायों का प्रतिपादन करनेवाले कलाकार हैं। अपने सिद्धांतों और विश्वासों को निर्भयता के साथ पाठकों के सामने रखकर उसमें सफलता और यश प्राप्त करनेवाले बुद्धिमान् हैं। उन्होंने राष्ट्रीय आंदोलन में भाग लेकर कारावास की सजा भोगी है, अतः राष्ट्र-सेवक भी हैं। उनके 'वेयिपडगलु' नामक बृहत् उपन्यास को आंध्र विश्वविद्यालय से पुरस्कार प्राप्त हुआ है। उनके अन्य प्रसिद्ध उपन्यासों में 'एकवीर', 'जेबु दोंगलु', 'चेलियलिकट्ट', 'स्वर्गानिक निच्चेनलु', 'हाहा हूहू' इत्यादि हैं। उन्होंने कई छोटी कहानियाँ भी लिखी हैं। 'आंध्र प्रशस्ति', 'ऋतुसंहारमु', 'कोकिलम्म पेंडिल', 'किन्नेरसानि पाटलु', 'रामायण कल्पतरु' उनके काव्य-ग्रंथ हैं। उन्होंने नाटक लिखकर भी अपार यश प्राप्त किया है। आंध्रवासियों ने 'कवि-सम्राट्' उपाधि देकर उनका उचित ही सम्मान किया है।

□

ममता

–टी. गोपीचंद

बूढ़ा जोगय्या लाठी टेकते हुए नहर के किनारे जामुन के पेड़ के नीचे आ खड़ा हुआ। सूर्य की किरणों से बचने के लिए माथे पर हाथ रखकर उसने खेत की ओर दृष्टि दौड़ाई। खेत की मेंड़ों पर के सभी बबूल के पेड़ों से वह चिर–परिचित है। वे पेड़ भी जोगय्या के हम उम्र हैं और बढ़ते जा रहे हैं। हाल ही में उनमें से दो वृक्षों को हल बनाने के निमित्त कटवा डाला गया था। उन पेड़ों के कटवा डालने के कारण जो जगह खाली हो गई है, वह जोगय्या को किसी अभाव की याद दिलाती है। उस स्थान को देखने पर वह अपने दो जवान बेटों के खो जाने का अनुभव करता है।

वृद्ध जोगय्या गहरी साँस लेकर सिर पर बँधे कपड़े को बिछाकर जामुन के पेड़ के नीचे बैठ गया। उसके तीन पुत्र हैं। बड़ा पुत्र नरसप्पा खेत का काम देखता है। द्वितीय पुत्र कपड़े की दुकान से कुछ कमाता है। तीसरा लड़का वेंकटसुब्बय्या अंग्रेजी पढ़ रहा है। इनके अलावा दो पुत्रियाँ भी हैं। उसके सभी बच्चे उससे प्रेम करते हैं। जोगय्या अपने पुत्र–पुत्रियों को देखे बिना भी रह सकता है, किंतु अपने खेत को देखे बिना उसे चैन नहीं मिलता। जोगय्या की आंतरिक इच्छा है कि उसकी सारी संतानें खेत का ही काम देखें। क्योंकि उसकी दृष्टि में वे सभी कृषि–कार्य के लिए ही पैदा हुए हैं। इसलिए वह अपने द्वितीय पुत्र की कपड़े की दूकान के विषय में शायद जलन का अनुभव करता है। कभी–कभी वह कहा करता है, लड़का तो बुद्धिमान है, पर पत्नी की बातों में आकर वह अपने निजी काम को भूल गया है। जोगय्या के यहाँ इस समय

सौ एकड़ जमीन है। उसमें से अधिकांश हिस्सा उसी ने कमाया है। इसलिए उस पर जोगय्या के मन में गर्व का अनुभव होना स्वाभाविक ही है। खेत को वह अपने प्राणों के समान मानता है। एक बार जोगय्या के विपक्षियों ने उसके खेत में आनेवाले पानी को रोक दिया, तो जान की भी परवाह किए बिना उसने अपने हाथों से बाँध को तोड़ दिया था। और इस तरह उसके खेत में पानी आने लगा। फिर से कोई पानी का आना रोक न दे, इसलिए वह लाठी लेकर मेंड़ पर खड़ा हो गया। उसके उग्र रूप को देखकर सारा गाँव काँप गया था। दरारों से भरा हुआ उसका खेत जब गटागट पानी पीने लगा तो वह ऐसा खड़ा हो गया था मानो माता अपने शिशु को स्तन-पान कराते हुए परवशता में बैठी हो। जोगय्या के लड़के जब बड़े हुए तो उन लोगों ने उससे कहा था—"अब तुम बूढ़े हो गए हो। अब ईश्वर का भजन करो और आराम करो। हमारे रहते तकलीफ क्यों उठाते हो?" ऐसी सलाह देनेवाले बेचारे क्या जानें कि खेती के कार्य करते रहने में जोगय्या को कैसा असीम सुख प्राप्त होता है।

एक मास पूर्व जोगय्या की पत्नी बीमार पड़ी। उसके दस दिन पहले से ही वह कराह रही थी, पर इस पर जोगय्या ने कोई ध्यान नहीं दिया। यदि कोई इस ओर उसका ध्यान आकृष्ट करता तो वह यह कहकर टाल देता कि रोग मनुष्यों को ही होता है, वृक्षों को नहीं। उसने स्वप्न में भी यह नहीं सोचा था कि इस प्रकार अचानक हमला करके बीमारी उसकी पत्नी को उठा ले जाएगी। इसलिए जब उसके बड़े पुत्र ने कहा, "तुम घर पर ही माता की देखभाल करते रहो, मैं सिंचाई का काम देख लूँगा।" तो जोगय्या घर पर नहीं रह सका। उस समय खेत के लिए आवश्यक पानी का मिलना भी कठिन था। इस पर यदि कोई आकर नहर की धारा को अपने खेत में बहा ले तो उसका बड़ा पुत्र देखता रह जाएगा। वह बुद्धिमान है, परंतु दूसरों के सामने दबता है। खेत को पानी नहीं मिला तो सूख ही जाएगा। फिर लाख कोशिश भी करें, फायदा ही क्या है? यह सोचकर जोगय्या गाँव वैद्य से अपनी पत्नी को दवा दिलाकर खेत पर चला गया। जोगय्या गाँव से बाहर भी पहुँच नहीं पाया था कि इधर से उसके पुत्र द्वारा भेजा गया नौकर दौड़ता आया और

बोला, ''शत्रु भाले-लाठी लेकर लड़ने को तैयार हैं, आपका पुत्र नरसय्या देखकर खड़ा रह गया है।''

जोगय्या द्रुत गति से खेत की ओर बढ़ा। उसने नहर के बाँध को तोड़कर पानी को अपने खेत में बहा लिया। विपक्ष दल देखता रह गया। अपने खेत में बहती धारा की ध्वनि को सुनते ही जोगय्या प्रसन्नता के मारे सबकुछ भूल सा गया। बीच-बीच में उसके पुत्र नरसय्या ने अपनी माँ की बीमारी का उसे स्मरण दिलाया। पर पूरे खेत की सिंचाई समाप्त होने तक घर जाने से उसने इनकार कर दिया। लाचार होकर नरसय्या को घर लौट जाना पड़ा।

प्रात: होते ही उसे खबर दी गई कि वह घर जाए। उसे मालूम था कि उसकी पत्नी का संबंध उससे सदा के लिए समाप्त हो गया है, लेकिन खेत का वह थोड़ा सा भाग अभी सिंचाई से बाकी रह गया था। उसे छोड़कर वह बीच में घर नहीं जा सका। खेती सिंचाई का कार्य पूरा करके जोगय्या बड़ी आतुरता के साथ घर पहुँचा। उसने देखा कि उसकी पत्नी अंतिम घड़ियाँ गिन रही है। उस हालत में भी वह घर-गृहस्थी की बातें कह रही थी। वह बड़बड़ा रही थी—''तीसरे पुत्र की शादी देखना चाहती थी, परंतु तुमने मेरी बात नहीं सुनी। दूसरी बहू तो मेरी बात सुनती ही नहीं'', इस पर उसने अपना क्रोध प्रकट किया। बड़ी बहू को मक्खन निकालना नहीं आता था। ''मैं ही मथकर मक्खन निकालूँगी।'' यह कहते-कहते वह उठने का प्रयत्न करने लगी। इस बात का अंतिम घड़ी में भी उसे बड़ा दु:ख था कि उसके मरने के बाद इस गृहस्थी की क्या दशा होगी।

जोगय्या ने सांत्वना देते हुए कहा, ''इन सब बातों से फायदा ही क्या है। तुम निश्चिंत रहो।'' किंतु उसकी पत्नी अंत तक कुछ-न-कुछ फुसफुसाती ही रही। अंत में अधिक पीड़ा का अनुभव करते हुए उसने जोगय्या के हाथ को अपने हाथ में लिया और उसके प्राण-पखेरू सदा के लिए उड़ गए।

□

जोगय्या की पत्नी का देहांत हुए पूरा एक महीना हो गया है। पत्नी की बीमारी तथा उसके प्राणों का खयाल न करके जोगय्या जिस खेत की

रक्षा में लगा हुआ था, उस खेत में कुली आज घास छाँट रहे हैं। उनमें औरतें हैं, पुरुष हैं—सब आनंद से गा रहे हैं। जोगय्या जामुन के पेड़ के नीचे पैर समेटकर बैठा है। पहले जैसे उसका मन अब स्थिर नहीं है। अपनी पत्नी के मरते समय उसने जो पारिवारिक ममता दिखाई, उसे भूलने का प्रयत्न करने पर भी वह भूल नहीं पा रहा है। वह जानती थी कि कुछ मिनटों में उसके प्राण निकलनेवाले हैं। उस समय वह निद्रा से जगी जैसी बातें करती रही। इस संसार का नाता सदा के लिए छोड़नेवाली को इन सबसे क्या मतलब? इसी प्रकार सब लोगों को एक-न-एक दिन इस संसार के नाते को तोड़ना पड़ेगा, तो फिर इससे इतनी ममता ही क्यों रखी जाए?

खेत से गाना सुनाई देने लगा। जोगय्या ने आँखें खोलकर एक बार खेत के चारों ओर दृष्टि दौड़ाई। उस दिन उसका पोता भी उसके साथ खेत में आया था। वह पूछने लगा, "दादा! हमारा खेत कहाँ है?" सौ एकड़ जमीन के विशाल खेत को दिखाकर जोगय्या ने कहा, "तुम्हें जो कुछ दिखाई दे रहा है, वह सब हमारा ही है।" यह कहते हुए उसे मन में गर्व का अनुभव होने लगा। जब वह इस गाँव में बहुत समय पहले अपने बैल बेचने आया था और उसने उस गाँव के जिस आसामी को बैल बेचे थे, उसी के बाद में वह दत्तक दामाद बन गया था। उसके चरित्र तथा व्यवहार से प्रसन्न होकर उस असामी ने जोगय्या को अपनी पुत्री देकर उसको अपने घर में रख लिया था। उस दिन से जोगय्या दिल लगाकर काम करने लगा। वह जब इस घर में आया था, तब उसके ससुर की जायदाद पाँच एकड़ मात्र थी। जोगय्या ने अपने ससुर के देहांत के समय तक सौ एकड़ जमीन इकट्ठी कर ली थी, परंतु जमीन की वृद्धि करते समय उसे जो आनंद तथा उल्लास था, वह आज नहीं है। रोज खेत पर जाकर कुली और नौकरों को डाँटना, खेत के चारों तरफ देख आना उसका दैनिक कार्यक्रम हो गया था। पहले का आनंद तो आज नहीं है, परंतु यह आदत मात्र शेष रह गई थी। जोगय्या जामुन के वृक्ष से हटकर उसी तरह बैठा रहा। सूर्य की किरणें जामुन के पत्तों के बीच से जोगय्या के मुखमंडल पर नाचने लगीं। आँख खोलकर देखने पर उसने पाया कि कुली खेत में नहीं

हैं। सब कुली पेड़ों से बँधी भोजन की गठरियों को खोलकर खाने का उपक्रम कर रहे हैं। कुछ लोग भोजन समाप्त करके मेंड़ों पर लेटने की तैयारी में हैं।

जोगय्या ने गरजते हुए कहा, ''उठ जाओ!'' इस पर सब कुली यह कहकर हँसने लगे—''इस बुढ़ापे में भी जोगय्या कैसे फुरतीले हैं।'' एक ने कहा, ''अभी खाने बैठे हैं मालिक!'' धीरे-धीरे एक-एक करके सभी कुली खेत में चले गए।

जोगय्या ने एक बार गाँव की तरफ देखा। रोज दुपहर के समय उस जामुन के वृक्ष के नीचे खाने की आदत है उसे। उसकी पोती प्रति दिन वहीं भोजन लाकर खिलाती है। उसने दूर भोजन लेकर आती हुई अपनी पोती को देखा। अँधेरा छाया हुआ है। पानी बरसे तो क्या होगा! उसे अपने भीग जाने की चिंता नहीं है। पर यदि उसकी पोती भीग जाए तो! उसे स्मरण हो आया कि वर्षा के अधिक होने पर वे दोनों कटहल के वृक्ष के नीचे बनी झोंपड़ी में जा सकते हैं। वह झोंपड़ी उस समय की बनी है, जब उसने इस खेत को खरीद लिया था। तब से वह धूप में सूखती, वर्षा में भीगती हुई उसी प्रकार खड़ी है।

''दादा! भोजन लाई हूँ।'' पोती ने भोजन-पात्र को नीचे रखकर उस पर बँधे कपड़े को हटाया और यह कहकर वह खेत में दौड़ गई—''दादा! जब तक तुम भोजन करते हो, तब तक मैं खेत में हो आऊँगी।'' जोगय्या धीरे से उठा, नहर के पास जाकर उसने हाथ-मुँह धोया और फिर भोजन करने बैठ गया।

□

खेत में कुली घास काट रहे थे। वह लड़की कुछ देर तक मेंड़ पर खड़ी रही। सब कुली 'छोटी साहिबा' के संबोधन से उसका परिहास करने लगे। लहँगे को पैरों से टकराने से बचाते हुए उसे हाथ में पकड़कर खेती की मेंड़ पर से वह अपने दादा की ओर दौड़ने लगी। रास्ते में उसका पिता मिला। उसने पूछा, ''जरीका लहँगा पहन आई हो, खेत में उस पर कीचड़ नहीं लगेगा?''

लड़की ने जवाब दिया, ''दादा ने इसे पहनकर आने को कहा था। इस लहँगे को पहने हुए मुझे दादा देखना चाहते हैं।''

"तो दादा ने नहीं देखा?"

लड़की ने उत्तर दिया, "भूल गए हैं।"

"बेटी! दादाजी भोजन कर चुके?"

"परोसकर आई हूँ।"

"वे कहाँ हैं?"

"वहीं जामुन के पेड़ के नीचे।"

दोनों जामुन के वृक्ष के पास चले गए। आकाश में अँधेरा फैलता जा रहा था। वर्षा होने की संभावना थी। नरसय्या को यह पसंद नहीं था कि उसके पिता साठ वर्ष की आयु में भी खेत का काम देखने का परिश्रम उठाएँ। खेत पर भोजन मँगाना तो उसे कतई पसंद ही नहीं था। नरसय्या उस गाँव की पंचायत का मुखिया है। वह प्रतिष्ठा के साथ जीवन बिताना चाहता है, पर कहने से फायदा ही क्या है? उसकी बात उसका पिता माने तब न? जोगय्या कहता है, खेत पर भोजन करने मात्र से प्रतिष्ठा घट नहीं जाती।

मेघ गरजने लगे। बिजली कौंधने लगी। वर्षा की बूँदें 'टप-टप' करके गिरने लगीं। द्रुत गति के साथ नरसय्या जामुन के वृक्ष के पास आ गया। उसके पिता वहीं पेड़ से सटकर बैठे हुए थे। लाठी और पगड़ी एक ओर पड़ी हुई थी। आँखें मूँदकर जोगय्या गहरी चिंता में मग्न दिखाई दे रहे हैं। मनुष्य सदा सोचनेवाला प्राणी है। चाहे आवश्यकता हो या नहीं, परंतु उसके सोचने की क्रिया बंद नहीं होती। जोगय्या अपनी मुट्‌ठी को नाक से सटाए उसमें रखी हुई वस्तु की गंध ले रहे हैं। उनकी मुट्‌ठी में क्या है? फूल? नहीं। तंबाकू? वह भी नहीं। मिट्‌टी...बस...केवल धरती माता की मिट्‌टी, जामुन के वृक्ष के नीचे की काली मिट्‌टी।

नरसय्या ने व्यग्रचित्त होकर पुकारा—"पिताजी!...पिताजी!" बड़ी नीरसता के साथ उसके पिता के मुँह से 'बेटा' शब्द निकला। मुट्‌ठी ढीली होकर हाथ झुकने लगा और मिट्‌टी जोगय्या के हाथ से गिरने लगी। वह जोगय्या के शरीर रूपी मिट्‌टी में मिल गई। "पिताजी!...पिताजी!"

पिताजी से फिर उत्तर नहीं मिला।

('विप्लव' कवि नाम से विख्यात गोपीचंद स्वर्गीय टी. त्रिपुरनेनि रामस्वामीजी चौधरी के ज्येष्ठ पुत्र हैं। कल्पना और आदर्शों में वे अपने पिता से भी कहीं आगे बढ़ गए हैं। वकालत की परीक्षा उत्तीर्ण कर उन्होंने वकालत नहीं की। अंग्रेजी और तेलुगु साहित्यों का गहरा अध्ययन करके लिखना प्रारंभ किया। उनका कथन है कि भावों में विप्लव के बिना देश की मुक्ति नहीं है। वे 'कला कला के लिए नहीं, बल्कि समाज के लिए' को मानते हैं। आंध्र के जनपदों के जीवन का वास्तविक चित्रण उनकी रचनाओं की विशेषता है। वे आंध्र में लेखक, कहानीकार एवं उपान्यासकार के रूप में ही नहीं, बल्कि सिने-लेखक एवं निर्देशक के रूप में भी विख्यात हैं। अब तक उनके सात कहानी-संग्रह, तीन उपन्यास और दो आलोचनात्मक पुस्तकें प्रकाशित हो चुकी हैं।

'असमर्थुनि जीवयात्रा', 'पंडित परमेश्वर शास्त्री वीलुनामा' और 'परिवर्तन' उनके प्रसिद्ध उपन्यास हैं।

□

सपने की सचाई

—कोडवटिगंटि कुटुंबराव

किसी के द्वारा जगाने का अनुभव कर जोगाराव बिस्तर पर से उठ बैठा। सारा वातावरण सुनसान है। सावधानी से देखने पर केवल लीला के साँस लेने की ध्वनि सुनाई दे रही है। निचले हॉल की घड़ी ने तीन की घंटी बजाई।

जोगाराव अपने सपने का स्मरण करते हुए पुनः बिस्तर पर लुढ़क गया। फिर से निद्रा आने की संभावना उसे प्रतीत नहीं हुई।

उसके सपने में कोई विशेषता नहीं है। न मालूम क्यों दस वर्ष के पूर्व की घटनाएँ पुनः स्वप्न में दिखाई दी हैं। कठिनाइयों से भरे वे दिन, वह झोंपड़ी, चारपाई और कागज की हरीकेन लालटेन! उस समय वह लीला से अपरिचित था। लीला का नाम भी उस समय नहीं जानता था तो आज स्वप्न में वह दिखाई दी। जोगाराव ने स्वप्न में उस झोंपड़ी, टूटी-फूटी चारपाई, हरीकेन लालटेन और लीला को बड़े प्रेम से देखा था। स्वप्न को देखते समय उसका मन कैसा निर्मल था!

अपनी गरीबी में जोगाराव पत्र-पत्रिकाओं में लेख और कहानियाँ भेजा करता था। उसके आलोचनात्मक लेखों की प्रशंसा करनेवाले पाठक भी थे। लेखक और समीक्षक के रूप में जोगाराव ने थोड़ी सी ख्याति प्राप्त की थी। उन दिनों अपनी किसी कहानी के लिए पारिश्रमिक के रूप में पाँच रुपए 'पत्रं-पुष्पम्' प्राप्त होते तो उसे कैसा आनंद प्राप्त होता! वे पैसे जोगाराव के

हाथों में जादू का खेल दिखाते। प्रतिदिन चार आने पैसों से अपना पेट कैसे भरें ? कई महीनों तक यही क्रम चलता रहा। वह स्वयं ही भोजन बनाता, इसमें प्याज, मिर्च, नमक और तेल मिलाकर कुछ खाता, फिर मट्ठे में नमक और नीबू मिला गले से नीचे उतारता—अत्यंत आनंद होता। कम पैसों में अपनी आवश्यकताओं की पूर्ति के अन्वेषण में ही वास्तविक आनंद है। जोगाराव इस आनंद से परिचित था। परंतु कोई उसे पहचान नहीं पाया।

जोगाराव और लीला के शहर में आने के उपरांत उन्हें कई दिनों तक अच्छा भोजन उपलब्ध नहीं हुआ। चार इडली, सांबर, आधा कप कॉफी भी मिल जाती तो उसके लिए काफी था, किंतु इतना भी प्रतिदिन नसीब होना कठिन था। रात को कॅरियर में पाँच आने का भोजन मँगाकर दोनों अपना पेट भरते।

लीला सिनेतारिका बनने का स्वप्न यथार्थ होने पर भी, अपनी दूसरी कामना की पूर्ति की कल्पना जोगाराव ने कब की थी। दोनों स्वप्न साकार हुए। सत्य निकले। लेकिन जोगाराव को इस रात्रि के समय आनंद की प्राप्ति क्यों नहीं है ? इस बात की वह आत्मपरीक्षा करने लगा।

जोगाराव को इस समय जो दुःखी बनानेवाली स्थिति है, उसका 'व्यथा' जैसा बड़ा भाव भी निकाला नहीं जा सकता है और न लिवर की गड़बड़ी जैसा छोटा अर्थ ही इस असंतुष्टि का कारण यदि लीला को माना जाए तो इस असंतोष को दूर करने में जोगाराव के सामने कई रास्ते हैं। लेकिन उन रास्तों का अन्वेषण करने जोगाराव आत्मवंचना नहीं कर सकता है। लीला और उसके बीच का जो संबंध है, वह पिछले तीन-चार सालों में बहुत कुछ बदल गया है। यह सत्य होते हुए भी लीला को दोष देना निरर्थक है। क्योंकि गत आठ वर्षों से वह लीला का कई प्रकार से ऋणी बना हुआ है।

लीला किसी व्यक्ति की पत्नी नहीं। वह वेश्या परिवार की है। उसके माता-पिता जीवित हैं। लेकिन उसके पिता ने लीला के साथ पिता जैसा व्यवहार नहीं किया। 12 वर्ष पूरा होने के पहले ही उसने लीला को बाजार में रखा। उसमें मानसिक वांछनाओं (भौतिक कामनाओं) के उत्पन्न होने के पूर्व ही घृणित इंद्रियानुभूति उद्भव होने के कारण वह पुरुषों के प्रति द्वेष करना

मात्र जानती है। पुरुषों की मित्रता से वह अनभिज्ञ है। इस अभाव की पूर्ति जोगाराव ने की। उसके द्वारा लीला में स्त्रीत्व परिपूर्णत्व को प्राप्त हुआ। लीला ने जोगाराव के प्रभाव को पूर्ण रूप से स्वीकार ही नहीं किया, अपितु उसे इस बात का गर्व भी हुआ कि मानो विश्व का एक श्रेष्ठ पुरुष उसका अपना हो गया है। उसके ऊपर विश्वास रखकर उसके साथ नरक तक भी जाने का जोगाराव ने निश्चय किया। इतना होते हुए भी लीला कभी जोगाराव के हाथ का खिलौना नहीं बनी। वह उसका प्रतिबिंब तो है ही नहीं और न लीला को अपना प्रतिबिंब बनाने का प्रयत्न ही जोगाराव ने कभी किया।

लीला को सिनेमा में अभिनय करने का अवसर प्राप्त हुआ तो वह केवल जोगाराव के प्रयत्न के कारण ही। उसने लीला के प्रति पूर्ण विश्वास का परिचय दिया। किसी-न-किसी तरह लीला को अभिनेत्री बनाने की वेदना जोगाराव के मन में न होती तो वह सफल न हुआ होता; लेकिन उसके मन में जो अटल विश्वास था कि लीला आज नहीं तो कल अवश्य एक प्रसिद्ध सिनेतारिका बन जाएगी। जोगाराव लीला को साथ में लिये हुए सिने-निर्माताओं के पीछे कभी दौड़ा नहीं, और न वह निर्माताओं के पास जाकर अनुनय-विनय के साथ गिड़गिड़ाया ही। निर्माताओं ने लीला के प्रति विश्वास प्रकट न किया तो जोगाराव ने कभी उनकी निंदा नहीं की। उसके मन में यह धारणा थी कि उसे निर्माताओं के पास ले जाने पर निर्माताओं का ही नुकसान होगा। वही अभिप्राय एक-दो निर्माताओं में भी पैदा हुआ। अस्तु, पहले लीला को एक-दो छोटे रोल मिले।

जोगाराव ने लीला को सब प्रकार की स्वतंत्रता दे रखी थी। मानवों पर लगनेवाले बंधनों में से किसी प्रकार का कोई बंधन लीला पर लागू नहीं था। स्वभाव से ही लीला विहग जैसी रही। जोगाराव ने उसे स्वतंत्रता-प्राप्त विहग बनाया।

निर्माताओं की प्रवृत्ति शिकारी जैसी होती है। वे जल्दबाजी में बंदूक दागकर चिड़िया को हाथ से जाने नहीं देते। उनकी धारणा थी कि यदि अपनी ओर से अधिक उत्सुकता न दिखाएँगे तो लीला सस्ते में मिलेगी। यदि वे अधिक

उत्सुकता दिखाएँगे तो उसकी दर भी बढ़ सकती है। इसलिए सहस्रों आँखें खोले जाल लिये लीला को फँसाने के ताक में बैठे रहे। इसी में से एक निर्माता लीला को बुक करने आया। शायद उसकी 'तारिका' से अधिकाधिक रुपए ऐंठने के विचार से टाल-मटोल करना शुरू कर दिया था। कॉण्ट्रेक्ट फॉर्म पर हस्ताक्षर करते समय पूर्व निर्णय को ठुकराकर उस तारिका ने बड़ी मोटी रकम की माँग की होगी। इससे पहले उस तारिका से तीन कॉन्ट्रैक्ट फॉर्म पर हस्ताक्षर के प्रसंग आए थे। उससे तंग आकर निर्माता मोटरकार पर दौड़े-दौड़े लीला के पास गए और उससे कहा, "यह परसों मेरे द्वारा प्रारंभ किए जानेवाले पिक्चर में हीरोइन पात्र का कॉण्टैक्ट है। जिस पर केवल संख्या मात्र नहीं दी गई है। कहो, तुम कितना चाहती हो? यदि मुझे तुम्हारा काम पसंद आया तो मैं तुम जितना कहोगी, देने को तैयार हूँ, अन्यथा पिक्चर बनाना ही बंद कर दूँगा।"

कॉण्ट्रैक्ट फॉर्म लेकर जोगाराव ने लीला के हाथ में दिया और हस्ताक्षर करने की जगह की ओर संकेत करते हुए हस्ताक्षर करने को कहा।

निर्माता ने पूछा, "रकम कितनी लिखी जाए?"

लीला ने उत्तर दिया—

"आप अपने निर्णय के अनुसार दीजिए। नुकसान होने पर हमें रुपए देने की जरूरत नहीं। आप हमारे यहाँ आए हैं। हम आपके यहाँ नहीं गए हैं। कोई भी अतिथि से मोल-भाव नहीं करता।"

व्यापारी के भीतर की मानवता ने जोर मारा। मन में छह हजार से आठ हजार तक का निर्णय करनेवाले निर्माता ने अब दस हजार की रकम भरते हुए कहा, "मैं जो रकम देना चाहता था, उससे मैंने दो हजार अधिक लिखे हैं। यदि लीला मन लगाकर काम करेगी तो मेरे ये दो हजार रुपए अधिक दिए हुए वसूल होने में कोई संदेह नहीं है।"

इतने वार्त्तालाप के पश्चात् निर्माता ने छुट्टी ली। ताक में बैठे दो अन्य निर्माताओं ने उस निर्माता को गालियाँ दीं और उन लोगों ने भी दस-दस हजार के कॉण्ट्रैक्ट लिखाए। इसके बाद वे कई दिनों तक अपनी मूर्खता पर पश्चात्ताप करते रहे।

इसके बाद लीला की उन्नति से जोगाराव का संबंध न रहा। इस वर्ष उसने छह कॉण्ट्रैक्टों पर दस्तखत किए हैं। इनमें से प्रत्येक तीस हजार रुपए का है। पिछले साल ही एक लाख रुपए लगाकर यह भवन खड़ा करवाया है। इसमें जोगाराव का कोई हाथ नहीं है। इन दो-तीन वर्षों में सवाक् चित्रपट पर लीला के सौंदर्य का खूब विकास हुआ। लीला का अभिनय दिन दूना रात चौगुना सफल होता रहा। किंतु उसकी इस उन्नति का मैकपमैन, फोटोग्राफर, दर्शक, प्ले-बैक-गायक, सिनेरियो, लेखक इत्यादि के सहयोग में है। इसमें जोगाराव का हाथ बिल्कुल नहीं है।

सिनेमा-संसार में अपने पैर मजबूती के साथ जमाने के बाद लीला कई विषयों में पहले की अपेक्षा पीछे रह गई, उसने भगवान् वेंकटस्वामी की (बालाजी) मनौतियाँ पूरी कीं। अभिषेक कराया। पिछले दो-तीन सालों में दो-तीन ज्योतिषियों का पोषण कर रही है। इन सबके अलावा अपनी उन्नति में योग देनेवालों की कृतज्ञता और अपनी उन्नति में बाधा उपस्थित करनेवालों पर विजय भी वह अपने ही उद्योगों एवं अकथ परिश्रम से प्राप्त कर रही है।

लीला को देखकर जलनेवाले और उसके पतन की कामना रखनेवाले भी उस पर दूषित प्रचार कर रहे हैं। उसे डरा-धमकाकर भी जो लोग उससे रुपए ऐंठ नहीं पा रहे हैं, वे पत्र-पत्रिकाओं में उसकी निंदा करने लगे हैं। लीला इन सब परिस्थितियों से घबरा गई। लेकिन जोगाराव उसे बराबर धीरज बँधाता रहा।

वह कहता—"तुम्हारे पेशे में तुम्हारी अपख्याति बाधा उपस्थित नहीं कर सकेगी। तुम्हारे पति के स्थान पर जब तक मैं हूँ, तब तक कोई भी तुम्हारा कुछ बिगाड़ नहीं सकता। जो पत्थर फेंकेगा, वही घायल होगा।"

जोगाराव के इस प्रकार धीरज बँधाने पर लीला का उत्साह द्विगुणित हो उठता और अब तक की अर्जित सफलता पर उसकी छाती गर्व से फूल उठती।

उसे परदे पर देखने मात्र से लाखों प्रेक्षकों को परवशता प्राप्त होती, लेकिन उसका आलिंगन भी जोगाराव को विचलित नहीं कर सका। एक समय लीला को जो लावण्य और सुंदरता प्राप्त थी, वह अब नहीं रह गई है।

अनियमित, क्रमविहीन निद्रा तथा आहारवाला अभिनय तथा प्रेमविहीन काम इसके सौंदर्य को नष्ट कर रहा है। उसका सहज सौंदर्य क्रमशः घटता जा रहा है। पर उसके स्थान पर अब कृत्रिम सौंदर्य दिन-प्रति-दिन बढ़ता जा रहा है।

दो मास पूर्व से लीला का सिनेमा क्षेत्रों में अब एक नया अध्याय प्रारंभ हो गया है। उसके साथ कुछ और लोगों ने मिलकर एक पिक्चर तैयार करने का निश्चय किया है। जोगाराव को यह कतई भी पसंद नहीं है। लेकिन इससे लीला के निरुत्साहित होने के लक्षण देखकर जोगाराव ने इस योजना का कोई विरोध नहीं किया। इस चित्र का निर्वहन अनुभवहीन और अधिक लोगों का हाथ होने के कारण चित्र-निर्माण के पूर्व ही लीला के बीस हजार रुपए खर्च हो गए तथा लीला को पता तक न चला। जोगाराव ने इस मामले में दखल देना उचित न समझा। वह स्वयं कहानीकार था। उसकी अंतिम कहानी को प्रकाशित हुए पाँच-छह पर्व पूरे हो गए हैं। स्वयं एक अच्छा कहानीकार होते हुए भी जोगाराव ने लीला के अभिनय करनेवाले चित्रों की कहानियों की ओर ध्यान नहीं दिया।

जोगाराव लीला के व्यवहारों में किसी दृष्टि से भी हस्तक्षेप करना पसंद नहीं करता था। उसने लीला के मित्रों और उसके सैर-सपाटों की कभी आलोचना नहीं की। उसने लीला से कभी यह भी नहीं पूछा, ''कहाँ गई थी ? कहाँ से आ रही हो ?'' इस विषय में लीला के प्रति द्वेष भी उसके मन में नहीं था, क्योंकि लीला ने अपना हृदय किसी दूसरे को कभी नहीं सौंपा।

जोगाराव पर लीला का अब भी स्नेहभाव है, पर जोगाराव को आवश्यक स्नेह देने के लिए भी अब लीला के पास समय नहीं है। वह इस समय कला की उपासना भी नहीं कर रही है। इस समय अभिनय करना लीला के लिए कला नहीं; पेशा नहीं, बल्कि एक व्यापार-मात्र रह गया है। वह इस समय चित्र-निर्माण में वितरकों द्वारा कॉण्ट्रैक्ट लेना, अन्य नर-नारियों द्वारा काम कराकर अधिकाधिक लाभ-प्राप्ति में लगी हुई है।

लीला क्या करती है, कब करती है, कैसे करती है—इस विषय की जानकारी प्राप्त करने की जिज्ञासा पैदा करनेवाली बात जोगाराव के मन में कभी नहीं आई। सेठ-साहूकारों से मिलने वह अन्य स्थलों पर भी जाया-आया

करती है और अपने समस्त प्रयत्नों के बारे में वह जोगाराव को सुनाती भी रही है। लेकिन वह उसकी सलाह की प्रतीक्षा नहीं करती। तब वह यह सब उसे क्यों सुनाती है, यह जोगाराव की समझ में नहीं आता।

जोगाराव लीला के धन का गुलाम नहीं बना है। यदि वह ऐसा बन जाता तो कोई झंझट नहीं था। लेकिन आनंद की प्राप्ति के लिए जीवन से लड़ना है तो लीला के लिए एक समस्या पैदा करनो होगी। जोगाराव यह निर्णय नहीं कर सका कि लीला को उसने ही सिनेतारिका बनाया था। अब लीला उसकी आकांक्षाओं की पूर्ति कर रही है। लेकिन वह जिस प्रकार का फल प्राप्त कर रही है, वह जोगाराव के लिए वांछनीय नहीं है। यद्यपि लीला का उसमें कोई दोष नहीं है, फिर भी वातावरण ही ऐसा कुछ बना हुआ है। वह लीला को छोड़कर अपने पैरों पर खड़ा हो? जीवन में प्रवेश करना है तो उसका ठीक समय लीला के पतन के बाद ही है। लेकिन उस हालत में लीला को त्यागना कहाँ तक न्यायसंगत है।

घड़ी में पाँच बजते सुनकर जोगाराव बिस्तर पर से उठ बैठा। पता नहीं क्यों? उसे अचानक बचपन की एक घटना स्मरण हो आई। चारपाई के सामने दर्पण में अपनी आकृति को देखते ही अपने भाई का स्मरण हो आया। वह कई साल पूर्व चार महीने तक चारपाई पर पड़ा रहा। तंदुरुस्ती के ठीक होने पर उसे फिर से चलना सीखना पड़ा। वास्तव में वह भी ऐसी दशा में नहीं है? लीला की कमाई पर जीवन बिताना छोड़कर अपने पैरों पर खड़े रहने का प्रयत्न करने पर क्या वह गिर न जाएगा? अवश्य गिर जाएगा।

जोगाराव लीला के पलंग के पास जाकर बैठ गया और उसने लीला के शरीर पर हाथ रखा।

लीला ने करवट बदली। लेकिन वह उठी नहीं।

"ली ला! ऐय्!"

"ऊँ जगाओ मत। निद्रा पूरी नहीं हुई है।"

"मैं गाँव जा रहा हूँ।"

"कहाँ, किस गाँव में?" आँखें मूँदे निद्रा में ही लीला ने पूछा।

"कहीं, किसी गाँव में।"

"क्यों?" लीला ने जबरदस्ती आँखें खोलकर पूछा।

"कुछ विशेष बात नहीं। थोड़े दिन तक घूमने की इच्छा है।" लीला उठ बैठी। लेकिन थोड़ी देर तक चुप रही।

"कब जा रहे हो?"

"आज ही।"

"कहाँ?" फिर से पूछा।

"कुछ पता नहीं। अभी तक निश्चय नहीं किया।"

"कुछ सूझता नहीं क्या? है न? ओह!"

"हाँ।"

"फिर कब आओगे?"

"जब इच्छा होगी।"

लीला का मुँह विवर्ण हो गया। अब उसे होश आया। उसने कल्पित उत्साह का अभिनय करते हुए कहा, "एक काम करेंगे। जरा फुरसत होते दोनों ही जाएँगे।"

"तुम्हें कभी फुरसत नहीं मिलेगी। तुम्हें हाथ भर काम हैं। मैं ही बेकार आदमी हूँ।"

लीला ने मुँह सिकोड़कर कहा, "क्या अपमान लगता है?"

"मुझे स्वयं मालूम नहीं। लेकिन मुझे ऐसा प्रतीत होता है कि मैं बेकार पड़ा हुआ हूँ।"

"वहाँ जाकर करेंगे क्या?"

"अभी तक सोचा नहीं।"

"मेरे बारे में क्या सोचा है?"

"तुम्हें किस बात की कमी है?"

"तो क्या यह अपयश उठाऊँ कि तुमने मुझे त्याग दिया है?"

जोगाराव ने हँस दिया और कहा, "तो तुम्हीं कहो कि तुमने ही मुझे छोड़ दिया है।"

''कौन मुझसे आकर पूछेगा?''

''तो जाने दो, मैं ही कहूँगा।''

थोड़ी देर तक दोनों चुप रहे।

''अचानक मेरे ऊपर तुम्हें इतना क्रोध क्यों हुआ?''

''क्रोध? कभी नहीं हुआ। मैंने कभी तुम्हें कुछ नहीं कहा। तुमने मेरी जो भलाई की, वह दूसरा कौन करेगा?''

''तो फिर जाना ही क्यों?''

''तुमने कुछ किया, इसलिए नहीं, बल्कि इसलिए कि मैं कुछ नहीं कर रहा हूँ।''

''क्यों नहीं करते? कोई-न-कोई काम करने को मैंने कई बार कहा था। तुम्हारा न करना क्या मेरा ही दोष है?''

''लीला! तुम अपने विषय को छोड़, दूसरे पर क्यों नहीं सोचती? करने को अच्छा काम भी तो हो?''

''अब भी वह झंझट रहेगा। फिर अकारण ही वहाँ जाकर तकलीफ क्यों उठाते हो?''

जोगाराव ने पुनः हँस दिया और कहा, ''यदि मैं कुछ न कर सकूँगा तो फिर नहीं आ सकता हूँ क्या? तुम रोकोगी भी नहीं न?''

यह बात लीला के मन में चुभ गई। उसे क्रोध भी हुआ और उसने कहा, ''तुम्हीं ये बातें करते हो। मैं तो तुम्हें यहीं पर रह जाने को कह रही हूँ न?''

''आज तक हमारे बीच में कभी झगड़ा नहीं हुआ। आज भी नहीं होना चाहिए। दोस्तों के रूप में रहे, वैसे ही रहेंगे?''

थोड़ी देर तक सोचकर लीला ने पूछा, ''दूसरी कोई मिल गई क्या?''

''अभी तक नहीं। तुम्हारे प्राप्त होने के बाद दूसरी कोई मेरा मुँह नहीं देख सकती। सिनेतारिकाओं के पति कैसे चरित्रवान होते हैं, तुम्हें नहीं मालूम?''

लीला ने ओठ काटते हुए कहा, ''यह सब मुझे अच्छा नहीं लगता।''

जोगाराव के सामने वह दूसरे लोगों से कब कैसा व्यवहार करना

जानती थी। लेकिन अब जोगाराव के विरुद्ध बोलने में वह कुछ-का-कुछ जवाब दे रही है।

"मैं अपने बारे में सोचूँ तो अपने पर ही मुझे घृणा होती है। इन सात-आठ वर्षों में मैं नालायक बन गया हूँ। इसलिए अब तुझे ही सोचना है।"

"ओह! साढ़े पाँच बज गए हैं। मैं अभी आई।" ऐसा कहती हुई लीला चली गई। जोगाराव को इस बीच आत्मचिंतन, मनन करने का अवसर मिला। उसके मन में पहले केवल यह भावना पैदा हुई थी कि कहीं-न-कहीं अवश्य जाना चाहिए। लेकिन उस भावना को एक रूप देने के अभिप्राय से ही जोगाराव ने लीला को बातों में घसीटा था। इस संभाषण के बाद उसने पूरी तरह से जाने का ही निश्चय किया। वापस लौटकर लीला ने देखा—जोगाराव नहीं हैं। कहीं चले गए हैं। उसका मनीबेग कोट की जेब में ही है। उसे भी बिना लिये वे चले गए हैं।

अपनी वेदना को न रोक सकने के कारण लीला रो पड़ी। किसी ने भी उसका ऐसा अपमान नहीं किया था। उसने अपने मन से प्रश्न किया—"मैंने किया ही क्या है? मेरे द्वारा कौन सा अपराध हुआ है? मुझे इस प्रकार की सजा क्यों दी गई है?" लेकिन इन प्रश्नों का समाधान कौन करे?

जहाँ भी देखा, जोगाराव का स्मरण दिलानेवाली चीजें पड़ी हुई हैं। इन वस्तुओं के देखने पर कई तरह की प्राचीन स्मृतियाँ जाग उठती हैं और उसकी वेदना अधिकाधिक गहरी होती जाती है। मृत व्यक्ति के बारे में जैसा स्मरण किया जाता है, उसी भाँति अपने जीवन से संबंधित विषयों का वह स्मरण करने लगी। गत दो-तीन वर्षों की घटनाएँ ही याद हो आती हैं, ऐसी बात नहीं, बल्कि कई सालों की घटनाएँ ताजा होने लगीं।

लीला ने अपने जीवन में अकेले जोगाराव से ही सच्चा प्रेम किया था। नाम और प्रतिष्ठा के आधार पर होनेवाला जोगाराव के साथ का यह प्रेम क्रमशः लुप्तप्राय हो गया। यह सत्य है कि लुप्त होनेवाले प्रेम का मूल्य अधिक ही होता है। गुजरे हुए दिनों में जो आनंद प्राप्त हुआ था, वह अब नहीं रहा।

यदि उस दिन रात में उसे अकेले ही घर पर सोना पड़ता तो उसे कितनी व्यथा होती! पर उस रात को शूटिंग थी, वह बेकार हो गई। दूसरे दिन वह अस्वस्थता का बहाना कर घर पर ही रह गई। प्रातःकाल तीन बजे घर लौटी, बिना मैकअप आदि धोए चारपाई पर पड़े-पड़े रोती रही और उसे नींद आ गई।

दूसरे दिन वह घर पर ही रही। टेलीफोन करनेवालों तथा घर पर आए हुए लोगों को उसने कहलवा दिया कि वह घर पर नहीं है। जोगाराव को भूलना ही यदि उसका उद्देश्य है तो उसने बड़ी भूल की है।

तीसरे दिन जब वह शूटिंग पर गई तो उससे जोगाराव के बारे में पूछा गया। उसने गाँव का बहाना किया। उस दिन भी सारी शूटिंग व्यर्थ गई। सारे शहर में यह समाचार बेतार के तार की तरह फैल गया कि जोगाराव लीला को छोड़कर चले गए हैं। लीला सभी से कहती रही कि वे काम से बाहर गए हैं, जल्दी ही लौट आएँगे।

जोगाराव को गए 15 दिन हो गए हैं। इधर लीला के मन में दिन-प्रति-दिन जोगाराव के लौटने की आशा एक ओर बढ़ रही है तो दूसरी ओर उसके वापस न लौटने की निराशा भी बढ़ती जा रही है। लीला के बहुत कुछ दिमाग लड़ाने पर भी उसे कुछ नहीं सूझा कि वे कहाँ हैं, कैसे रहते हैं, क्या करते होंगे और उन्हें खर्च के लिए रुपए कहाँ से मिलते होंगे?

इस विश्व में अपराध की कल्पना कर बिना किसी के द्वारा दंडित हुए सजा भोगनेवाले लोग भी हैं और दंड के अनुभव की कल्पना कर सजा का पता न पा, अपराध की कल्पना करनेवाले लोग भी हैं। लीला ने निश्चय किया कि उसने जोगाराव के प्रति कोई बड़ा अपराध किया है। उसका निश्चय दिन-प्रति-दिन दृढ़-से-दृढतर होता गया।

लीला ने कई काम किए थे। जोगाराव ने प्राय: सबको भुला दिया था। तो भी वे अब महान् अपराध बनकर लीला को पीड़ित करने लगे।

जोगाराव से उसे कई बातें कहनी थीं। उसके जाते समय उसके उपकार की कृतज्ञता लीला ने प्रकट नहीं की, बल्कि जोगाराव ने ही लीला के प्रति कृतज्ञता प्रकट की थी। उसने केवल अपने बारे में ही सोचा है। जोगाराव के

संबंध में कभी नहीं सोचा। इस बात का स्मरण जोगाराव ने दो बार दिलाया था। लेकिन लीला ने ध्यान ही नहीं दिया।

एक दिन लीला कोई पत्रिका उलट रही थी। उसमें उसे जोगाराव का नाम दिखाई दिया। 'प्रत्यक्ष नरक' नाम से जोगाराव ने कोई कहानी प्रकाशित कराई थी। उस छपे हुए नाम की ओर लीला ने अनेक बार देखा। वह विश्वास नहीं कर सकी कि यह नाम उन्हीं का है। यद्यपि उसे मालूम है कि वह कहानी जोगाराव ने ही लिखी है। इस नाम की ओर देखते समय उसे ऐसा लगा, मानो जोगाराव समक्ष खड़े होकर उसकी निंदा कर रहे हैं। उसने इस कहानी को पढ़ने की कई बार कोशिश की, लेकिन आँखों के सामने अक्षर धुँधले से दीखने लगे और वह समाचार दिमाग में बैठता भी नहीं था। विचारों का प्रवाह जारी रहा।

कहानी समाप्त करके बहुत देर तक वह एक ही दिशा में एकटक निहारती हुई विचारों में डूबी रही। टेलीफोन की घंटी की आवाज से उसका ध्यान भंग हुआ।

टेलीफोन करनेवाले ने पूछा, "जोगाराव ?"

लीला ने तुरंत जवाब दिया—"घर पर नहीं हैं जी !" उसे इस बात का ध्यान न रहा कि नौकर आकर टेलीफोन उठा लेगा।

"कौन बोल रहे हैं जी ? इधर जोगाराव ने कहानियाँ नहीं लिखीं थीं, इस बार बहुत ही सुंदर कहानी लिखी है। उन्हें बधाई दे रहा हूँ। उनसे कहिएगा।"

उस आदमी ने अपना नाम तक नहीं बताया और टेलीफोन रख दिया।

टेलीफोन के रखते ही लीला के मन में एक विचार आया; जिसमें यह कहानी छपी थी, डायरेक्टरी में उसने उस पत्रिका के कार्यालय का नंबर देखा। उसने पूछा, "क्या आप कृपा करके अपनी पत्रिका के कहानीकार जोगाराव का पता बता सकते हैं ?"

कार्यालयवालों ने बड़े संतोष के साथ पता बताते हुए पूछा, "कहानी कैसी है जी ?"

"बहुत ही भद्दी है।" कहकर लीला ने टेलीफोन रख दिया।

झोंपड़ी में टूटी–फूटी चारपाई पर लेटे सिरहाने को ओर हरीकेन लालटेन की रोशनी में पढ़नेवाले जोगाराव आहट पाकर चौंककर उठ बैठे और आगंतुक की ओर देखकर उन्होंने कहा, "ओह! तुम हो?"

इस झोंपड़ीं में लीला ने प्रथम बार पैर रखा था।

"मेरा स्वप्न! मेरा स्वप्न!!" कहकर जोगाराव उद्विग्न की भाँति चिल्ला उठे।

वे क्या बोल रहे हैं, यह लीला की समझ में नहीं आया। वह आश्चर्यचकित हो जोगाराव की ओर देखती हुई उसी प्रकार खड़ी रही।···

कोडवरिगंटि कुटुंबराव द्वितीय उत्थान-काल के लेखकों में अग्रणी माने जाते हैं। वे बहुमुखी प्रतिभा के लेखक तथा वैज्ञानिक दृष्टिकोण के माध्यम से जीवन को समझने का प्रयत्न करनेवाले प्रज्ञाशाली हैं। अन्य लेखकों में निराशा-निरुत्साह दिखाई देता है तो उनमें आशा और उत्साह दिखाई देते हैं। वास्तविक जीवन के आनंद का आस्वादन करते हुए उन्होंने अपने साहित्य के माध्यम से युवकों को अपने उत्तम भविष्य का निर्माण करने के लिए आवश्यक साहस प्राप्त करने की दिशा में प्रयत्न करने का संदेश दिया है। सामाजिक अपराधों एवं अन्यायों का सामना करने में सदा तत्पर रहते हैं और उस गंदगी को दूर कर समाज को स्वस्थ बनाने की आकांक्षा रखते हैं। उनकी कहानियों में तीक्ष्ण विमर्शना-दृष्टि गर्भित होती है। उन्होंने सैकड़ों की संख्या में कहानियाँ व अनेक उपन्यास लिखे हैं। इनमें 'चदुवु', 'प्रेमिंचिन मनिषि', 'आडजन्म', 'अरुणोदयम्' और 'पंच कल्याणि' मुख्य हैं।उनके कई रेडियो-रूपक रेडियो से प्रसारित हो चुके हैं। 'सवति तल्लि' (सौतेली माँ), 'ईरान मंचू' इत्यादि अनेक भाषाओं में रूपांतरित हो प्रसारित हो चुके हैं। विज्ञानशास्त्र (एम.एस-सी.) का अध्ययन कर वैज्ञानिक नहीं बने, बल्कि लेखक बनना अधिक पसंद किया। फिर भी उनकी रचनाओं में

सर्वत्र वैज्ञानिक दृष्टिकोण देखा जा सकता है। 'हिरोशिमा', 'मानव वंशवृक्ष', 'ग्रहों की उत्पत्ति' उनके अंग्रेजी अनुवाद हैं। 'प्राणी और विश्व' इत्यादि मौलिक वैज्ञानिक ग्रंथ हैं। उनकी गणना प्रगतिशील लेखकों में की जाती है।

□

तूफान

—पालगुम्मि पद्मराजु

घर के सामने खड़ा हुआ नारियल का पेड़ स्पष्ट दिखाई नहीं दे रहा है। उसके लंबे-लंबे पत्ते हिल रहे हैं। घने अंधकार के कारण धुँधला-धुँधला लगता है। कमरे में गहन अंधकार है। वहाँ बैठे लोग ठंड अनुभव करते हैं, पता नहीं चला कि सूर्यास्त कब हुआ। रात कब हो गई, इसका ज्ञान भी किसी को नहीं है। दोपहर से ही अँधेरा छा गया था। तभी से वर्षा हो रही है। सामने जो घर है, उसके कँगूरों से टप-टप करती वर्षा की बूँदों में वृद्धि होती जा रही है। रह-रहकर बादल गरज उठते हैं। बिजली कड़क उठती है तो नारियल के पत्ते चमक जाते हैं। कहते हैं—यदि कौआ काँव-काँव चिल्लाए तो वर्षा थम जाती है; किंतु ऐसे में न तो वर्षा रुकती है और न कहीं कोई कौआ चिल्लाता है।

मैं अपने कमरे में दुपट्टा ओढ़े खिड़की के पास बैठा हूँ। उठकर दीपक जलाने की इच्छा हुई, किंतु कुछ क्षणों में ही वह इच्छा समाप्त हो गई। मेरी चेतना अंतर्मुखी होती जा रही है। सामने के कँगूरों से टपकनेवाली बूँदों को अपलक देख रहा हूँ। कुछ ही क्षणों में कँगूरों से टपकनेवाली बूँदें अदृश्य हो गईं। सामने जो घर हैं, उसके कँगूरों के नीचे गहरा अंधकार फैलता जा रहा है।

सामनेवाले घर में किसी ने दीपक जलाया। हलके प्रकाश में वर्षा की बूँदें और धुँधला गईं। कोई इधर-से -उधर चलता हुआ सामने के मकान की खिड़की के उस ओर इधर-उधर घूम रहा है। मैं उस घर के मालिक

और उसकी पत्नी की आवाज पहचानता हूँ। उस दिन शहनाई की तरह मधुर तीसरा कंठ सुनाई दिया।

कौआ फिर काँव-काँव चिल्लाने लगा। मैंने सोचा, कोई संबंधी आनेवाला है। मुझे अपना एकाकीपन अखरने लगा। मैंने अपना दुपट्टा अधिक कसकर ओढ़ लिया। ठंड कोई अधिक नहीं थी, किंतु साँय-साँय करती सर्द हवा चल रही थी। पानी की बौछार खिड़की से आने लगी।

घर के सामने जो गली है, उसमें डिग-डिग करती बैलगाड़ी जा रही थी। बैलों के पाँव से छप-छप की आवाज आ रही थी। सामने का दरवाजा खुला। रोशनी गली में चमक उठी। कँगूरों का पानी छतरी पर टपकने लगा। ऐसा प्रतीत हुआ, जैसे सामने के दरवाजे पर किसी ने मसहरी बाँध दी है।

''ऐ गाड़ीवाले!''

''बाबूजी!'' गाड़ीवान ने उत्तर दिया।

''जगन्नाथपुरम् चलोगे?''

''नहीं बाबूजी!''

''किराया मुँह माँगा मिलेगा।''

''चाहे जितना किराया दो, मैं नहीं चल सकता। इस ठंडी हवा और मूसलधार वर्षा में…आज तो…।'' डिग-डिग…गाड़ी चली गई।

भर्राई आवाज में बोलनेवाला व्यक्ति कुछ क्षण द्वार पर खड़ा रहा। फिर भीतर जाकर उसने दरवाजा बंद कर लिया।

''अब कैसे जाओगी। गाड़ी ही नहीं मिलती।'' भर्राई आवाज ने कहा।

''समझ में नहीं आता। क्या करूँ?'' शहनाई जैसी मधुर आवाज ने कहा—''किंतु मुझे जाना है।''

''जाओगी कैसे?''

''मेरा जाना आवश्यक है। यदि मैं न जा सकी, तो-तो…''

बारीक आवाज ने समझाया—''मैं इस तरफ कोने में तुम्हारा बिस्तर लगवाती हूँ, आज की रात यहीं बिताने दो।''

शहनाई जैसी मधुर आवाज ने कहा, ''नहीं, नहीं।''

"मैं रसोई में बिस्तर करूँगी।" बारीक आवाज ने कहा।

भर्राई हुई आवाज ने कहा—"रसोई की छत तो टपकती है। जहाँ देखो, वहाँ पानी। सारा मकान टपक रहा है। मकान की मालकिन हर महीने की पहली तारीख को किराया लेने के लिए आ धमकती है, किंतु मकान की मरम्मत कराने का नाम नहीं लेती। डाइन है डाइन।" भारी आवाज बड़बड़ाई।

"तब क्या करें?"

"क्या होगा?"

पानी है कि थमने का नाम नहीं लेता।

कुछ क्षण पश्चात् मुझे अनुभव हुआ, जैसे मेरे घर के चबूतरे पर कोई चल रहा है। ऐसे समय कौन मेहमान आ रहा है?

किसी पुरुष ने गुर्राकर कहा, "अरे सँभल के, सँभल के!"

किसी स्त्री ने उत्तर दिया, "नहीं, नहीं, मैं गिरी नहीं! जमीन बराबर है। चले आओ।"

पुरुष की गुर्राती और स्त्री की चहचहाती बारीक आवाज निकट होती गई।

मुझे प्रतीत हुआ, दोनों चबूतरे के ढालिए के नीचे आ खड़े हुए।

"बच्चा सो गया।"

"हाँ, सो गया।"

"घर में अँधेरा है। संभवतः कोई भीतर नहीं है।"

स्त्री ने कहा, "हम लोगों को क्या? नहीं होगा कोई।"

"बच्चे को एक ओर सुला दो।"

"हाँ, सुलाती हूँ।"

पुरुष ने दाँत पीसते हुए वर्षा को गाली दी, "जाने कब रुके। हम जैसे भिखारियों के तो प्राण नहीं बचेंगे।"

"आज मुसाफिरखाने तक नहीं पहुँच सकते।"

"न सही। आज रात यहीं पड़े रहेंगे।"

पुरुष ने एक लंबी साँस ली।

उस ओर वर्षा की आवाज को चीरती हुई शहनाई जैसी मधुर ध्वनि सुनाई दी—"मैं तो यहाँ आकर फँस गई।"

जाने कहाँ से एक कौआ आकर अलगनी पर बैठ गया। वह अपने पंख फड़फड़ाने लगा।

बाहर चबूतरे के ढालिए के नीचे ठहरी हुई स्त्री ने चहचहाते स्वर में पूछा, "किसी की आवाज है?"

पुरुष ने कहा, "कौआ है।"

"क्या कौए को भी ठंड लगती है?"

"अरे, कौए को हमारी तरह ठंड लगती तो मर ही जाता।"

अचानक स्त्री ने कहा, "अरे रे, क्या कर रहे हो?"

पुरुष ने हाँपते हुए कहा, "फिर ठंड कैसे दूर होगी?"

मुझे झुरझुरी सी आ गई। मैंने अपना दुपट्टा अच्छी तरह ओढ़ लिया।

न जाने किस ओर से वर्षा की बूँदें टप-टप करना छोड़कर तालसुर में सुनाई देने लगी थीं।

कुछ क्षण मौन रहा।

बाहर चबूतरे पर पुरुष ने शांति की एक साँस ली।

"भूख तो नहीं लगी तुझे?"

स्त्री ने कहा, "नहीं।"

"अच्छा?"

"हाँ।"

"उस मोटी औरत ने थोड़ा सा भोजन दिया था मुझे।"

"ले, यह पुराना कपड़ा बच्चे को उढ़ा दे।"

"सुनो।"

"हूँ—"

आज बाबू ने मुझे एक बड़ी चादर दी थी।

"बड़ी चादर दी थी? किस बाबू ने दी थी?"

"वही जो ऊँचे बँगले में सोता है। ऐनकवाला।"

"ऐनकवाले बाबू ने दी थी?"

"हाँ।"

पुरुष ने एक लंबी साँस ली—'हूँ।'

"क्या बात है?" स्त्री ने पूछा।

"तूने बाबू से चादर क्यों ली? विद्यार्थियों से कुछ नहीं लेना चाहिए।"

स्त्री चुप रही।

"तू उस बाबू को कितने दिनों से जानती है?"

"चलो, तुम बहुत शक्की हो।"

"क्या?"

"और क्या? जब भी कोई मेरी ओर देखता है, तुम्हें क्रोध आ जाता है।"

"तू नहीं जानती पागल।"

"क्या नहीं जानती?"

"मुझे क्रोध क्यों आता है?"

"मैं सब जानती हूँ।"

"सब लोग तेरी मस्त जवानी को ताकते हैं। लोगों से सावधान रहना चाहिए।" पुरुष कुछ समय तक खाँसता रहा और जब खाँसी रुक गई तो बोला—

"लोग तुझे ज्यादा भीख क्यों देते हैं, मालूम है तुझे?"

स्त्री ने पूछा, "क्या इसीलिए?"

"हाँ।"

"बहुत ठंड है।"

"हूँ, बहुत!"

उधर सामने के घर में भर्राई आवाज ने कहा, "तुम दोनों कमरे में सो जाओ, मैं बाहर सोऊँगा।"

बारीक आवाज ने पूछा, "बाहर कहाँ?"

"दरवाजे के पास।"

शहनाई जैसी मधुर आवाज ने ठंडी साँस ली—"ओह, मैं यहाँ आकर आफत में फँस गई।"

वर्षा ने फिर जोर पकड़ लिया।

इधर चबूतरे के ढालिए में दोनों हँस रहे थे। हँसते-हँसते सहसा चुप हो गए।

स्त्री ने कहा, "इस ओर पानी की बौछार आ रही हैं।"

पुरुष ने कहा, "तो चल, उस तरफ सरक जाएँ। उधर कोने में, वहाँ तक बौछार नहीं आएगी।"

"हाँ चलो।"

"अब ठीक है?"

"हाँ, पेट भरा हो तो ठंड भी नहीं लगती।"

और मैंने अचानक अपना गला रुँधा हुआ पाया। मुझे भी जोर से भूख लग रही थी। मैंने जल्दी-जल्दी स्लीपर पहने, छतरी लेकर धोती ऊपर उठाई। बाहर चबूतरे पर आया तो पुरुष ने धीमे से कहा, "बाबूजी घर पर ही हैं।"

मैंने दरवाजे पर ताला लगाया, छतरी खोली और सड़क पर पहुँच गया।

सारा रास्ता कीचड़ से कचपच कर रहा था। मैं सँभल-सँभलकर चल रहा था।

एक घर के आधे खुले दरवाजे से सिलाई की मशीन की आवाज आ रही थी, ऐसा ज्ञात हुआ, जैसे सिलाई की मशीन और वर्षा की मशीन दोनों एक ताल पर चल रही थीं। दो आदमी अँगोछे से सिर ढके मेरे पास से निकल गए। मैं गिरता-गिरता बचा।

होटल के दरवाजे पर पहुँचकर मैंने छतरी बंद कर ली। मेरे पाँवों से होटल का फर्श भीग गया। बिजली के गोलों पर पतंगे चक्कर लगा रहे थे। मैं एक टेबल के पास जा बैठा। पास बैठे हुए आदमी ने साथी से पूछा, "क्या आपकी पत्नी अब तक नहीं आई?"

"यदि पत्नी आ जाती तो ऐसे समय होटल में भोजन करने क्यों आना पड़ता?"

"अब तो मौसम बदल गया। बुलवा लो न!"

दोनों हँसने लगे।

सामने की पंक्ति में दो विद्यार्थी बैठे थे। एक तो प्रश्न हल कर रहा था और दूसरा 'हूँ-हाँ' करता भोजन कर रहा था। भोजन समाप्त करके दूसरा विद्यार्थी बोला, "अपने यहाँ तो पानी-ही-पानी है। न जाने रात कैसे बीतेगी?"

"कैसे गुजरेगी! सिनेमा का दूसरा खेल देखने चले जाएँगे।"

"दूसरा खेल? अच्छा, कौन सा खेल चल रहा है।"

"कोई अच्छा सा खेल है।"

"नाम याद नहीं है?"

"नहीं, कोई टार्जन का खेल है।"

मैंने जल्दी-जल्दी भोजन किया। दोनों विद्यार्थी भी मेरे साथ ही उठे। मैं नल के पास हाथ धो रहा था। दोनों विद्यार्थियों में से एक ने कहा, "होटल का भोजन करते-करते मैं तो तंग आ गया भाई। इस बार दशहरे पर घर जाना ही पड़ेगा।"

"जरूर जाना पड़ेगा भाई। मैं स्वयं भी यही सोच रहा हूँ।"

होटल के भोजन से मेरा पेट भरा नहीं था, फिर भी मैंने संतोष की साँस ली। दही अच्छा था। पेट में पहुँचकर ठंडे दही ने न जाने क्यों सर्दी कुछ कम कर दी थी?

मुझे चबूतरे के ढालिए में लेटी स्त्री की बात याद आई—'पेट भरा हो तो ठंड कुछ कम लगती है।'

मैं भोजन करके उसी सड़क से लौटा, जिस सड़क से सदा लौटता हूँ।

तहसील की घड़ी ने आठ बजने की सूचना दी। घंटा बजने की आवाज ऐसी लगी, जैसे किसी दूसरी दुनिया से आ रही हो।

मैंने कीचड़ से बचने के लिए एक तरफ हटना उचित समझा। उस ओर कुछ बकरियाँ बार-बार उठ-बैठ रही थीं। उनसे बचने की कोशिश की तो सामने एक बत्तियों की रोशनी फेंकते मोटर आती दिखाई दी। मोटर के गंदे पहियों से कीचड़ उछल रहा था, वह इधर-उधर चलनेवाले लोगों को सराबोर कर देता था। मैं लपककर एक घर की सीढ़ियों पर चढ़ गया, फिर भी मोटर की कृपा से वंचित न रह सका। छत से गिरनेवाला पानी छतरी

पर इतनी जोर से पड़ा कि मैं छतरी सहित फिसल गया। यह तो गनीमत थी कि मैंने गिरते-गिरते आगे की ओर निकली हुई छत की माट पकड़ ली। मोटर के जाते ही सड़क पर फिर अँधेरा छा गया। मैंने वहीं खड़े-खड़े जेब से सिगार निकालकर जलाया। दो-तीन कश ली थी कि शरीर में गरमाई आ गई। सिगार और वर्षा में घनिष्ठ संबंध दिखाई देता है। जैसे ही मैं कश लेता, सिगार का मुँह सहृदय मित्र की भाँति लाल हो उठता था। इस प्रकार की मूसलधार वर्षा में भी रात के आठ बजे बच्चे खेल रहे थे। सहसा मेरा भी विचार हुआ कि मैं बुजुर्गी का चोगा उतारकर उन बच्चों में जा मिलूँ। किंतु ऐसा नहीं कर सका।

अपने घर के चबूतरे पर चढ़कर मैंने जल्दी-जल्दी में ताला खोला। बिना बुलाए संध्या को आनेवाले अतिथियों पर दृष्टि डाली; बच्चा अँगूठा मुँह में डाले सिसक रहा था। पुरुष खर्राटे भर रहा था। स्त्री को भी नींद आ चुकी थी। सारांश यह कि तीनों एक-दूसरे के निकट दुनिया से बेखबर पड़े थे। मैंने छतरी बंद कर के दियासलाई जलाई। बंद छतरी से पानी की धारा बह चली, जो दियासलाई के प्रकाश में शीशे की तरह चमकने लगी। क्षण भर बाहर रहकर मैं अंदर चला गया। मैं भीतर आते-आते उस जवान औरत का मुँह देखना चाहता था, किंतु देख नहीं सका। अंदर आकर मैंने बिस्तर के पास रखा लैंप सुलगाया तो टेढ़ी-मेढ़ी परछाइयाँ दीवार पर हिलने-डुलने लगीं।

गीले कपड़े उतारकर मैंने सूखे कपड़े पहन लिये। अचानक दरवाजा खुल गया। मैंने सोचा, हवा के कारण खुला होगा। किंतु ऐसा नहीं था। सामने मकान में रहनेवाला पड़ोसी था।

"गुडनाइट सर।"

"गुडनाइट।"

वह भीतर आ गया। बोला, "कितनी भयानक वर्षा है। यह वर्षा तो हम लोगों को मारकर ही दम लेगी।"

"हूँ।"

भर्राई आवाज से बोलनेवाले इस मनुष्य से बातचीत करने का पहला

या दूसरा अवसर था। यद्यपि हमारा घर आमने-सामने है, किंतु पड़ोस का यह नाता केवल स्त्रियों तक सीमित था। वह अपने आने का उद्देश्य बताना चाहता था, किंतु हिचक थी।

अंत में भूमिका बाँधते हुए बोला, "भाई, क्या बताऊँ, एक संकट में फँस गया हूँ।"

"संकट!"

"हाँ।"

"कैसा संकट?"

"मेरी पत्नी की एक सहेली है, दोनों में बचपन से मित्रता है। जगन्नाथपुरम् में रहती है। मिलने आई थी।"

"हूँ, तब?"

"जब से आई है, वर्षा कम होने के बजाय बढ़ती जा रही है। संध्या से वह जाने के लिए तैयार है, किंतु कोई सवारी नहीं मिल रही है। इसीलिए नहीं जा सकी।"

इतना कहकर उसने जेब से डब्बी निकाल सुंघनी की चुटकी भरी। जरा सी नास नाक में घुसेड़ी, हाथ झटककर अपने कपड़े झटके। फिर बोला, "एक-दो गाड़ीवालों को मैंने ठहराना चाहा, किंतु कोई चलने के लिए तैयार नहीं हुआ।"

"हाँ, अधिक वर्षा के कारण कोई जाना नहीं चाहता होगा।"

"हमारा कमरा टपक रहा है। रसोईघर पानी से भर गया है। समझ में नहीं आता कि यह रात कैसे कटेगी।" हमारा पड़ोसी टहलते-टहलते बात कर रहा था। उस आदमी से कई गुना मोटी छाया दीवार पर इधर-उधर घूम रही थी। मैंने अपने बिस्तर की चादर साफ की। शॉल तहाकर पलंग पर रख लिया। फिर मैं पलंग पर बैठ गया।

"बैठिए न?" मैंने अनुरोध किया।

किंतु वह खड़ा रहा, जेब से डिबिया निकालकर उसने एक बार फिर नास ली। हाथ झटककर कपड़े साफ किए और फिर मेरे पास आकर बैठ गया।

''मेरी पत्नी अपनी सहेली के साथ एक कमरे में सो जाएगी। यदि रात भर मैं यहाँ··· ।''

''हाँ, हाँ जरूर सोइए। जाइए, अपना बिस्तर ले आइए।''

''ले आऊँगा भाई, ले आऊँगा।''

''तब जाइए। ले आइए।'' मैंने बचैनी से कहा। वर्षा के साथ-साथ मेरी बेचैनी भी बढ़ती जा रही थी। एक नजर मुझ पर डालकर वह बिस्तर लाने चला गया। मैं पलंग पर लेट गया। पाँव से शॉल खींचकर मैंने पूरा शरीर ढक लिया। दोनों कान भी बाँध लिये। बरसते पानी की आवाज मैं सुनना नहीं चाहता था, फिर भी सुन रहा था।

पड़ोसी ने पलंग के पास अपना बिस्तर लगा लिया।

''क्या दरवाजा बंद कर दूँ?''

मैंने धीमे से कहा, ''हाँ, बंद कर दो।''

वह दरवाजा बंद करके बिस्तर पर लेट गया। कुछ समय तक 'हरे राम, हरे राम' की रट लगाकर बोला, ''और सुनाओ, युद्ध का क्या हालचाल है? क्या जापान भारत पर अधिकार कर लेगा? समझ में नहीं आता यह लड़ाई कब समाप्त होगी। जो लोग युद्ध के कारण रुपया कमा रहे हैं, उनकी बात छोड़ो, हमारी तो जान पर आफत बन आई है। हे राम!''

मेरी इच्छा हो रही थी कि इस आदमी को बिस्तर में लपेटकर बाहर फेंक दूँ। किंतु ऐसा नहीं कर सका। मैं आँखें बंद कर के इस तरह लेट गया, जैसे गहरी नींद में सो रहा होऊँ। पड़ोसी लगातार बोलता जा रहा था। और नहीं तो अपने जीवन की बीती बातें दुहराने लगा।

'शंभू, शंभूजी।' उसने मेरा नाम लेकर आवाज लगाई।

मैंने कोई उत्तर नहीं दिया।

बातें करते-करते वह मुझसे पहले सो गया।

अब केवल पानी बरसने की आवाज सुनाई दे रही थी। बीच-बीच में शहनाई जैसी मधुर आवाज की उद्विग्नता और बाहर चबूतरे के ढालिए में लेटी हुई स्त्री की हँसी सुनाई दे जाती थी।

एक बार फिर मेरे मन में लालसा जागी कि मैं चबूतरे के ढालिए में लेटी हुई युवती का मुँह देख आऊँ। मेरी कल्पना ने मेरे सामने एक विचित्र प्रकार की, किंतु सुंदर आकृति उपस्थित कर दी।

पड़ोस में शहनाई जैसी मधुर आवाजवाली युवती ने अँगड़ाई ली। उसके मुँह से निकल गया—"काश, इस समय मैं अपने घर पर होती!"

कल्पना ने मेरी आँखों के आगे एक दूसरा चित्र अंकित कर दिया।

रेलगाड़ी गड़गड़ाहट के साथ चली जा रही है। एक डब्बे में मैं और मेरी पत्नी घर लौट रहे हैं, सहसा डिब्बे में एक भिखारिन आ गई। उस भिखारिन को देखकर मेरी पत्नी कुछ परेशान दिखाई दी। मुझे आभास हुआ—जैसे उस भिखारिन और मेरी पत्नी में कोई संबंध है, कोई पुराना संबंध। शहनाई जैसी मधुर स्वरवाली लड़की मेरी पत्नी है और वह भिखारिन? वही भिखारिन है, जो मेरे चबूतरे के ढालिए पर सो रही है। अचानक मेरे गाल पर किसी ने एक थप्पड़ लगाया। मैं चौंककर बैठ गया। रात बीत चुकी थी। दिन का प्रकाश फैला हुआ था।

मैंने चारों ओर दृष्टि दौड़ाई। मेरे पड़ोसी का कमरे में कहीं पता नहीं था। मैंने दरवाजा खोल, बाहर निकलकर चबूतरे पर दृष्टि डाली, वहाँ भी कोई नहीं था।

और वर्षा थी कि पूर्ववत् मूसलधार बरस रही थी।

(प्रारंभ में पालगुम्मि पद्मराजु रसायन-शास्त्र के प्राध्यापक रहे। लेकिन बहुत ही जल्दी एक सफल कहानीकार के रूप में सामने आ गए। इस ख्याति के कारण आज वे फिल्म-जगत् में कार्य करनेवाले प्रज्ञाशाली हैं। उनकी 'गालिवान' (तूफान) नामक कहानी को विश्व कहानी प्रतियोगिता में द्वितीय पुरस्कार प्राप्त हुआ। उन्होंने बहुत कम कहानियाँ लिखीं, पर जो भी लिखीं, वे सब उत्तम कोटि की रचनाएँ हैं। उनकी 'पडव प्रयाणम' (नौका-यात्रा) चेकोस्लोवाकिया में प्रकाशित एक कहानी-संग्रह में दी गई है। उनकी कहानियों की

विशेषता विभिन्न व्यक्तियों की मानसिक चित्त-वृत्तियों का वर्णन है। वर्तमान समय में विशेष रूप से प्रचार प्राप्त लोकभाषावाद के आधार पर विशेष परिस्थितियों में मानव का व्यवहार कैसे परिवर्तित होता है, इसका चित्रण उनकी कहानियों में देखा जा सकता है।

□

धूप-छाँह

–पी. श्रीदेवी

"तुम में सुंदरता और आत्मीयता दोनों हैं सुधा! फिर भी मुझे आनंद क्यों नहीं होगा?" सारथी ने कहा। सारथी की भुजाओं पर अपना सिर रखकर सुधा फफक-फफककर रो रही थी। सारथी उसे सांत्वना दे रहा था।

दो सप्ताह पहले सुधा को माता निकली थी। आज या कल उसे दवाखाने से छुटकारा मिल जाएगा। माता निकलते ही उसे अस्पताल में भरती कराया गया था। लोगों का कहना है, टीका लगवाने के बाद चेचक नहीं निकलती। सुधा प्रति दो वर्ष में एक बार टीका लगवाती आ रही है। हाँ, इस वर्ष उसने अब तक टीका नहीं लगवाया था। वह सोच रही थी—गरमी की छुट्टी समाप्त होने पर जब कॉलेज जाएगी तो वहाँ लगवा लेगी। भाग्य का खेल, टीका लगवाने से पहले ही चेचक का शिकार बनना पड़ा।

इस बात के बताने की कोई आवश्यकता नहीं कि जन्मजात सुंदर नारियों में सुधा सुंदरतम है। पतली और लंबी देह, लचकीली-पतली कमर, अंग-प्रत्यंग की सुंदर गठन, संतुलित आकृति, बड़ी-बड़ी आँखें। स्वर्ण यष्टि के समान देह-कांति, लंबे-लंबे चमकते हुए केश, सभी कुछ तो उसके सौंदर्य का परिचय देते थे। अठारह वर्ष की आयु। बी.ए. के दूसरे वर्ष में पढ़ती है।

सारथी सुधा की बुआ का लड़का है। वह भी सुंदर और गठीला युवक है। रंग साँवला, देखनेवाला उसके प्रति आकर्षित हुए बिना नहीं रह सकता।

सुधा 10–12 वर्ष की थी कि उसके साथ सारथी के विवाह की बात चलने लगी थी। सारथी की माँ सुंदरता के कारण ही उसे अपनी बहू बनाना चाहती थी।

सारथी भी समय-समय पर सुधा के घर जाता था। सुधा के पिता ने गत वर्ष दोनों का विवाह करना चाहा था, किंतु सुधा तैयार नहीं थी। उसने कहा, ''बी.ए. कर लूँ, तब विवाह कीजिए।'' सारथी ने भी कहा कि वह पहले बी.ए. (ऑनर्स) करके कहीं नौकरी खोजेगा और फिर विवाह करेगा।

बी.ए. के प्रथम वर्ष की पढ़ाई समाप्त करके सुधा गरमी की छुट्टियों में घर आई थी। अकस्मात् उसे बुखार आने लगा। जब दस दिन में भी बुखार नहीं उतरा तो उसने सारथी को सूचित करने का आग्रह किया। सुधा के पिता सूर्यनारायण ने तत्काल अपने भावी जामाता को पत्र लिखा—''सुधा तुमको देखना चाहती है।''

बुखार चढ़ने के पंद्रहवें दिन सारथी सुधा के घर पहुँचा।

एक समय था जब सुधा सुंदरता की खान थी, चेचक ने उसे विद्रूप कर दिया। शरीर दुबला हो गया, स्वर्णिम देह कालिमा से आवृत्त हो गई। मुँह और हाथों पर बड़े-बड़े काले दाग पड़ गए। सिर के बाल झड़ गए।

सारथी के आने का समाचार सुनकर सुधा ने साफ-सुथरी साड़ी पहनी, नर्स से दो वेणियाँ गुँथवाईं। खाट पर बैठे-बैठे उसने एक बार दर्पण में अपना मुँह देखा। बीमार पड़ने के बाद सुधा ने पहली बार अपना मुँह देखा तो अपने चेहरे को देखकर स्तब्ध रह गई। हृदय में शोक का समुद्र उमड़ पड़ा। उसने दर्पण फेंक दिया, फिर फूट-फूटकर रोने लगी! नर्स ने समझाते हुए कहा, ''बहन, तुम पढ़ी-लिखी लड़की हो। ज्यादा रोने से बुखार आ जाएगा। दाग धीरे-धीरे मिट जाएँगे। अच्छे होने के बाद तुमने स्नान भी नहीं किया है।''

सुधा अच्छी तरह जानती थी कि एक बार जो रूप चला जाता है, वह फिर लौटकर नहीं आता। वह उसी तरह रोती रही और अंत में रोती-रोती सो गई। सारथी जब दवाखाने में पहुँचा तो नर्स ने सुधा को जगाया। सारथी को देखते ही उसके दुःख का बाँध टूट गया। वह इस बात को भूल गई कि उन दोनों के अतिरिक्त वहाँ नर्स भी खड़ी हुई है। उसने सारथी से पूछा, ''मुझे

देखकर तुम्हें घृणा होती होगी?'' और उत्तर सुने बिना उसने आँचल से अपना मुँह ढक लिया और फूट-फूटकर रोने लगी।

सुधा को देखकर सारथी को भी चोट लगी। वह खड़ा-खड़ा साहस बटोरने लगा। सुधा की व्यथा का अनुमान लगाया जा सकता था।

''सारथी, तुम्हें मैं खुश नहीं कर सकती। मुझे स्वयं अपने ऊपर घृणा हो रही है। मुझसे तुम्हें सुख नहीं मिल सकता।'' सारथी उसके पास बैठ गया था। सुधा ने उसकी भुजाओं पर सिर रखते हुए यह बात कही।

सारथी ने कहा था, ''तुम्हारे मन में सुंदरता और आत्मीयता की कमी नहीं है सुधा! मुझे आनंद क्यों नहीं मिलेगा?'' असह्य दु:ख से पीड़ित व्यक्ति को सांत्वना दी जाए तो उसका दु:ख बाँध तोड़कर बहनेवाली नदी के समान उमड़ पड़ता है। सुधा ने अपनी समग्र व्यथा आँसुओं में परिवर्तित कर दी। आँसुओं से सारथी की भुजा भीग गई।

सारथी ने सुधा की पीठ पर हाथ फेरते हुए उसे निकट खींच लिया। बोला, ''उठो सुधा, मेरे रहते तुम्हें चिंता नहीं करनी चाहिए। रोओगी तो फिर बीमार पड़ जाओगी। बहुत कमजोर हो गई हो, रोओगी तो और कमजोर हो जाओगी।''

सारथी की इतनी सांत्वना पाकर सुधा का अपने ऊपर से वश जाता रहा। उसने सारथी के हाथों में अपने आप को बंदी बना डाला। अपने प्रेम की आँखों में झाँकते हुए उसने कहा, ''सारथी, मैं तुम से अलग नहीं हो सकती। मेरे हृदय में तुम, केवल तुम हो। कुरूपता के कारण मुझे त्याग मत देना।''

नर्स इसी समय थर्मामीटर लेकर आई। उसने दरवाजा खटखटाया तो वह खाट पर बैठ गई। उसका प्रेमोन्माद कम हो चुका था। उसने अपनी साड़ी सँभाली। नर्स ने अंदर आकर सारथी को सावधान किया—''चेचक बहुत संक्रामक बीमारी है। आपको रोगी की चारपाई पर बैठना नहीं चाहिए था।''

नर्स की बात से सुधा के मन में एक नया भय समा गया। वह सोचने लगी—मुझसे कितनी बड़ी गलती हो गई। स्वास्थ्य-स्नान से पहले उसे सारथी को नहीं छूना चाहिए था। सारथी को छुआ ही नहीं, वह उसकी गोद में लेट

गई थी। सारथी ने उसे अपनी भुजाओं में भरकर चूमा भी था। कहीं सारथी को माता निकल आए तो··· ।

"मुझसे बड़ी भूल हो गई सारथी। मैं अपनी बीमारी की बात भूलकर··· ।"

"कोई बात नहीं सुधा। लोग यों ही कहते हैं, किंतु यह बताओ, तुम्हारे छूने से किस-किस को माता निकली है ?"

"सारथी मुझे बहुत चिंता हो रही है। हम दोनों इतने निकट बैठे हैं। कहीं तुम को कुछ हो गया तो··· ।" पागलों की तरह आँखें फैलाकर सुधा ने कहा।

"पगली कहीं की। अच्छा ही होगा, तुम्हें माता निकली, मुझे भी यह बीमारी लग जाए तो हम दोनों बराबर हो जाएँगे। तुम डरो मत। मुझे यह बीमारी नहीं लगेगी। तुम्हें इस तरह घबराना नहीं चाहिए।" सारथी ने सुधा को समझाया।

सुधा ने मन-ही-मन न जाने कितने देवताओं से प्रार्थना की कि उसके सारथी को यह बीमारी न हो।

□

सारथी एक बार फिर सुधा को देखने उसके गाँव गया था। गरमी की छुट्टियाँ समाप्त हो गईं और वह पढ़ने के लिए विशाखापट्टनम् चला आया। सुधा ने सारथी को पत्र लिखा था—'मैं आगे पढ़ना नहीं चाहती। अपनी सहेलियों के साथ बाहर निकलने में भी मुझे लज्जा आती है।' सारथी ने उत्तर में सहानुभूति के दो शब्द लिखे—'यदि तुम्हारी इच्छा नहीं है तो तुम अपनी पढ़ाई बंद कर दो।'

सुधा के पिताजी सूर्यनारायण से मिलने विशाखापट्टनम् गए। वहाँ अपनी बेटी के विवाह का प्रस्ताव रखते हुए नम्रता के साथ कहा, "पढ़ाई के कारण हम लोग सुधा का विवाह टालते आए थे। यदि तुम्हारी स्वीकृति मिल जाए तो उसका विवाह जल्दी-से-जल्दी कर दिया जाए। सुधा ने तुम्हें बचपन से ही वर रखा है। बेचारी के माँ नहीं है। तुम उसके हृदय से अच्छी तरह परिचित हो। बेचारी का भाग्य ही खोटा निकला। बच गई, यही बड़ी

बात है। अब तुम्हें अपना विचार नहीं बदलना चाहिए। मेरी बात स्वीकार कर लो।'' कहते-कहते सूर्यनारायण ने सारथी के दोनों हाथ अपने हाथ में ले लिये। आँखों से आँसू टपकने लगे थे।

''सुधा यदि उद्विग्न हो उठती है तो उसका कारण है, किंतु आपको बेचैन नहीं होना चाहिए। उसके चमड़े का रंग बदल गया है तो क्या मुझे मेरे मन तथा विचारों का रंग भी बदल देना चाहिए। यह असंभव बात है। आप किसी तरह चिंता मत कीजिए। मेरे पिताजी से मिलकर विवाह की तिथि निश्चित कर लीजिए। निश्चित तिथि की सूचना मुझे कुछ समय पहले मिल जानी चाहिए।'' सारथी ने सूर्यनारायण को आश्वस्त करके बिदा किया।

सारथी उस वर्ष की पढ़ाई समाप्त करके विवाह करना चाहता था। सुधा और उसके पिता को आशंका थी कि संभवत: सारथी का विचार बदल जाए। इन लोगों की चिंता दूर करने के लिए सारथी ने जल्दी ही विवाह करने की अनुमति दे दी।

विवाह की तिथि निश्चित करने से पहले सारथी के माता-पिता ने विरोध किया था। उन लोगों का कहना था कि वचन देने से ही हम विवाह करने के लिए बाध्य नहीं हैं। जब रोग के कारण लड़की का मुँह भद्दा हो चुका है, तब उसके साथ विवाह क्यों किया जाए?

इकलौता बेटा, अच्छी-खासी जमीन-जायदाद। माता-पिता का विचार था कि सारथी का विवाह किसी अच्छे घर में हो सकता है। उन्होंने अपने बेटे को कई पत्र लिखे थे कि सुधा से विवाह करने पर जन्म भर पछताना पड़ेगा। उसे सोच-विचारकर काम करना चाहिए। सुधा से विवाह करने की बात मन से निकाल देनी चाहिए। माँ-बाप के ऐसे विचारों पर सारथी को बहुत क्रोध आया था।

सारथी सुधा को हृदय से प्यार करता था। सारथी तथा सुधा का विचार था कि वे बचपन में ही पति-पत्नी बन चुके हैं। अब यह विरोध क्यों? यदि चेचक निकलने से पहले विवाह हो चुका होता तो क्या माँ-बाप उसे किसी दूसरी लड़की के पाणिग्रहण का परामर्श देते?

सारथी ने पिता को अपने दृढनिश्चय से अवगत करा दिया।

यों तो श्रावण मास में सुधा और सारथी का विवाह हुआ था, किंतु परीक्षा होने तक वह सुधा को अपने साथ नहीं ले गया। बी.ए. (ऑनर्स) का परिणाम निकलते ही सारथी की नियुक्ति विश्वविद्यालय में डिमांस्ट्रेटर के पद पर हो गई। सुधा उसके साथ विशाखापट्टनम् चली आई।

□

चेचक से छुटकारा मिलने के बाद सुधा कुछ मोटी हो गई थी। कुछ समय बीतने पर उसका रंग भी निखर गया। इतना सब होते हुए भी वह मानसिक दृष्टि से पूर्ण स्वस्थ नहीं हो सकी थी। सारथी का विचार था, विवाह के पश्चात् सुधा प्रसन्न रहने लगेगी और उसकी आशंका दूर हो जाएगी, किंतु सुहागरात को सुधा का जैसा व्यवहार रहा, उससे सारथी चकित रह गया।

उस रात सारथी ने प्रेमोन्माद से सुधा को अपने निकट खींचा तो वह फूट-फूटकर रोने लगी। सारथी उसकी ओर चकित नेत्रों से ताकता रह गया। उसने दिलासा देते हुए कहा, "तुम रोती क्यों हो सुधा? कछ कारण भी तो बताओ।"

सुधा ने कोई उत्तर नहीं दिया। रोती-रोती सो गई।

कितनी भोली है। संभवतः सभी औरतें ऐसी होती हैं। सारथी ने मन-ही-मन सोचा। उसने सुधा को उत्साहित करने के अनेक प्रयत्न किए।

एक समय था—जब सुधा हिरण की तरह भ्रूभंग करती उछलती-कूदती घूमती थी, किंतु आज वह गंतव्य स्थान को भूले हुए कछुए की भाँति विषण्ण है।

वह भी समय था, जब सुधा ताजा खिले हुए चमेली के फूल की सुगंधि जैसी लगती थी, किंतु आज अमुकुलित कली के समान अपने आप में सिमटती जा रही है।

सुधा प्रकृति सुंदरी की भाँति हृदय को गुदागुदा देती थी, जो प्रकृति तन्वंगी पवन कुमारियों के कंठ में वसंत का राग भरती और आँखमिचौनी खेलनेवाली मधु राका के रूप में चारों ओर अमृत बरसाती है, किंतु आज

सुधा वर्षा ऋतु के ऐसे स्तब्ध वातावरण सी लगती है, जब पावस के आरंभ में आकाश घटाओं में घिर जाता है। ऐसी घटाएँ, जो गरजती-तरजतो नहीं हैं।

सारथी कई बार सोचता—'सुधा की बुद्धि तो नष्ट नहीं हो गई? वह पागल तो नहीं हो गई है?'

एक दिन संध्या के समय कुछ जल्दी घर पहुँचकर सारथी ने सुधा से पूछा, ''चलो सुधा, सिनेमा देखने चलें। अंग्रेजी की अच्छी फिल्म आया है।''

''ओह! अब मेरे लिए एक सिनेमा देखना हो बचा हैं। अप देख आइए, मैं नहीं आऊँगी। मैं लज्जा अनुभव करती हूँ।'' सुधा ने उत्तर दिया था।

सुधा बाहर निकलने में लज्जा अनुभव करती है। वह सोचती है—उसकी बदसूरती पर दस लोग न जाने क्या सोचें? वह इस बात का विचार नहीं करती कि सारथी ने कितने उत्साह से प्रस्ताव रखा है। वह समझती है कि सारथी केवल उसे प्रसन्न रखने के लिए बाहर चलने की बात कहता है। वह केवल औपचारिक रूप से प्रस्ताव रखता है और अपनी बात को यथार्थ सिद्ध करने के लिए अभिनय करता है। वह सिनेमा जाए तो सारथी को प्रसन्नता नहीं हो सकती। उस दिन सुधा का उत्तर सुनकर सारथी चुपचाप उदास चेहरे से बाहर चला गया था।

एक दिन घर लौटकर सारथी ने देखा—सुधा चमेली के पौधे से फूल चुन-चुनकर माला बना रही है। उसने हलके गुलाबी रंग की रेशमी साड़ी और काले रंग की रेशमी चोली पहन रखी थी। उसको माला गूँथते देखकर सारथी का मन पुलकित हो गया। उसके हृदय में उल्लास उमड़ने लगा। उसने पीछे से चुपचाप सुधा की आँखों पर हाथ रख दिया। सुधा ने हँसते हुए हाथ हटाया और बोली, ''आज इतनी जल्दी क्यों आ गए?''

''हाँ, देखो, आज इस माला से किसी चित्र को मत सजाना। अपनी वेणी में गूँथना यह माला। तुम्हारे काले बालों में ये फूल बहुत सुंदर लगे। जरा मुझे देना माला, मैं इसे वेणी में गूँथ दूँ।'' सारथी ने वह माला जबर्दस्ती लेनी चाही।

देखते-देखते सुधा की हँसी गायब हो गई। उसने जोर लगाकर सारथी

के हाथ से माला छीन ली। बोली, ''हाँ, झड़े हुए बालों और इस सुंदर मुँह के लिए बस इस माला की कसर है।''

सारथी को क्रोध आया—''मेरे मरने तक तुम इसी तरह रहोगी?'' इतना कहकर सारथी ने माला फेंक दी। लंबे डग भरता वह बाहर चला गया।

पति-पत्नी में इस प्रकार की न जाने कितनी घटनाएँ घटित हुईं। सारथी को कई बार क्रोध आया, किंतु कुछ क्षणों के लिए ही। क्रोध आने के तत्काल पश्चात् वह सोचता—'इतना समय बीत गया, फिर भी सुधा क्यों मानसिक यातना भोग रही है। अपनी विद्रूपता पर वह ग्लानि क्यों अनुभव करती है? मैं उसे अपने नेत्रों में, नेत्रों में ही क्यों, हृदय में रखने के लिए प्रस्तुत हूँ।'

उसने कई बार सुधा को आश्वस्त किया—''तुम एक पढ़ी-लिखी स्त्री हो, दुनिया को समझती हो। फिर ऐसी हठ क्यों ठाने हुए हो? तुम सोचती हो, तुम्हारी सुंदरता नष्ट हो चुकी है, किंतु मुझे तो पहले से भी अधिक सुंदर दिखाई देती हो। तुम्हारे बाह्य रूप में चाहे जितना परिवर्तन हो गया हो, किंतु तुम्हारी आत्मा का सौंदर्य तो अक्षुण्ण है। तुम्हें बदसूरत कौन कहता है?''

सारथी ने यह बात हृदय से कही थी। वह सुधा में सौंदर्य की कमी नहीं पाता। सारथी के मन में उसके प्रति अगाध स्नेह है।

किंतु सुधा ऐसी नहीं है। वह सोचती है—'सारथी बहुत उदार व्यक्ति है। उसके मन में सहानुभूति की कमी नहीं है। इसीलिए उसने विवाह किया है। उसका दृढविश्वास है कि सारथी उस पर दया करता है। वास्तव में वह प्रसन्न नहीं है। उस जैसी बदसूरत स्त्री से कोई प्रसन्न नहीं रह सकता।'

सुधा का स्वभाव विचित्र ढंग से बदलता गया। जब से उसने होश सँभाला, उसे इस बात का बहुत गर्व था कि वह सुंदर है। जो देखता वही कहता—'सुंदरता की मूर्ति है यह लड़की। सौंदर्य में इसकी तुलना कौन कर सकता है?' जब कहीं सुधा का नाम आता, लोग उसके सौंदर्य की प्रशंसा करते थे।

सुधा ने खूब पढ़ा है, किंतु उसके मन में प्रौढ़ता नहीं आ सकी। इसी स्थिति में उसका रूप जाता रहा। वह सुंदर से असुंदर बन गई। इस कुरूपता

से उसका मन आहत हो गया। यह घाव भर नहीं सका। अपनी सुंदरता का अभिमान करनेवाली सुधा आज अपनी कुरूपता से घृणा करने लगी है।

बचपन में सुधा की अनेक मुद्राओं के चित्र लिये गए थे। ससुराल आते समय सुधा उन सब चित्रों को साथ ले आई थी, किंतु उन्हें पति से छिपाकर रखती थी। इन दिनों वह अपना मुँह दर्पण में नहीं देखती। बिना आईने के वेणी गूँथ लेती है, बिना आईने के ही बिंदी लगाती है।

सुधा आजकल घर से बाहर नहीं निकलती। किसी से अधिक बात भी नहीं करती। हँसना जैसे कभी आता ही नहीं था, कभी हँसी आती भी है तो बहुत फीकी। कई बार ऐसा लगता है, जैसे वह किसी गहरी सोच में डूबी हो।

समय पर सारथी को कॉफी पिलाती है, समय पर भोजन कराती है। कई बार लगता है, सुधा में जैसे स्त्रीत्व का लोप होता जा रहा है। कोई इच्छा नहीं, जीवन में प्रसन्नता तथा आनंद नहीं, प्रेम नहीं। जैसे जड़ बन गई हो, कोई यंत्र है, जिसे किसी ने मंत्र द्वारा कीलित कर दिया हो। स्तब्ध बनी अपने मकान में घूमती रहती है।

सारथी की स्थिति सुधा से सर्वथा भिन्न है। स्वभावत: वह उत्साही युवक है। अनेक आकांक्षाएँ हैं उसके मन में। वह चाहता है—पत्नी के साथ सिनेमा देखने जाए, समुद्र-तट पर सैर करने जाए। पत्नी के साथ घूमने में उसे प्रसन्नता होती है। सुधा इन बातों को पसंद नहीं करती, इसीलिए सारथी ने आग्रह करना छोड़ दिया है।

वह सुधा से शिकायत नहीं करता, किंतु मन-ही-मन दुःख अनुभव करता है।

सुधा यह जानने का प्रयत्न भी नहीं करती कि उसका पति उदास रहता है तो क्यों रहता है। सारथी अलबत्ता सुधा की वेदना को पहचानता है। इसीलिए वह सदैव उसे सांत्वना देता रहता है। उसे मनाने का प्रयत्न करता है, किंतु सुधा है कि वह सारथी को समझ नहीं पाती।

सुधा अपनी पीड़ा से पीड़ित है।

सारथी भी अपनी व्यथा से व्यथित है।

दिन, और दिन के बाद मास बीतते गए। सारथी भी मशीन की तरह जीवन बिताने का अभ्यस्त हो गया है। दोनों में अधिक बातचीत नहीं होती। दोनों में न कभी कहा-सुनी होती है और न कभी प्रेमालाप।

दोनों-जड़ मूर्ति की भाँति जीवन बिता रहे हैं।

□

प्रकृति सदैव एक सी नहीं रहती। जब वायु रुक जाती है और बहुत अधिक उमस होती है तो आकाश में बादल गरजने-तरजने लगते हैं। कभी बिजली कौंधती है, कभी आँधी चलने लगती है, कभी तूफान आता है तो कभी वर्षा होने लगती है।

सारथी क्लब का सदस्य बन गया। ताश खेलने लगा। पहले रात में सात बजे तक घर आ जाता था, अब घर आने में दस-ग्यारह बज जाते हैं। किसी दिन कॉलेज से सीधा क्लब चला जाता है, रात में घर आकर कह देता है—मुझे भूख नहीं है, आज भोजन नहीं करूँगा।

सुधा को पहले पति की ओर से कोई चिंता नहीं थी। अब वह देर से घर आने लगा तो दुःखित रहती है। किंतु उसने एक दिन भी तो नहीं पूछा कि 'देर से घर क्यों आते हो?' पूछने में भय लगता है, संकोच होता है। अपराधी की भाँति लुका-छिपी रहती है।

एक दिन रात में बारह बजे घर लौटा। सुधा ने उस दिन भोजन नहीं किया था, प्रतीक्षा करती-करती सो गई। उसने सारथी से पूछा, "आज इतनी देर क्यों हो गई?"

"मैं चाहे जब आऊँ, तुम्हें क्या?"

"अच्छा, रहने दीजिए। भोजन कर के सोइए।"

"मुझे भूख नहीं है।"

"थोड़ा दही-भात खा लीजिए।" वह मनाने लगी।

"मुझे कुछ नहीं चाहिए। आगे से तुम मेरी प्रतीक्षा में मत बैठी रहा करो। भोजन करके सो जाओ।" सारथी ने कहा।

सुधा के मन का दुःख उमड़ आया। बोली, "आपके भोजन किए

बिना मैं कैसे खा सकती हूँ। अच्छा यह तो बताओ, तुम मुझसे इतने अप्रसन्न क्यों रहते हो?"

सारथी ने सुधा को उत्तर नहीं दिया। वह वहाँ से अपने कमरे में गया और कपड़े उतारकर लेट गया। सुधा को कुछ सूझ नहीं रहा था। उसने सारथी के पास जाकर उसकी भुजा अपनी ओर खींचनी चाही। बोली, "मुझसे क्या अपराध हुआ है? तुम मुझसे नाराज क्यों रहते हो?"

सामान्य स्थिति में सुधा की इस बात से सारथी द्रवित हो जाता, किंतु आज वह बहुत अस्थिर और उदास था। कल ही तो एक मित्र ने क्लब में व्यंग्य कसा था—'भाई सारथी, आधी रात तक ताश खेलते हो, तुम्हारे विवाह को एक वर्ष भी तो नहीं बीता। बेचारी पत्नी को व्यर्थ सता रहे हो!' मित्र की बात सारथी के मन को लगी थी।

उसकी शादी हो चुकी है, किंतु क्या उसने सचमुच दांपत्य सुख भोगा है? लोग क्यों जानने लगे कि आखिर मैं इतनी रात गए क्लब से क्यों लौटता हूँ?

उस दिन क्लब जाने की इच्छा नहीं हुई। सिनेमा देखने गया तो वहाँ मन नहीं लगा। आधा खेल देखकर चला आया। समुद्र किनारे जाकर कई मील तक पैदल चला गया। रात में कहीं कुछ खाया भी नहीं। सवेरे से रात में बारह बजे तक कमर सीधी नहीं की। इसीलिए मन उद्विग्न बना हुआ है।

सोचा था—सुधा जीवन में सुधा बरसाएगी; किंतु सुधा सुधा नहीं, विष की गाँठ निकली। वह मानवी नहीं, पाषाण-मूर्ति है। इतनी उदास क्यों रहती है? सुधा के संबंध में इतने कठोर विचार आज से पहले कभी मन में नहीं आए थे।

शरीर थका हुआ, हृदय भारी और विचार बोझिल, इन सब ने उसके स्वभाव को ही बदल दिया। सुधा ने जैसे ही कहा, "तुम नाराज क्यों हो?" सारथी विचलित हो उठा। आपे से बाहर होकर उसने क्रोध में कहा, "तुमसे मैं बात भी नहीं करना चाहता। मुझे सताओ मत। दूर हटो, सो जाओ।"

सुधा के मन में पहले ही व्यथा की कमी नहीं थी, जब उसे पता चला कि पति भी उससे घृणा करता है तो पीड़ा की सीमा नहीं रही।

“हाँ, मैं जानती हूँ आप मुझसे घृणा करते हैं। मुझसे बात करना भी पसंद नहीं है। आज नहीं, मैं कई दिनों से आपकी घृणा को जानती हूँ। मैं घृणास्पद जो हूँ।” सुधा इतना कहकर चली गई।

“तुम घृणास्पद नहीं हो, घृणा तो मुझसे है तुम्हें। इस घर में मेरे लिए सुख कहाँ?” सारथी इतना कहकर बाहर चला गया। सुधा ने उसे रोका नहीं। वहीं खड़ी चुपचाप देखती रही।

मानव का मन भी कितना विचित्र है। जहाँ राह नहीं, वहाँ राह बना लेता है, जहाँ किसी प्रकार का संदेह नहीं, वहाँ संदेह की सृष्टि करता है। अनेक प्रकार की कल्पनाओं से इस संदेह को पुष्टि मिलती है।

संदेह का कारण चाहे जो हो, किंतु वह समय पाकर भयानक रूप धारण कर लेता है। छोटी सी चिनगारी से बड़े-बड़े जंगल भस्म हो जाते हैं।

‘इस घर में मेरे लिए सुख कहाँ?’ इस वाक्य में सुधा को न जाने क्या-क्या सुझाई दे गया। उन्हें इस घर में सुख क्यों मिलने लगा? मुझ जैसी कुरूप स्त्री से उन्हें क्या सुख मिलेगा? संभवतः उन्हें किसी दूसरे घर में सुख मिलता है? तभी इस घर में नहीं रहते, आधी-आधी रात गए लौटते हैं। मैं जिसके लिए डरती थी, आखिर वही होकर रहा। सुधा सोचती रही।

सुधा यह नहीं सोच सकी कि सारथी जब इस छोटे से घर में सुख नहीं पा सका तो सुख की खोज करने के लिए बाहर चला गया। सारथी ने सोचा होगा—संभवतः इस अनंत विश्व में ही सुख मिल जाए।

आवेश के कारण सारथी घर से चला आया था, किंतु उसका अंतःकरण भीतर-ही-भीतर कचोट रहा था कि वह अकारण ही सुधा पर इतना क्रोध कर बैठा। सुधा से आज कोई भूल नहीं हुई थी। प्रतीत होता है, आजकल वह ठीक बरताव करने लगी है। ऐसे अवसर पर सारथी ने ही गलत रास्ते पर पाँव रखा है। इस सोच-विचार में उसने समुद्र-तट पर रात बिता दी। प्रातःकाल घर लौटते-लौटते उसने मन-ही-मन अनेक संकल्प किए। जैसे ही उसने दरवाजा खटखटाया, सुधा ने किवाड़ खोल दिए। सुधा की आँखें जल रही थीं, उसमें क्रोध, अपमान और दुःख एक साथ प्रतिबिंबित हो रहे थे।

"पगली, रात भर सोई नहीं! क्या रात भर रोती रही?" सारथी सुधा के मुँह के पास अपना मुँह ले गया। उसने अपने हाथ सुधा के कंधे पर रख दिए और फिर एकटक देखते हुए यह वाक्य कहा। उसके स्वर में दया थी।

सुधा मारे क्रोध के काँपने लगी। रात भर हृदय पर चोट करते रहे और अब सांत्वना दे रहे हैं। अब यह समझौता क्यों? वह उसके मार्ग की बाधा नहीं बन रही है। उसके मन में विचारों का तूफान उठ खड़ा हुआ।

"अपनी सहानुभूति रहने दीजिए। मुझे उसकी आवश्यकता नहीं। आपने रात का पिछला प्रहर तो सुख में बिताया है न? मेरा रोना क्या आज का है? मुझे तो हमेशा रोते रहना है? तुम इतनी जल्दी क्यों लौट आए? अड़ोसी-पड़ोसी देख न लें, क्या इसी डर से मुँह-अँधेरे चले आए, आप को किसका डर है? मुझसे आप को सुख नहीं मिल सकता, यदि किसी दूसरे से आप को सुख मिलता है तो मुझे प्रसन्न होना चाहिए।" सुधा अपनी उद्विग्नता को नहीं रोक सकी।

सारथी ने अनुभव किया, जैसे एक साथ हजारों बिच्छू उसे डंक मार रहे हैं। उसने अनुभव किया, जैसे वह बीच समुद्र में बहा जा रहा है। सुधा के कंधे से उसका हाथ फिसल गया। गले से आवाज नहीं निकली। आवेश, अपमान और क्रोध तीनों ने मिलकर उसे गूँगा बना दिया। उसका अपमानित हृदय बदला लेने के लिए मचल उठा। मुँह लाल हो गया और आँखों में खून उतर आया। वह उस समय चोट खाए हुए साँप और घायल सिंह की भाँति क्रुद्ध हो उठा था। कोई उसका मुँह देखता तो भयभीत हुए बिना नहीं रहता।

सुधा उसकी आकृति को देखकर स्तब्ध रह गई। उसके मुँह से एक चीख निकल गई। मुँह आँचल से ढक लिया उसने। सिर से पाँव तक थर-थर काँपने लगी। उसे प्रतीत हुआ, जैसे प्रलय होने जा रहा है। आँचल से ढके उसके मुँह पर सारथी ने पूरी शक्ति के साथ एक थप्पड़ जड़ दिया। थप्पड़ खाते ही उसका मस्तिष्क चकरा गया। वह तत्काल धरती पर गिर गई। उसने आँख खोली तो सारथी घर में नहीं था। सुधा धीरे से उठकर घर में चली गई।

□

इस घटना के पश्चात् इस घर में अनेक परिवर्तन हुए। पति-पत्नी दोनों के स्वभाव में अंतर आ गया, सारथी लैक्चरर बन गया। घर के काम के लिए उसने एक लड़का नौकर रख लिया। आजकल सारथी भूलकर भी सुधा से बात नहीं करता। नौकर को ही आदेश देता है—'राम, मेरे कमरे में भोजन ले आओ।', 'छोकरे पानी लाना।', 'घर में पूछकर आना कितने रुपए चाहिए?' इसी तरह काम चल जाता है।

सारथी नहा-धोकर, भोजन कर के कॉलेज चला जाता है। संध्या को वह घर नहीं आता, आता भी है तो कपड़े बदलकर तुरंत चला जाता है। रात गए घर लौटता है। नौकर दरवाजा खोलता है और वह सीधे अपने कमरे में चला जाता है। सुधा के सामने नहीं जाता। सुधा भी जब भी चाहती है, भोजन करके दूसरे कमरे में सो जाती है।

समय बड़ा बलवान है। वह एक करवट थोड़े ही रहता है। सारथी में तो किसी तरह का परिवर्तन नहीं हुआ, किंतु सुधा की दिनचर्या बदलने लगी। कभी-कभी घर से बाहर जाने लगी। सहेलियाँ घर आने लगीं। सहेलियों से घंटों बात करती रहती। अपने बनाव-शृंगार में आनंद अनुभव करने लगी, किंतु उसकी सज्जा को सारथी कभी देख नहीं सका।

सारथी दिन ब दिन दुबला होता जा रहा है। कभी-कभी खाँसी चलने लगती है तो रुकने का नाम नहीं लेती। एक दिन सुधा ने नौकर से पुछवाया, साहब से कहो, आपका स्वास्थ्य अच्छा नहीं मालूम होता। डॉक्टर को बुलवा लिया जाए।

सारथी ने नौकर को उत्तर दिया—'मैं अपने स्वास्थ्य के बारे में खूब जानता हूँ। मुझे तुम लोगों की सहायता नहीं चाहिए।'

नौकर छोटा सा लड़का है, 12 वर्ष का। वह पति-पत्नी के मनमुटाव को क्या जाने? दोनों के बीच संवाद लाने-ले जाने का काम कर सकता है। उसने सुधा से कहा, 'मालिक अपने स्वास्थ्य के बारे में सब जानते हैं।'

सुधा की चिंता बढ़ गई। उसने एक दिन डॉक्टर को बुलवा भेजा। डॉक्टर ने घर में घुसते ही कहा, ''सारथी, सुना है तुम्हारा स्वास्थ्य अच्छा नहीं है?''

सारथी ने चकित होकर पूछा, "आपको किसने सूचना दी ?"

"आपकी श्रीमतीजी ने।" डॉक्टर ने कहा।

साहस कर के सुधा वहाँ पहुँच गई। धीरे से बोली—"डाक्टर, ये दिन-पर-दिन कमजोर होते जा रहे हैं। कभी-कभी खाँसते भी हैं।"

सारथी को सुधा के आगमन पर आश्चर्य हुआ। कई दिनों बाद उसने सुधा को देखा। नवीनता दिखाई दी। उसने अपने से प्रश्न किया—क्या यही सुधा है। अपने को सँभालकर डॉक्टर से कहा, "जी हाँ, डॉक्टर। कभी-कभी कुछ खाँसी आ जाती है।"

"रात में बहुत देर तक पढ़ते रहते हैं। संभवतः नींद नहीं आती। इनसे कहिए, रात में जल्दी सो जाया करें।" सुधा ने डॉक्टर की ओर देखकर कहा। डॉक्टर ने हँसते हुए कहा, "सुनते हो, आपकी श्रीमतीजी क्या कह रही हैं। अधिक जागने से आपका स्वास्थ्य अवश्य खराब होगा।"

सारथी ने तीव्र दृष्टि से सुधा को देखा। उस दृष्टि में क्रोध था या आश्चर्य, कहा नहीं जा सकता। सारथी ने मन-ही-मन सोचा, डॉक्टर के आगे स्पष्ट कहने की अपेक्षा सुधा ने देर तक जागने का बहाना बनाया है।

"जी हाँ, पुस्तकों में खो जाता हूँ तो समय का ध्यान नहीं रहता। आगे से जल्दी सोया करूँगा।" सारथी ने डॉक्टर से कहा। डॉक्टर ने उसके स्वास्थ्य की जाँच करके नुस्खा लिख दिया।

सुधा का विचार था—'इस घटना के पश्चात् सारथी में अवश्य परिवर्तन होगा। उसने यह भी सोचा था कि डॉक्टर के जाने के बाद या तो सारथी को क्रोध आएगा या वह कुछ-न-कुछ कहेगा। किंतु ऐसा कुछ नहीं हुआ। वह पूर्ववत् मौन साधे रहा। सुधा अच्छी तरह जानती है कि इस मौन के टूटने तक उसकी समस्या नहीं सुलझेगी।'

एक दिन अकस्मात् सुधा की एक सहेली घर आ गई। सुधा के विवाह के पश्चात् यह सहेली पहली बार मिलने आई थी। सारथी घर पर नहीं था। दोनों सहेलियाँ अपने-अपने मन को खोलने लगीं।

कुशल-मंगल पूछने के पश्चात् सुजाता ने कहा, "सुधा, तुम इतना बदल गई हो कि पहचानी नहीं जातीं।"

यदि कुछ समय पूर्व कोई यह बात कहता तो सुधा को दुःख हुए बिना नहीं रहता। किंतु आजकल ऐसी बात नहीं है। उसने बात टालने के लिए कहा, ''जाने भी दो इस बात को। हमारे वश में क्या है? सब भाग्य का खेल है!''

''हाँ, और क्या। तुम्हें इस बात से तो प्रसन्नता है कि सारथी जैसा पति मिल गया। तुम चाहे जैसी हो, सारथी तुमसे प्यार करता है।'' सुजाता ने यह कहते हुए धीरे से सुधा के गालों पर चपत जमाई।

सुजाता की बात से सुधा के मन में हलचल मच गई। वह मन-ही-मन दुःख अनुभव करने लगी। सारथी का स्वभाव बहुत अच्छा है। इसीलिए तो उन्होंने मेरा तिरस्कार नहीं किया। विवाह के लिए तैयार हो गए। दोष उसका अपना है, जो उनका मन दुखाकर ऐसा वातावरण बनाए हुए है।

''तुम्हारे पति देवता कब तक घर लौटते हैं? मैंने उन्हें देखा नहीं है। तुमको परिचय कराना पड़ेगा।'' सुजाता ने अनुरोध किया।

संध्या को सारथी कॉलेज से लौटा तो सुधा ने नौकर के हाथ कॉफी नहीं भेजी। स्वयं कॉफी लेकर कमरे में गई। सुधा का आना सारथी को ज्ञात नहीं हुआ, इसीलिए उसने कोट उतारते हुए कहा, ''लड़के, आज घर में कोई नई औरत आई है, कौन है?''

''मेरी सहेली है। मैं कई बार चर्चा कर चुकी हूँ कि मेरी सुजाता नामक एक सहेली है। वह अनुसंधाता के रूप में यहाँ विश्वविद्यालय में पढ़ने आई है। जब तक छात्रावास में जगह नहीं मिलती, वह हमारे यहाँ रहना चाहती है।'' सुधा ने यह कहकर कॉफी की ट्रे मेज पर रख दी। सारथी के उत्तर की प्रतीक्षा किए बिना उसने सुजाता को बुलाया—''अरी सुजाता, यहाँ आना।''

सुजाता मटकती हुई वहाँ आ गई। लजाती हुई बोली, ''नमस्ते।'' सारथी ने नमस्कार का उत्तर दिया। सुजाता ने कहा, ''मैं आप लोगों के विवाह में सम्मिलित होना चाहती थी, किंतु उन्हीं दिनों मेरे पिताजी का तबादला हो गया और मैं आ नहीं सकी।''

''बैठिए, आप किस कॉलेज में पढ़ी हैं!''

''राजमहेंद्री कॉलेज में।'' सुजाता ने कहा।

औपचारिक ढंग से कुछ बातें करके सारथी बाहर चला गया। स्त्रियों से बात करने में उसे संकोच होता है। सारथी को इस बात से प्रसन्नता हुई कि उसमें और सुधा में जो मौन बना हुआ है, वह सुजाता के आने से टूटने लगा है। फिर भी उसे आशंका हुई कि सुधा कहीं अपनी सहेली के आगे अभिनय तो नहीं कर रही है।

सुजाता छोटे कद की होते हुए भी सुंदर है। उसके बोलने का ढंग किसी को भी आकर्षित कर सकता है। बहुत बातूनी है।

सुजाता और सारथी में परिचय बढ़ने लगा। एक दिन सारथी कॉलेज जा रहा था, सुजाता ने कहा, ''देखिए, आज सुधा सिनेमा देखना चाहती है, जल्दी लौटिएगा।''

''यह भी अच्छी रही। तुम सिनेमा देखना चाहती हो या मैं?'' सुधा ने कहा।

''आप दोनों देख आओ। मुझे समय नहीं है।''

''वाह, आप भी कैसे आदमी हैं। सिनेमा देखने का प्रस्ताव आपको करना चाहिए था। पूछना तो दूर, हम लोगों के आग्रह करने पर भी आप बचना चाहते हैं। यदि हम दोनों ही जाना चाहतीं तो आप से पूछने की क्या आवश्यकता थी। यह नहीं हो सकता। आपको चलना पड़ेगा।'' सुजाता ने आग्रह के साथ कहा।

संध्या को सारथी सुधा और सुजाता के साथ सिनेमा देखने गया। दोनों युवतियों ने बनाव-शृंगार खूब किया था। सुधा सुंदर जरी की साड़ी पहने हुए थी। चमेली के फूलों से उसने वेणी सजाई थी। सुजाता की वेणी में पुष्पमाला लटक रही थी। जार्जट-सिल्क की हल्के नीले रंग की साड़ी थी।

उन दोनों को देख सारथी को ईर्ष्या होने लगी। उसने सोचा—मैंने कितनी बार सुधा से कहा कि वह अपनी वेणी को फूलों से सजाया करे, किंतु उसने कभी बात नहीं मानी। आज अपनी सहेली से बाजी मारने के लिए किस सज-धज से बाहर आई है।

तीनों सिनेमाहॉल में पहुँचे। सबसे पहले सुधा कुरसी पर बैठी, उसके

बाद सुजाता के पास बैठने में सारथी को संकोच हुआ। एक अविवाहित युवती के पास बैठने का अवसर क्यों दिया है सुधा ने? उसे सुधा पर क्रोध आने लगा। वह सुजाता को पहले बैठाकर स्वयं उसके साथ बैठ सकती थी।

सिनेमा की कहानी है—नायक-नायिका पर क्रुद्ध होता है, उसे दंड देने के लिए पीहर भेज देता है। इसी अवसर से लाभ उठाकर एक सुशिक्षित युवती नायक के संपर्क में आती है। वह युवती स्वभाव से चंचल है। नायक उसके प्रेम में फँसकर परेशान होता है। पत्नी को पीहर से बुलाना उसके आत्मसम्मान के अनुकूल नहीं है। इधर उस चंचल लड़की से तंग आ जाता है।···

सारथी का मन विचलित होने लगा। स्वभावतः वह सुधा से दूर नहीं रहना चाहता, किंतु एक के बाद एक ऐसी घटना हुईं कि वे दोनों पृथक् होते गए। सारथी को स्पष्ट दिखाई दिया कि खेल की नायिका और कोई नहीं सुजाता है। सिनेमा देखते समय सुजाता जिस ढंग का बरताव कर रही थी, वह भी सारथी को अच्छा नहीं लगा।

जब सारथी, सुधा तथा सुजाता सिनेमा आ रहे थे, मार्ग में सुजाता सारथी की ओर देख-देखकर हँस पड़ती थी। उसने कई बार सारथी को छुआ। कई बार विचित्र ढंग से देखती रह गई थी। सारथी ने सोचा—सुजाता शिक्षित होते हुए भी सुसंस्कृत नहीं है।

खेल का नायक उस चंचल युवती के जाल में फँस गया। सारथी का विचार था कि खेल के इस अंश से सुधा अवश्य दुःखी होगी।

सिनेमा से लौटते हुए सुजाता ने अपनी सहेली से कहा, "नायक अजीब था। स्त्री को देखकर इतना घबराता क्यों था?"

सुधा ने गंभीरता से कहा, "क्या करता बेचारा, स्त्री ही तो सारे अनर्थों की जड़ है।"

दूसरे दिन सारथी को ज्वर आ गया। उसने अवकाश के लिए पत्र लिख दिया। डॉक्टर ने परीक्षा करके औषधि दी, किंतु बुखार बढ़ता ही गया।

बातचीत में सुजाता ने मजाक किया, "सिनेमा देखने से ज्वर आ गया? संभवतः यह सिनेमा का ही प्रभाव है। बताइए शरीर का ज्वर है या मन का?"

सारथी को क्रोध आया, किंतु उसने कहा कुछ भी नहीं।

सुजाता स्नान करने गई तो सारथी ने नौकर भेजकर सुधा को बुलवाया। प्रश्न किया—"सुजाता और कितने दिन रहेगी यहाँ? उसका बरताव मुझे अच्छा नहीं लगता।"

"चिंता न करें, वह कल चली जाएगी।" सुधा इतना कहकर चली गई।

सारथी का विचार था, जब उसने स्वयं सुधा को बुलाया है तो कुछ क्षण ठहरेगी, कुछ बात करेगी। उसका यह रूखा व्यवहार सारथी को अच्छा नहीं लगा।

रात में नींद नहीं आई। सुजाता का संदेह ठीक निकला। इस समय मन का ज्वर अधिक तीव्र हो गया। सुधा का व्यवहार उसकी समझ में नहीं आ रहा था। वह सोचने लगा—इस समय सुधा चैन से सो रही होगी। मेरी तरह जागती थोड़े ही होगी। प्रयत्न करने पर भी सारथी को नींद नहीं आई।

लंबे-चौड़े पलंग पर अकेले करवटें बदलते हुए उसने अनुभव किया, वह विस्तृत मरुभूमि में अकेला यात्रा कर रहा है। प्रातःकाल ज्वर उतर गया, कमजोरी बनी रही।

उस दिन संध्या को सुजाता ने सारथी से कहा, "मुझे छात्रावास में जगह मिल गई है। मैं जा रही हूँ। अनुमति दीजिए।"

सारथी से आज्ञा लेकर वह छात्रावास चली गई। सारथी का मन हलका हो गया। उसने लंबी साँस ली।

उस दिन रात को अकस्मात् सारथी के माता-पिता आ गए।

अंदर आकर माँ ने पूछा, "कैसा स्वास्थ्य है बेटा?"

सारथी ने इस प्रश्न पर ध्यान न देकर पूछा, "तुम लोगों ने आने की सूचना भी नहीं दी। मैं स्टेशन पर आ जाता।"

"वाह, स्वास्थ्य तो इतना खराब है, स्टेशन पर लेने आते?" सारथी के पिता ने कहा।

"तुम लोगों को किसने सूचना दी कि मेरा स्वास्थ्य खराब है।"

बहू की ओर देखते हुए सारथी की माँ ने कहा, "बहू तुम्हीं ने तो तार दिया था।"

''कल दिन भर तेज बुखार रहा। रात भर बड़बड़ाते रहे। मुझे डर लगा। इसलिए तार किया था। यदि मैं पूछती तो तार करने की अनुमति थोड़े ही देते।'' सुधा ने मुसकराते हुए कहा।

बहुत दिन बाद सारथी ने सुधा के मुँह पर ऐसी सरल और स्वाभाविक हँसी देखी थी।

सुधा ने तार दिया? क्यों दिया? मैं कहाँ बड़बड़ा रहा था! मुझे तो रात में नींद ही नहीं आई। इस तरह विचार करते समय सारथी को आश्चर्य हुआ। किंतु आश्चर्य व्यक्त नहीं किया। बोला, ''कल कुछ ज्वर आ गया था। घबराकर दे दिया होगा।'' सारथी ने सुधा का समर्थन किया।

सुधा सास-ससुर को भोजन परोस रही थी। सारथी ने नौकर के कान में धीमे से कहा, ''तुम्हारी मालकिन का बिस्तर इसी कमरे में बिछा देना।''

राम ने हँसते हुए इस तरह सिर हिलाया, जैसे बात उसके दिमाग में बैठ गई है।

सारथी अपनी विवशता पर लज्जित हुआ। वह अपने और सुधा के मनमुटाव को माँ-बाप के सामने प्रकट नहीं करना चाहता था। यदि माँ-बाप को कुछ भी आभास हो गया तो अवश्य कहेंगे—'हमने तो पहले ही कहा था। अब अपना भुगतो।'

सबने भोजन कर लिया। सारथी को भूख लग रही थी, किंतु कुछ खाने के लिए डॉक्टर ने मना किया था। यदि डॉक्टर की सलाह की उपेक्षा करके भोजन करता भी तो क्या माँ-बाप करने देते? सुधा ने पूछा तो फलों का रस पीकर लेट गया। पिछली रात नींद नहीं आई थी, आज लेटते ही सो गया।

रात में नींद टूटी। खिड़की से ठंडी हवा आ रही थी। ठंड लगी तो उसने पाँयते से चादर लेने के लिए हाथ बढ़ाया। हाथ सुधा के गाल से छू गया। वह चौंककर बैठा हो गया।

आश्चर्य! सुधा सिमटकर उसके पाँवों में सो रही है। चाँदनी में उसकी आकृति स्पष्ट दिखाई दे रही थी। वेणी में चमेली के फूल गुँथे हुए थे। फूलों की सुगंध से पूरा कमरा महक रहा था। मंदार पुष्प के रंग की रेशमी साड़ी

हवा के झोंकों में उड़-उड़कर सरसरा रही थी। सारथी को वह रंग बहुत पसंद था। सुहागरात को उसने यह साड़ी दी थी। पीले रंग की रेशमी चोली सुंदरता को चार-चाँद लगा रही थी।

सारथी कुछ क्षण तक सुधा को अपलक देखता रहा। सुधा ने अपने को खूब सजाया था। वह इस समय कितनी गहरी नींद में है! सारथी को अनुभव हुआ कि जरा से हिलाने पर उसकी नींद टूट जाएगी।

किंतु चमेली के फूल की महक, चाँदनी और सुधा। उसे लगा जैसे नशा गहरा होता जा रहा है। उस रात उसे सुंदरता अनिर्वचनीय लगी। अचानक उसने सुधा को अपनी गोद में भर लिया। सुधा ने करवट बदली और सारथी उसकी छाती में अपना मुँह छिपाते हुए कोमल स्वर में बोली, ''मुझे क्षमा कीजिए।''

सारथी हर्ष-विभोर हो गया। उसका मन नाचने लगा। नस-नस में बिजली दौड़ गई। हृदय चाँदनी से ढक गया। उसने सुधा को और निकट कर लिया। उत्साह उमड़ा पड़ रहा था। लालसा जाग गई। सारथी ने सुधा को समेट लिया।

चंद्रमा जैसे गगन में, पुतली जैसे आँख में और छाया जैसे पुतली में लीन होती है, उसी तरह सुधा सारथी में समा गई। न जाने वे कितनी देर तक एक-दूसरे में तल्लीन रहे। अनिर्वचनीय आनंद का उपभोग करते रहे। कुछ समय बाद सारथी को सुध आई। सुधा अविरल अश्रुधारा बहा रही थी। आँसुओं से सारथी की छाती भीग गई। उसने सुधा को चूमते हुए कहा, ''आँसू क्यों बहा रही हो? दुःख भूल जाओ। भूतकाल को बिसराकर एक बार खुले मन से हँस दो। हमारे जीवन की कली खिल गई है। अब हमारा जीवन फूल बनकर महकने लगेगा।''

सारथी आनंद में डूबा बोलता गया। उस समय वह रस में सराबोर था। आनंद और अनुराग ने दोनों तट छू लिये। इतने दिन तक दोनों हृदयों की भावनाएँ मूक बनी हुई थीं, आज वे नई रागिनी आलापने लगीं।

दूसरे दिन संध्या को सारथी ने सुधा को बुलाया। बोला, ''कॉफी पिलाओ। मैं टहलने जाऊँगा।''

''सुजाता भी आ रही है। कुछ ठहर जाइए। तीनों एक साथ कॉफी पीएँगे।'' सुधा ने कहा।

''ओह, सुजाता! तुम उसके साथ कॉफी पी लेना। मैं तो चला।''

''तुम सुजाता से अप्रसन्न क्यों हो?''

''अप्रसन्न! नहीं, मुझे उससे घृणा है। अजीब लड़की है!''

'आप पहचान नहीं सके। उसने जान-बूझकर ऐसा बरताव किया था। वैसे वह बहुत अच्छी लड़की है। आपकी परीक्षा ले रही थी। यदि वह सलाह न देती तो मैं सास-ससुर को बुलाने के लिए तार न करती। तार न करती, तो वे नहीं आते, और वे नहीं आते तो…।''

''जीजाजी का बुखार न उतरता।'' उसी समय कमरे में प्रवेश करते हुए सुजाता ने कहा।

''ओह, यह तुम्हारा षड्यंत्र था? तुम्हें बहुत-बहुत धन्यवाद।'' सारथी ने कहा।

''आपका धन्यवाद किसने चाहा है? अच्छा सा खेल दिखाने ले चलिए। आपके साथ सिनेमा देखने में मुझे बहुत आनंद आता है।'' अपनी स्वाभाविक चंचलता का प्रदर्शन करते हुए सुजाता बोली।

'मुझे भी कम सुख नहीं मिलता, किंतु मेरी ओर से सुधा के मन में संदेह जो भरा है। मेरा सिनेमा देखने न जाना ही अच्छा।'' सुधा की आँखों में झाँकते हुए सारथी ने कहा।

''कहावत भी तो है—'मार के डर से भूत भी काँपता है'। उस दिन तुम्हारे क्रोध को देखकर मेरा क्रोध न जाने कहाँ चला गया।'' सुधा मुसकाराते हुए बोली।

पी. श्रीदेवी का जन्म 2 सितंबर, 1929 को आंध्र के अनकापल्ली शहर में हुआ। वे कहानी, उपन्यास, कविता, समीक्षा तथा पत्रकारिता के क्षेत्र में अपनी अलग पहचान बनाने में सक्षम रहीं। उनके पति श्री पी. कोम्मराजू वायुसेना में एक अधिकारी रहे। अतः अनेक

नगरों में उनके साथ रहते, जो अनुभव प्राप्त किए, उनको कथ्य बनाकर विशिष्ट रचनाएँ कीं। विशाखापत्तनम् में एम.बी.बी.एस. की उपाधि प्राप्त कर विवाह के पूर्व ही उन्होंने गुडिवाडा शहर के सरकारी अस्पताल में अपनी सेवाएँ अर्पित कीं। इसके बाद हैदराबाद में एक नर्सिंग होम स्थापित कर प्रैक्टिस करते हुए वहाँ से प्रकाशित 'स्वतंत्र' पत्रिका में सहायक संपादक का दायित्व निभाया। 'मेघ गर्जन बिजली की चमक' शीर्षक से तीन लंबी कहानियों का एक संकलन प्रकाशित किया। विभिन्न पत्र-पत्रिकाओं में प्रकाशित तथा संग्रह का रूप लेनेवाली उनकी कहानियाँ संख्या में दो दर्जन से अधिक हैं।

उनके द्वारा रचित 'कालातीत व्यक्ति' उपन्यास 'स्वतंत्र' पत्रिका में 21 सप्ताह धारावाही प्रकाशित होकर पुस्तकाकार में प्रकाशित हुआ। इसी शीर्षक से नेशनल बुक ट्रस्ट के लिए इन पंक्तियों के लेखक ने हिंदी में अनुवाद किया, जो पुरस्कृत भी हुआ। इसके पश्चात् यह उपन्यास अकाशवाणी में भी धारावाही प्रसारित हुआ। यही उपन्यास थोड़े परिवर्तन के साथ 'शिक्षित महिला' नाम से फिल्माया गया।

तेलुगु के विख्यात कवि श्री दुव्वूरि रामिरेड्डी द्वारा विरचित 'पानशाला' (काव्य) के आधार पर श्रीदेवी ने 'मधुकलशं' नाम से 'स्वतंत्र' पत्रिका में धारावाही प्रकाशित किया।

श्रीदेवी ने अनेक लोकप्रिय पुस्तकों की लंबी-लंबी समीक्षाएँ लेखों के रूप में प्रकाशित कीं। आधुनिक तेलुगु साहित्य में एक ध्रुवतारा के रूप में अवतरित 'कालातीत व्यक्ति' उपन्यास के द्वारा श्रीदेवी अमर हो गईं। उनका स्वर्गवास 29 जून, 1961 को अल्पायु में हुआ।

□□□